COLLECTION FOLIO

Jean-Christophe Rufin
de l'Académie française

La princesse au petit moi

Les énigmes d'Aurel le Consul

Gallimard

Médecin, engagé dans l'action humanitaire, Jean-Christophe Rufin a occupé plusieurs postes de responsabilités à l'étranger, notamment celui d'ambassadeur de France au Sénégal.

Nourrie par son expérience internationale et centrée sur la rencontre des civilisations, son œuvre littéraire se partage en deux courants. Avec *L'Abyssin*, son premier roman publié en 1997, *Rouge Brésil*, qui lui a valu le prix Goncourt en 2001, *Le grand Cœur*, *Le collier rouge* ou *Le tour du monde du roi Zibeline*, qui ont rencontré un très vaste public, il explore une veine historique, toujours reliée aux questions actuelles.

Avec *Immortelle randonnée* (sur les chemins de Compostelle), *Check-point*, *Les sept mariages d'Edgar et Ludmilla* et la série des *Énigmes d'Aurel le Consul*, Jean-Christophe Rufin crée des univers romanesques contemporains qui éclairent l'évolution de notre monde.

L'écriture vivante de Jean-Christophe Rufin, pleine de suspense et d'humour, a séduit un large public tant en France que dans les nombreux pays où ses livres sont traduits.

Il a été élu à l'Académie française en 2008.

I

Avec sa drôle de perruque grise et sa cuirasse en acier, l'homme regardait fixement Aurel. Il lui était impossible d'y échapper. De tous côtés, il était surveillé par des personnages à la mine encore plus redoutable.

Dans l'immense salle des gardes qui servait d'antichambre, des épées et des sabres, accrochés aux murs, formaient de terrifiants éventails de métal. À droite, du côté du grand escalier, des fusils étaient disposés en faisceau. De mystérieuses sentences, en écriture gothique, couraient le long des murs, incompréhensibles et vaguement menaçantes. L'ensemble tenait du camp militaire plus que du hall d'accueil. Les plafonds, à une dizaine de mètres de hauteur, dessinaient des voûtes d'allure médiévale, quoiqu'elles n'eussent probablement daté que du XIXe siècle, comme le reste du palais. Mais c'était le tableau de l'ancêtre guerrier accroché bien en face de lui, en position de force, qui donnait à Aurel sa plus grande frayeur.

Assis sur un canapé à pieds tournés de style « os de mouton », recouvert de soie rouge à ramages, il était partagé entre la peur, la fierté et la curiosité. Comment avait-il pu se retrouver dans ce château, au milieu de la capitale d'une principauté germanique ? Tout avait été si vite... Dix jours auparavant, il était encore le vice-consul de l'ambassade de France en Azerbaïdjan, impatient de voir arriver le nouvel ambassadeur. Comme il l'avait espéré, celui-ci s'était empressé de le renvoyer à Paris, ce qui était son plus cher désir. Aurel était fatigué. Fonctionnaire calamiteux mais titulaire, il était condamné à enchaîner les postes subalternes et ingrats. Ne rien faire ne va pas de soi, même dans l'administration. Cela requiert une constance, une énergie, une aptitude à affronter le mépris et la colère des chefs qu'Aurel avait certes portées à leur plus haut niveau, mais au préjudice de sa santé. Un retour au Quai d'Orsay dans l'attente – qu'il espérait longue – d'un nouveau calvaire constituait un repos bienvenu.

Le mois de septembre était ensoleillé. Aurel adorait Paris, la ville dont il avait tant rêvé pendant son enfance dans la Roumanie de Ceausescu. Faute d'avoir pu réaliser des économies et compte tenu de son maigre salaire sans indemnité de résidence, il avait loué une chambre dans un hôtel modeste près de Montparnasse. Peu lui importait le manque de confort du moment qu'il pouvait, de jour comme de nuit, arpenter les rues du quartier Vavin en imaginant y croiser Picasso ou Cendrars. Il avait cessé de se raser, jugeant que les quelques poils qui poussaient sur ses joues lui donnaient un air artiste. Assis à la terrasse des cafés, il passait des heures à enchaîner les verres de blanc et à respirer les gaz d'échappement, ivre d'un bonheur d'autant plus précieux qu'il le savait provisoire.

Cependant, il ne l'imaginait pas si éphémère.

Comment le prince l'avait-il découvert dans cet établissement minable ? Il n'avait laissé son adresse qu'au service de la DRH du Quai d'Orsay afin qu'il puisse être contacté dans le cas où une nouvelle affectation lui serait proposée.

Il n'était pas à Paris depuis une semaine qu'une jeune femme blonde s'était présentée à la réception à huit heures du matin en demandant à le voir. Elle portait un imperméable strict d'aspect presque militaire. Juchée sur de hauts talons, elle le dominait d'une tête. Aurel, sans se douter qu'il allait recevoir une telle visite, était descendu en enfilant au hasard dans l'obscurité de sa chambre aux volets encore clos les premiers vêtements qu'il avait pêchés dans sa malle. Il se présenta vêtu d'une culotte de golf et d'un vieux maillot de corps en flanelle que chaque lavage rendait encore plus gris. Avec ses cheveux en bataille autour de son crâne dégarni, il avait l'air de sortir du lit, ce qui était d'ailleurs le cas. Il s'était couché tard après avoir enchaîné les verres de Tokay dans une dizaine d'établissements du boulevard Montparnasse.

La jeune femme eut l'élégance de ne rien remarquer. Tout de même, quand elle demanda à lui parler – « dans un endroit calme » – et suggéra le café voisin, il insista pour remonter se changer. Partagé entre le désir de se montrer sous un meilleur jour et le scrupule de trop faire attendre sa visiteuse, il se débarbouilla en hâte, se lava les dents, coiffa ses cheveux autant qu'ils pouvaient l'être. Sans prendre le temps d'ouvrir ses volets, il enfila une veste et sortit. C'est seulement dans l'escalier qu'il prit conscience d'avoir revêtu un anorak de ski de couleur vert fluo acheté une vingtaine d'années auparavant pendant un bref séjour à Verbier. La jeune femme devait être habituée à ne rien laisser paraître car elle ne cilla pas en le voyant arriver à la réception. Aurel reconnut dans cette impassibilité le professionnalisme des diplomates et une vague inquiétude le saisit.

Ils prirent place autour d'une table. Aurel tenta de cacher son malaise en se concentrant sur son croissant mais un léger tremblement l'empêchait de le tremper proprement dans son café.

— Je suis très honorée de vous rencontrer, monsieur le Consul, commença la jeune femme.

Elle avait un petit accent en français, beaucoup moins prononcé que celui d'Aurel. Il n'avait jamais pu corriger ses « r » roulés et ses fautes d'accent tonique. Elle lui tendit une carte de visite. Il l'examina avec d'autant plus d'attention qu'elle lui permettait d'échapper au regard bleu intense que la jeune femme braquait sur lui.

« Frida Hochstein. Conseiller à l'ambassade de la Principauté de Starkenbach en France. »

— Enchanté, bredouilla-t-il. L'honneur est pour moi.

— Je serai directe, monsieur le Consul. Son Altesse le prince Rupert a chargé l'ambassade de la Principauté à Paris de vous transmettre une invitation.

La surprise d'Aurel figea un instant ses mouvements. Le croissant ramolli, tombant dans le café, éclaboussa son anorak et, plus grave, étala une grande coulée mousseuse sur les genoux de la jeune femme. Elle avait heureusement gardé son imperméable. Il y eut un peu d'agitation pour tout remettre en ordre.

— Une invitation..., reprit finalement Aurel. Le prince... Je suis très honoré. Mais... êtes-vous certaine de vous adresser à la bonne personne ?

— Vous êtes bien monsieur Aurel Timescu ?

— Certainement.

— Eh bien, il n'y a aucun doute.

Avec un sourire éclatant comme on en voit dans les publicités quand la ménagère est censée admirer la propreté du linge qui sort de sa machine, Frida tendit à Aurel une enveloppe aux armes de la Principauté. Il la saisit et la tourna d'un côté puis de l'autre.

— Ouvrez, je vous en prie.

Il en tira un bristol sur lequel il lut, sous le blason imprimé en couleur et en relief de la Principauté de Starkenbach, une invitation à son nom. Plus surprenant encore, il était convié non pas à un cocktail ou à un déjeuner mais à un « séjour ». Voyant son trouble, la diplomate intervint.

— Le prince a jugé qu'il était impossible de résumer dans une lettre ce qu'il attendait de vous. Voilà pourquoi je me borne à vous transmettre une invitation. En vérité, c'est en rencontrant Son Altesse que vous obtiendrez toutes les explications. Je suis désolée pour ce procédé un peu… cavalier.

Elle avait fait semblant de chercher ce dernier mot mais Aurel connaissait trop les francophones pour ne pas sentir qu'elle avait dû préparer l'entretien. Elle faisait mine d'hésiter lorsqu'elle utilisait, en parfaite connaissance de cause, une expression rare, ce qui soulignait avec élégance la perfection affectée de son français.

Comme il ne répondait rien, elle s'empressa d'ajouter :

— Naturellement, votre déplacement est entièrement pris en charge par la Principauté et vous serez l'invité personnel de Leurs Altesses pendant votre séjour. Indépendamment des conditions financières qui vous seront proposées en fonction des demandes que le prince vous transmettra, il va de soi qu'un dédommagement est prévu pour couvrir vos premiers frais.

Elle tendit une autre enveloppe.

— Il ne s'agit que d'un *per diem.*

Aurel entrouvrit l'enveloppe, aperçut une liasse de billets de cinq cents euros et la referma terrorisé.

La jeune femme le fixait toujours de ses yeux limpides. Il y lut en même temps la probité et la menace, se sentit incapable de réfléchir et plus encore de résister.

— Eh bien… commença-t-il.

Comme il n'alla pas plus loin, elle sourit de nouveau avec un air de profonde satisfaction.

— Merci ! dit-elle.

Puis, sans lui laisser le temps de réagir, elle ajouta :

— Quand souhaitez-vous partir ?

Ils convinrent que le lendemain serait opportun.

*

Avant d'être introduit dans la salle d'armes où il devait attendre l'audience avec le prince, Aurel avait confié sa valise à une sorte de laquais taciturne. L'homme était vêtu d'une livrée bleu roi à boutons dorés. Il avait un air si digne et un port si altier qu'Aurel avait failli le prendre pour le prince lui-même. Heureusement, en le voyant se précipiter pour lui ouvrir la porte du taxi, Aurel s'était retenu de lui donner du « Majesté ».

Quand il eut compris que ce personnage chamarré était seulement un serviteur, il se dit qu'il n'était pas au bout de ses surprises. Il en ressentit un vif plaisir. Rien, en vérité, ne l'obligeait à accepter cette invitation inattendue. Sitôt Frida partie, il avait d'ailleurs été tenté de déchirer le carton princier. Quitter Paris où il venait tout juste d'arriver alors que cette ville lui avait tant manqué était bien la dernière chose qu'il pût désirer. Évidemment, il y avait l'appât de l'argent. S'il en jugeait d'après la somme généreuse qui lui avait été remise au seul titre de *per diem*, il pouvait espérer que rendre service à ce prince serait certainement très bien rémunéré. Restait à savoir de quel service il s'agissait. Il n'avait pas assez de besoins financiers pour accepter n'importe quelle mission. Ce qui, finalement, le décida à tenter l'aventure, ce fut l'aspect monarchique de toute l'affaire.

Comme bon nombre de ceux qui ont rêvé la France avant de la connaître, Aurel avait été fasciné dans sa jeunesse par les histoires des rois et des reines. Louis XIV, le Grand Siècle, les fastes du Louvre ou de Vaux-le-Vicomte restaient dans la Roumanie communiste l'horizon indépassable du pouvoir. Le Génie des Carpates qui gouvernait le pays n'avait, tout marxiste qu'il fût, pas d'autre modèle que celui du Roi-Soleil. Ses palais en béton s'essayaient à imiter Versailles. Et les opposants eux-mêmes, faute d'avoir la moindre idée de ce que pouvait être une République, rêvaient seulement de remplacer ce roi mauvais par un roi bon.

Pour tout dire, Aurel avait été un peu déçu de ne plus rien trouver de ce monde royal quand il avait débarqué en France. Même quand, à la faveur d'un mariage éphémère, il avait pu entrer dans la diplomatie et fréquenter les résidences d'ambassadeurs et les palais nationaux, il avait découvert des décors monarchiques d'où la noblesse avait disparu. Il ne suffit pas de s'asseoir derrière un bureau Louis XV tapissé de cuir pour avoir l'air d'un grand seigneur.

Voilà pourquoi l'idée de visiter pour la première fois, en miniature certes, un État où régnait encore un prince le séduisait.

Il avait regardé sur une carte où se trouvait le Starkenbach, pays dont il avait vaguement entendu parler. Wikipedia le situait dans un triangle obscur des Alpes entre la Suisse, l'Allemagne et l'Autriche – les petits États sont souvent dans des montagnes.

Aurel s'y était rendu en train, mode de transport chaudement recommandé par Frida, qui lui avait fait parvenir un billet l'après-midi même. Il avait changé à Zürich et emprunté pour le dernier trajet un train à l'ancienne, doté d'un véritable wagon-restaurant avec nappes blanches, assiettes en porcelaine et cure-dents. Un taxi l'attendait à l'arrivée qui le conduisit directement au centre-ville. La Grand-Place, au sol dallé de granit, était dominée par la façade imposante du palais. Il aurait été difficile d'en déterminer le style. Les hautes fenêtres étaient protégées par des grilles aux barreaux très épais qui donnaient vaguement à l'édifice l'aspect d'un *palazzo* romain. Mais des volets à chevrons blancs et rouges ainsi que des jardinières de géraniums accrochées aux rebords apportaient à l'ensemble une touche plutôt germanique.

Il y avait déjà une bonne vingtaine de minutes qu'Aurel attendait dans l'antichambre monumentale sous le regard du chevalier à la perruque grise. Soudain, un autre serviteur apparut par une porte invisible et se dirigea vers lui.

Dans un français au fort accent gutural, il le pria de bien vouloir le suivre.

L'homme était vêtu de noir, avec une veste à basques et un gilet. Une chaîne en argent lui donnait l'air d'un huissier. Comme son collègue en livrée bleue, il était d'une élégance, d'un maintien, d'une noblesse, en somme, pensa Aurel, qui lui firent sentir douloureusement son indécrottable appartenance au peuple. Lui qui, pendant toute sa jeunesse chez les communistes, avait fait des efforts aussi désespérés qu'inutiles pour avoir l'air d'un prolétaire, se trouvait identifié ici comme l'un d'entre eux, malgré le soin qu'il avait pris pour une fois de son apparence. Son costume, acheté pour la circonstance après la visite de Frida, lui avait paru élégant, en drap anthracite. En apercevant son reflet dans un des miroirs qui bordaient le grand escalier, il se rendit compte avec effroi que la veste, mal coupée, bâillait et que le pantalon tire-bouchonnait. La jambe gauche, surtout, n'allait plus, car il n'avait pas eu le temps de faire coudre les ourlets et les aiguilles de ce côté-là avaient lâché.

Sur un palier intermédiaire, Aurel saisit la manche du majordome. Il osa la question qu'il avait omis de poser à Frida et qui l'avait tracassé pendant tout le voyage.

— Est-ce que vous pourriez me dire, s'il vous plaît…

— Oui ?

— Eh bien… Comment faut-il qu'on l'appelle ?

Le domestique cligna des yeux comme s'il doutait qu'une telle ignorance fût possible.

— Je veux dire… le prince. Je suppose que « prince » tout seul, ça ne va pas. Majesté, alors ? Votre Majesté ? Sa Majesté ? Sire ? Monsieur ? Vraiment, je donne ma langue au chat…

De toutes les Républiques, la française est

celle qui s'est montrée l'ennemi le plus cruel des monarques. Lorsqu'un Français est contraint de sacrifier à la tradition que son pays a si radicalement détruite, il est bon qu'il souffre un peu... Le majordome laissa Aurel se débattre avec ses souvenirs historiques et littéraires. Enfin, avec une expression de mépris qui montrait assez que rien n'était pardonné, il lâcha :

— « Votre Altesse » conviendra.

— Ah ! Merci... merci, vraiment.

Ils reprirent leur ascension et parvinrent sur un immense palier circulaire. Une rambarde de fer forgé entourait le balcon que formait ce palier au-dessus de la salle d'armes. Tout autour s'ouvraient de larges portes à petits carreaux qui étaient autant de miroirs renvoyant à Aurel sa misérable image. Le majordome se dirigea vers l'une d'elles, ouverte à deux battants. Ils passèrent dans une autre pièce aux murs de laquelle étaient accrochés d'immenses tableaux, plus récents que ceux de la salle d'armes. Ils représentaient en pied et grandeur nature des hommes en uniforme, le regard fier, couverts de décorations de toutes sortes : des rubans, des croix, des sautoirs, des étoiles fixées à la poitrine, aux hanches. La plupart étaient barbus, ce qui rassura Aurel car il ne s'était toujours pas résolu à se raser. Nul doute en tout cas qu'il s'agissait des ancêtres du prince. C'est à un personnage de ce genre qu'il allait bientôt être présenté. Il avait beau se dire que ces attributs ne constituaient en rien le pouvoir, il était écrasé d'avance par ces couleurs, ce faste, ces épées, ces dorures, ces meubles lourds. Enfin, le laquais se plaça de côté, ouvrit une dernière porte et fit signe au visiteur d'entrer.

— Votre Altesse, voici M. Timescu, clama-t-il en regardant Aurel comme il l'aurait fait d'une limace.

II

Aurel pénétra dans une bibliothèque circulaire aux murs couverts de volumes havane poinçonnés d'or.

Un homme l'attendait debout, vêtu d'un complet gris clair et d'une cravate unie. Rien en lui n'évoquait l'air martial et presque outré des portraits de la pièce précédente. La noblesse de ce personnage prenait la forme d'une grande simplicité. Un sourire timide lui donnait une expression modeste et triste. Aurel sentit tout à coup pour cet inconnu une vive sympathie et presque de la reconnaissance. Il avait été sur le point d'être anéanti et cet homme lui avait fait grâce.

— Merci d'être venu, monsieur Timescu, dit le prince avec une voix grave, contenue et très douce.

Sans attendre, Aurel tenta à la hâte une révérence et se retrouva à genoux.

— Votre Altesse ! gémit-il en s'effondrant.

Le majordome, avant de refermer la porte, avait eu le temps d'apercevoir l'incident. Il se précipita pour aider le visiteur à se relever. Agrippé au domestique et au prince, Aurel se remit debout puis se laissa asseoir dans un fauteuil.

— Excusez-moi, Votre Altesse, c'est le voyage...

— Je comprends. Vous devez être très fatigué.

Le prince garda le silence jusqu'à ce que le majordome fût sorti. Aurel reprit contenance. Une fois la porte close, il y eut un petit moment de gêne et de silence. Le prince et son visiteur se faisaient face, assis dans d'immenses fauteuils Louis XIII. Aurel se souvenait vaguement d'une règle de politesse qu'aimait à rappeler un de ses ambassadeurs. Mais il ne parvenait plus à se rappeler si la bienséance commandait de se tenir les jambes croisées ou, au contraire, les deux pieds par terre. En enchaînant successivement les deux positions, il découvrit que son ourlet droit avait cédé à son tour. Les deux bas du pantalon, effrangés et piqués de quelques aiguilles, pendaient maintenant sur ses chaussures. Il détourna le regard, espérant que le prince n'avait pas prêté attention à ces détails. Il était difficile de le savoir car l'homme affichait toujours le même sourire indéchiffrable.

— Je vous remercie encore d'avoir accepté mon invitation aussi vite, prononça-t-il enfin.

Les volumes de cuir qui tapissaient les murs de

cette pièce calme semblaient absorber les sons et les restituer dans l'air avec une tonalité rabattue et comme veloutée.

Même le glapissement qu'Aurel parvint à émettre, la gorge nouée, en manière d'approbation, se déploya dans la pénombre avec une sorte d'élégance. Le prince avait cependant dû percevoir sa gêne car il s'empressa. Sur un petit guéridon était disposé un plateau chargé d'une carafe de cristal et de deux verres.

— Puis-je vous offrir un verre de Tokay ? Vous l'aimez bien frais, à ce qu'on m'a dit.

Jusque-là, Aurel, malgré de successives évidences, n'avait pas tout à fait réussi à se convaincre qu'il n'était pas la victime d'un immense malentendu. À cet instant, il ne douta plus que tout cela fût bien réel. Pour savoir que le Tokay était son vin blanc préféré, au point que dans chacun de ses postes, même au plus profond des déserts ou des savanes, il en faisait venir plusieurs caisses chaque année, il fallait que le prince se fût bel et bien renseigné sur son compte.

— Volontiers, répondit-il avec avidité, car, depuis son entrée dans le palais, il réprimait une furieuse envie de boire précisément un verre de vin blanc bien frais.

Cependant, l'inquiétude et une manière de soupçon le gagnèrent tout aussitôt. Il ajouta :

— Mais, au fait, comment savez-vous… ?

Le prince tendit légèrement ses fines lèvres et cet imperceptible écart suffit, sur ce visage impassible, à dessiner un franc sourire.

— Nous avons des connaissances communes, figurez-vous !

Aurel, en un bref instant, passa en revue tous les mondes qu'il avait traversés, de la Roumanie communiste à divers pays d'Afrique où il avait servi, en passant par les bars montants de Pigalle où il avait gagné sa vie comme pianiste à son arrivée en France. Il ne voyait vraiment pas le prince se lier, fût-ce de loin, avec un de ces univers. Le seul domaine qui pouvait éventuellement les rapprocher était la diplomatie. Mais la calamiteuse carrière d'Aurel ne l'avait jamais amené à fréquenter les grands postes et les cours européennes.

— Ne cherchez pas, trancha le prince. Vous ne pouvez pas trouver tout seul, je le crains.

Il tendit à Aurel un verre plein du liquide ambré qu'il aimait tant. Il en avait si grande envie qu'il ne put s'empêcher d'en boire une longue gorgée sans attendre son hôte.

— Voilà : un de mes bons amis, qui fut votre ambassadeur, m'a parlé de vous.

Aurel, que le vin blanc commençait à apaiser, se redressa d'un coup. Il n'y avait pas d'exemple qu'un de ses chefs de poste eût gardé de lui une image favorable. Certains avaient même eu cruellement à se repentir de l'avoir eu pour collaborateur.

— Ah oui ? Où cela ? lâcha Aurel en tendant machinalement le verre qu'il avait déjà vidé.

Le prince se releva et, sans laisser paraître aucun trouble, le remplit à nouveau.

— À Maputo, c'est au Mozambique, n'est-ce pas ?

Pour l'aristocrate européen, le Mozambique était un lieu aussi irréel et difficile à situer que l'était sans doute le Starkenbach pour un natif de l'Afrique australe. Revenant sur un terrain plus familier, le prince ajouta :

— Monsieur Jocelyn de Neuville, vous vous souvenez ? C'est un vieil ami. Enfant, j'allais passer une partie de l'été chez son père, le comte de Neuville, dans une jolie propriété de leur famille, près de Nimègue.

Tant qu'un doute subsistait sur le nom de l'ambassadeur, Aurel s'était pris à espérer. Certains de ses patrons se contentaient de le voir seulement comme un tire-au-flanc. Mais Jocelyn de Neuville était de ceux qui avaient certainement gardé contre lui une rancune magistrale. Aurel avait directement contribué, en levant un lièvre que personne ne lui avait demandé de poursuivre, à provoquer le rappel à Paris de cet ambassadeur, à la demande des autorités mozambicaines.

— Mon ami Neuville a pour vous la plus grande estime.

« Allons bon ! » se dit Aurel qui ne pouvait

espérer une consolation que dans le Tokay. Il avala cul sec le deuxième verre.

— Il vous tient pour un homme courageux qu'aucun obstacle n'arrête lorsqu'il est sur le chemin de la vérité.

« Pardi ! Il en a fait les frais lui-même. »

Le prince, sans s'interrompre, versa un troisième verre et, pour ne plus avoir à se déranger, posa la bouteille sur une petite table à côté d'Aurel.

— Il vous a décrit comme l'enquêteur le plus subtil qu'il lui ait été donné de rencontrer. À ses yeux, vous dépassez en intuition et en rigueur tous les policiers professionnels avec lesquels il a travaillé.

Écrasé par ces compliments et un peu tassé par le vin blanc, Aurel se rencognait dans l'immense fauteuil. Quand il se reposa sur le dossier, ses pieds quittèrent légèrement le sol et disparurent sous les deux manchons effrangés de son costume. Sa respiration se fit plus ample et il ferma les yeux.

— Voulez-vous prendre un peu de repos ? s'enquit le prince.

— Non, non, répliqua Aurel. Continuez, je vous en prie. Tout cela est si… inattendu. Ce cher M. de Neuville…

Un élan de sympathie soudaine emplit presque ses yeux de larmes.

— Que vous a-t-il dit d'autre… ?

— Tout.

Aurel fit une grimace.

— Je veux dire votre sens de la justice, votre méthode déductive, votre aptitude au contact dans les milieux et les peuples les plus divers.

Il est difficile d'imaginer à quelle profondeur pénétraient ces compliments dans l'esprit d'Aurel. Habitué aux vexations de ses supérieurs, aux brimades de l'administration centrale et à l'ironie méprisante des autres diplomates, il avait fini par se considérer comme une sorte de martyr. Ce sentiment avait renforcé encore son désir de ne rien donner à ce ministère hostile. Il se réservait pour sa musique et, de temps en temps, quand l'occasion se présentait, menait une enquête dont personne ne l'avait chargé. Qu'un homme tel que Neuville pût lui reconnaître des qualités l'amenait à reconsidérer toutes ses relations professionnelles. Il n'était pas loin, en entendant les révélations du prince, de se dire qu'il avait peut-être été, plus qu'il ne le croyait, entouré d'affection et de respect sans s'en apercevoir.

— Je n'ajouterai rien pour ne pas offenser votre modestie. Qu'il me suffise de dire que la recommandation d'un homme tel que l'ambassadeur Neuville, qui fut représentant de la France aux Nations unies et qui maintenant est le secrétaire général du Quai d'Orsay, m'a semblé une garantie suffisante pour ne pas craindre de vous faire appeler.

À cet instant, le prince se leva. Aurel sursauta, sans parvenir à s'extraire de sa bergère. Debout, les yeux dans le vague, le prince fit durer un long moment de silence. Il était évident qu'on en était rendu au moment crucial de cet entretien. Avant de faire l'aveu de ce qui l'avait conduit à convoquer Aurel et même à le supplier de venir, il avait besoin de rassembler ses forces. Sans doute la pudeur, la fierté, la dignité même de l'aristocrate allaient-elles être mises à rude épreuve. Comme pour vaincre ces ultimes résistances, il fit un pas en avant et commença à déambuler autour de son fauteuil. Il passa près des étagères de livres et, tandis qu'il parlait, les effleura d'un doigt comme s'il avait cherché auprès de leurs pages le secours des philosophes et les enseignements de l'Histoire.

— Mon épouse, la princesse Hilda, a disparu. C'est la première fois, depuis la création de notre État en 1428 par Sigismond Ier, qu'un tel événement se produit. Nous avons connu des guerres, des pillages et même l'exil, notamment pendant la guerre de Trente Ans, mais jamais l'unité de la famille princière n'a été rompue.

Aurel était parvenu à se redresser et, malgré l'envie qu'il en avait, il s'abstint de se verser un nouveau verre. Il avait besoin de sa pleine lucidité, laquelle était déjà bien entamée.

— Tout est prévu dans la constitution de 1732, révisée en 1984, qui fixe les règles du fonctionnement politique de la Principauté. La mort, le divorce et même l'incapacité du monarque, tout est envisagé avec précision.

Quand le prince s'interrompait, le crissement de ses chaussures en chevreau emplissait la pièce comme les soupirs d'un chœur invisible.

— Mais la disparition pure et simple, sans explication ni communication, n'a jamais été envisagée. L'absence inexpliquée de la princesse nous place dans une situation institutionnelle extrêmement délicate.

Il s'arrêta et, enhardi par ce début de confidence, trouva la force de regarder Aurel bien en face.

— La monarchie n'a pas que des partisans ici, vous devez le savoir. Nos faux pas sont guettés, nos faiblesses immédiatement exploitées. L'actuel gouvernement libéral de la Principauté ne nous est pas favorable, ce n'est un secret pour personne.

Aurel acquiesça de façon théâtrale, lui qui, deux jours plus tôt, ignorait encore tout du Starkenbach et de sa monarchie constitutionnelle.

— Heureusement, la nouvelle n'est pas encore sortie d'ici. Et quand je dis « ici », il s'agit de moi-même et de notre fils aîné Helmut, le prince héritier. S'y ajoutent une ou deux autres personnes loyales. Et maintenant, vous.

Fallait-il prendre cette dernière information comme une marque de confiance ou comme une menace ? Les deux, sans doute. Aurel, pour se calmer, pinça ses jambes de pantalon au niveau des genoux et les remonta pour dégager ses chaussures. Le prince avait repris sa circumdéambulation.

— Je vous parle des conséquences politiques de cette affaire mais il est bien évident que le plus douloureux est son aspect humain. Je voudrais savoir où est ma femme, ce qu'elle désire, ce qui a pu motiver son départ.

Il s'arrêta dans l'embrasure de la fenêtre. Il jeta un regard douloureux par la croisée puis se tourna vers Aurel.

— J'aime ma femme, monsieur Timescu.

Impavide, le visage toujours aussi énigmatique, le prince ne parvenait pas plus à former une expression de douleur qu'une mimique de contentement. L'homme était à l'évidence enfermé dans une armure d'éducation stricte et d'usages officiels. Cependant, au reflet plus brillant qu'il perçut dans son œil, Aurel comprit qu'il était au bord des larmes.

Embarrassé par le trouble du prince, il ne savait pas trop quelle attitude adopter. Il avait même des doutes quant au langage qu'il convenait d'utiliser. Pour coller à cette ambiance de tableaux précieux et de dorures, il se crut obligé de formuler des propos recherchés.

— Figurez-vous, minauda-t-il, qu'un de mes oncles, qui a d'ailleurs l'âge d'être plutôt mon neveu et qui est entomologiste au Nouveau-Brunswick, m'a raconté que, chez une certaine espèce de papillon d'Amazonie, il arrive que la femelle parcoure plusieurs dizaines de kilomètres et s'absente seule pour aller rechercher je ne sais quel pollen de fleurs tropicales, avant de revenir se faire féconder. En d'autres termes, êtes-vous sûr que votre femme ne va pas tout simplement réapparaître... ?

Le prince eut besoin de toutes ses ressources de savoir-vivre pour ne pas laisser paraître sa consternation.

— Monsieur Timescu, prononça-t-il en toussotant pour reprendre contenance, nous ne sommes pas en Amazonie et mon épouse n'est pas un papillon. Elle ne va pas réapparaître. J'en ai la conviction. Je la connais. Nous sommes mariés depuis trente et un ans. Nous avons trois enfants. Nous ne nous sommes jamais séparés, jamais disputés.

À cet instant, quittant le registre de l'émotion qui contrariait par trop sa nature, le prince, en se rapprochant d'Aurel, prit un ton prosaïque, histoire de lui faire comprendre que le beau langage et les métaphores exotiques n'étaient pas ce qu'on attendait de lui.

— Il faut bien comprendre, monsieur Timescu, pourquoi nous ne pouvons pas confier cette affaire à la police. Le monde entier serait immédiatement au courant. Vous connaissez la presse, surtout celle que l'on appelle désormais « people ». Les familles régnantes sont une proie de choix pour leurs paparazzis. Nous avons pris soin jusqu'ici de ne pas trop apparaître dans leurs pages et toujours de façon strictement honorable.

Aurel avait parfois feuilleté ces journaux dans la salle d'attente de son dentiste. Par association d'idées, il pensa qu'il devait d'ailleurs prendre rendez-vous pour une molaire du haut qui était sensible.

— Nous avons cherché un enquêteur qui fût inconnu ici et suffisamment discret pour nous aider à connaître la vérité. Les détectives privés sont des gens incontrôlables et véreux. On nous a parlé d'un policier à la retraite qui a monté son agence mais il est actuellement mobilisé par une affaire en Arabie Saoudite. C'est alors que je me suis ouvert du problème à Jocelyn de Neuville.

Aurel se dit que, sous couvert de lui faire une faveur, son ancien chef de poste l'avait précipité dans un traquenard.

— J'ai toute confiance en Jocelyn. Nous sommes restés très proches. Nous faisons de la bicyclette ensemble.

— De la bicyclette ?

Aurel n'était à l'évidence pas au bout de ses surprises. Il pouvait imaginer cet homme à la messe, dans un casino ou au golf. Il l'aurait vu en cavalier, en pilote de rallye, en yachtman. Mais en cycliste… La chose devait paraître pourtant si naturelle au prince qu'il ne releva pas la question et poursuivit :

— Vous êtes un diplomate : c'est un gage de confidentialité et de sérieux.

— Merci, gémit Aurel, en se demandant s'il devait protester…

Le prince s'était rassis, visiblement soulagé d'avoir pu exposer l'affaire sans se troubler. Penché en avant, il fixa Aurel et lui posa solennellement la question de confiance.

— Acceptez-vous, cher monsieur Timescu, de vous charger de cette enquête, c'est-à-dire de chercher où se trouve la princesse et quelles sont ses intentions ?

Aurel se sentait dans la situation d'un passager qui voit son train foncer sans freins vers l'abîme et n'a plus qu'un instant pour sauter en marche. Se méprenant sur son hésitation, le prince précisa sa requête.

— Tous vos frais seront pris en charge et une très forte rétribution récompensera vos services. Croyez-moi. Très forte.

Secouant la main, Aurel signifia que ce point n'était pas essentiel. Il allait dire qu'il était fonctionnaire, qu'il attendait d'un jour à l'autre sa prochaine affectation quand le prince précéda sa question.

— Jocelyn de Neuville, en tant que secrétaire

général de votre ministère, fera en sorte que vous n'ayez pas l'obligation de repartir avant d'avoir accompli votre mission dans la Principauté.

Aurel n'eut pas le cœur de faire durer davantage le suspense. Ce n'était ni l'appât du gain ni la perspective de rester un bon moment en Europe qui le séduisaient. Il était seulement ému par la détresse sincère de cet homme, tout prince qu'il fût. La gorge serrée et avec l'envie de prendre ses mains dans les siennes pour le consoler, envie qu'il refréna comme ses larmes, il prononça, la voix brisée :

— C'est un grand honneur, Majesté… enfin… Votre Altesse. Un grand honneur, vraiment.

III

Le colonel Frühling était un petit homme trapu sanglé dans un uniforme d'une vilaine couleur caca d'oie. Sur ce fond peu engageant se détachait heureusement toute une collection de breloques, galons, rubans, boutons, écussons, insignes divers. Chacune devait avoir une signification honorifique, sanctionner l'ancienneté, la discipline, peut-être l'héroïsme. Mais pour Aurel, qui n'en connaissait pas la valeur, elles étaient seulement décoratives, comme les boules de couleur dont on orne les sapins de Noël.

L'homme était d'une extrême courtoisie. Lorsque le prince l'avait fait appeler, il s'était présenté en quelques secondes, preuve qu'il devait être tapi derrière la porte, prêt à s'empresser.

— Le colonel Frühling est mon aide de camp. Colonel, voici M. Timescu, qui nous fait l'honneur de nous porter assistance dans l'affaire que vous connaissez.

Le militaire, qui avait gratifié le prince d'un salut réglementaire, réserva pour le visiteur une poignée de main franche. Aurel ne confiait jamais sans inquiétude ses doigts de pianiste à des personnages d'une carrure aussi impressionnante. Les manches du colonel étaient tendues par le relief d'invisibles biceps. Et ses mâchoires carrées évoquaient la ténacité et la résistance au mal. Par bonheur, ces forces restaient tout intérieures, métamorphosées chez cet homme de cour en une bienveillance protectrice.

— Le colonel va vous conduire à vos appartements. Vous allez pouvoir prendre avec lui toutes les dispositions qui vous paraîtront nécessaires. Vous devez être entièrement libre de vos initiatives et ne rencontrer aucun obstacle matériel pour les mener à bien.

L'officier se fendit d'un sourire carnassier. Il maîtrisait si bien son expression qu'Aurel, loin d'en être inquiété, eut l'impression d'être désormais sous la protection d'un molosse parfaitement dressé.

— Surtout, conclut le prince en tendant à Aurel une main chlorotique, ne vous ouvrez de votre mission à personne d'autre qu'au colonel et aux personnes qu'il vous présentera. À bientôt, monsieur Timescu.

Il disparut dans la bibliothèque et Aurel traversa sans mot dire tout le palais, sous la conduite de l'aide de camp. Machinalement, il avait tendance à calquer ses foulées sur les siennes, comme s'ils marchaient au pas. Ils passèrent ainsi en revue plusieurs galeries tapissées de toiles figurant les ancêtres du prince au garde-à-vous. Parvenu à une sorte de rotonde, le colonel marqua un arrêt sous un portrait aux couleurs vives représentant une femme d'une quarantaine d'années. Elle était vêtue d'une robe de satin grenat qui s'évasait en larges plis à partir de la ceinture. Au-dessus, elle formait un bustier assez décolleté. Un large ruban rouge lui barrait la poitrine et soutenait, au côté, une rosace de vermeil qu'Aurel avait déjà remarquée sur d'autres tableaux du palais. Ce devait être le plus haut grade de l'ordre honorifique local. Sur les cheveux noirs de la femme était posée une couronne fermée sertie de rubis et d'émeraudes.

— Son Altesse Sérénissime la princesse Hilda, prononça le colonel.

Il avait dans la voix une sorte de sanglot qui devait représenter chez lui la forme suprême de la soumission. Une telle expression, pensa Aurel, ne devait pouvoir s'atteindre qu'au terme d'un long entraînement. Il y avait sans doute mis d'autant plus de force qu'au respect dû à la souveraine s'ajoutait le chagrin de la savoir disparue.

Aurel resta un long instant figé devant le portrait. Les yeux de la princesse étaient si bien rendus par le peintre qu'ils lui donnaient un regard vivant, d'une intensité rare. Sans démêler ce qu'il devait y lire, Aurel reçut ce regard comme un message personnel. Si le prince l'avait intellectuellement convaincu de mener cette recherche, son épouse disparue y ajoutait un appel auquel Aurel, l'aurait-il voulu, n'eût pas été capable de résister.

— Allons dans mon bureau, si vous voulez bien, intervint l'officier. Nous vous conduirons ensuite vers vos appartements.

Ils descendirent au rez-de-chaussée par un étroit ascenseur dissimulé entre deux colonnes dorées. De là, ils empruntèrent plusieurs couloirs pour entrer finalement dans un vaste bureau qui ouvrait par deux hautes fenêtres sur un parc fleuri. Au loin, on distinguait des jardiniers qui ramassaient les feuilles tombées au sol en ce début d'automne.

Dans un angle du bureau étaient disposés un canapé et deux fauteuils tapissés de soie jaune canari. Cette ambiance de boudoir cadrait mal avec la rudesse du colonel mais il avait l'air très fier de cet ameublement et proposa à Aurel d'y prendre place.

— Nous sommes vraiment heureux que vous ayez accepté cette mission. Son Altesse était très impatiente de vous voir.

Tout ce qui touchait au pouvoir avait visiblement le don de répandre chez ce guerrier des humeurs favorables. Il prononçait le mot « Altesse » en fermant légèrement les yeux, comme en extase. Aurel se demanda si cette vénération était le fait de ce seul personnage ou s'il s'agissait là de l'état commun de tous le personnel du palais, voire de tous les sujets de la Principauté.

— Pardonnez ma question, colonel. Vous êtes l'aide de camp du prince ou de la princesse…

— Mais des deux ! se récria Frühling. Pourquoi me posez-vous cette question ?

— Parce que je remarque au-dessus de votre bureau une photographie de la princesse, mais aucune de son mari.

Le colonel suivit le regard d'Aurel et sembla découvrir le cadre accroché entre les deux fenêtres. Il faisait tellement partie du décor qu'il n'y prêtait sans doute plus attention.

— Ah ! Je vois… vous êtes très observateur. Cela fait partie de vos talents d'enquêteur, j'imagine.

Il sourit suavement.

— Il s'agit tout simplement de la photo officielle de Son Altesse Sérénissime. Vous la verrez partout dans les lieux publics, les institutions de l'État, les écoles.

— Je ne comprends pas. Pourquoi elle seulement ?

Le colonel dévisagea Aurel un long instant. Il n'avait pas mesuré quelle profondeur atteignait l'ignorance d'Aurel sur le sujet du Starkenbach. Puis il sembla se rappeler que le diplomate n'avait été prévenu que la veille.

— Notre Constitution, qui date de 1732, a été amendée…

— … en 1984.

— C'est exact. Alors, vous savez ?

— Rien d'autre.

— Cette réforme a introduit la primogéniture sans considération de sexe. Son Altesse Sérénissime la princesse Hilda étant la fille unique du regretté prince Gustav, elle a pu accéder au trône après sa mort, en 2002. C'est elle, le chef de l'État.

Aurel regarda à nouveau la photographie. Tout prenait d'un coup un sens nouveau. La disparition de la princesse n'était pas seulement un drame familial. C'était un tremblement de terre politique. Il comprenait pourquoi le prince craignait tant que l'affaire fût ébruitée. Il se tourna vers le colonel qui lui avait donné le temps de mesurer la portée de cette information.

— Donc, le prince que j'ai vu…

— N'a aucune fonction dans l'État, hormis celle, très limitée, de consort.

Aurel devait décidément se méfier de lui-même. Abusé par le pouvoir qu'il lui prêtait à tort, il avait décelé chez lui l'autorité d'un monarque, l'habitude du commandement et la légère mélancolie que la violence des affaires humaines imprime dans le cœur de ceux qui en ont la charge. Au lieu de quoi, c'était seulement un conjoint, probablement condamné à faire tapisserie dans les cérémonies officielles.

— Son Altesse Sérénissime la princesse Hilda a tenu à ce que son mari porte lui aussi le titre princier.

— Il n'avait pas de titre quand ils se sont connus ?

— Son Altesse le prince Rupert est français. Sa famille vient d'Auvergne, à ce que je sais. Des origines très nobles, bien sûr. Il était comte.

Un tic déformait le visage du colonel lorsqu'il abordait un sujet déplaisant et s'efforçait de dissimuler sa réprobation ou son mépris. Il plissait le nez et portait les lèvres en avant, comme s'il devait déposer un baiser sur le front luisant de sueur d'un malade condamné et qui sentait mauvais. Quand ce réflexe survenait, il changeait aussi vite que possible de sujet.

— Vous pourrez séjourner au palais. Nous avons fait préparer un appartement pour vous dans l'aile des invités d'honneur.

Aurel remercia en inclinant la tête.

— Il faudra également que vous choisissiez une couverture pour mener votre enquête. Nous en avons discuté. Nous proposons que vous rédigiez un mémoire historique sur les relations entre la Principauté et la France. Son Excellence l'ambassadeur de Neuville vous adressera une lettre pour vous commander ce travail.

« Moi ? rédiger un mémoire historique ! pensa

Aurel. On aura tout vu. Si quelqu'un apprend cela au Quai, le secrétaire général va passer pour un fou. »

— Ce ne sera pas officiel, tout de même ?

— Non, n'ayez crainte. Son Excellence rédigera cette lettre à toutes fins utiles, mais j'espère que nous n'aurons pas à en faire usage. Bon. Il se fait tard et vous devez être fatigué.

Pendant qu'Aurel se levait, le colonel avait déjà sauté sur ses pieds et était allé prendre une chemise sur son bureau.

— Nous vous avons préparé ce petit dossier. Vous y trouverez les numéros de téléphone qui vous seront utiles. Au fait, puis-je avoir le vôtre ?

— Je n'ai pas de portable, avoua Aurel.

Il avait contracté depuis longtemps l'habitude de se rendre injoignable. Cette précaution était la pierre angulaire de sa stratégie pour décourager ceux qui voulaient lui donner du travail. Cette fois, c'était différent, puisqu'il avait accepté de son plein gré cette mission et qu'elle s'effectuait en dehors de son milieu professionnel. Le colonel proposa de lui fournir un téléphone. Il hésita mais, comme il n'avait aucune intention d'utiliser cet instrument, il refusa.

— Vous trouverez également dans ce dossier la liste des quelques personnes qui sont au courant de la situation. Elles sont, vous le verrez, très peu nombreuses. Une autre liste, beaucoup plus longue, propose des contacts utiles pour votre enquête. Ce sont de simples suggestions. Vous devez prendre garde, si vous rencontrez ces personnes, de ne rien leur laisser entrevoir de l'affaire...

Sortis du bureau, ils reprirent le minuscule ascenseur qui menait à la rotonde du premier étage. En avançant sur un palier latéral, ils découvrirent la longue enfilade d'un nouveau couloir. D'un côté, il était éclairé par de grandes baies vitrées à petits carreaux. De l'autre s'alignait une série de portes élégamment moulurées. Le colonel ouvrit l'une des dernières.

— Voici vos appartements. Si vous le souhaitez, un dîner peut vous être servi dans la chambre. Il suffit de composer le 9 sur le téléphone. Son Altesse vous attend demain matin pour le petit-déjeuner à huit heures. Quelqu'un viendra vous chercher.

Aurel n'avait pas très envie de ressortir et il accepta. Le colonel allait prendre congé quand une dernière idée lui vint à l'esprit.

— J'ai une requête, colonel. Voilà, je suis parti comme ça, sans rien emporter. Il me faudrait un ordinateur avec Internet. Et si possible une imprimante.

— Cela ne pose aucun problème. Je vais faire le nécessaire. Autre chose ?

— Oui... balbutia Aurel. Puis, encouragé par l'attitude respectueuse du militaire, il se lança :

— Un piano.

— Un piano ?

Aurel regretta d'avoir formulé cette exigence si tôt. Le colonel entretenait sans doute encore des illusions à son propos. Il avait souligné sa rigueur, son professionnalisme. Et voilà que, comme d'habitude, il allait tout détruire de ses propres mains.

— Comment vous expliquer… ? C'est que, pour mes enquêtes, voilà… j'ai besoin d'un piano.

— Pour vos enquêtes… ? Un piano ?

— C'est-à-dire que j'ai une méthode un peu particulière, bien à moi, en fait. J'ai besoin de jouer du piano, de rêver. Vous connaissez cet état un peu particulier dans lequel on est quand on a… par exemple… bu quelques verres.

Le colonel le regardait fixement, la paupière droite levée. Aurel se demanda un instant s'il y avait vraiment une armée dans ce petit pays et de quoi cet homme était colonel, en somme.

— Eh bien, c'est dans cet état que me viennent mes meilleures idées. C'est drôle, vous ne trouvez pas ?

Le rire ne figurait pas parmi les expressions que le militaire était capable de former quand il était en service. Il passa de la sévérité à la plus exquise servilité.

— À vos ordres, monsieur Timescu. Vous aurez un piano.

*

L'appartement d'Aurel se composait de deux pièces hautes de plafond, au parquet à chevrons brillant de cire et aux murs tapissés de percale rose. Les deux fenêtres étaient obturées par des volets intérieurs presque entièrement fermés. À travers l'espace central qu'ils ne couvraient pas, Aurel aperçut en contrebas la place où le taxi l'avait déposé.

Des tableaux lourdement encadrés de dorures étaient accrochés partout. Le plus grand, dans la salle attenante à la chambre à coucher, représentait une bataille du Grand Siècle. Des hommes à perruque conduisaient noblement leurs troupes en chevauchant des montures élégamment cabrées. Dans d'autres cadres rayonnaient des visages souriants de jeunes filles du XIXe siècle. Elles avaient eu un nom et des titres, habité ce château ou d'autres demeures nobles. Et elles reposaient sans doute aujourd'hui dans quelque mausolée de famille sous une plaque de marbre gravée de deux dates, celle de leur naissance et celle de leur mort…

Aurel était sous le charme de ce décor soigné. Peut-être avait-il toujours sans le savoir rêvé de tels palais et jugé en son for intérieur qu'il était destiné à y vivre car tout lui semblait étonnamment familier. En même temps, dans le silence de sépulcre de ces murs épais, la vie prenait un sens nouveau. Son caractère éphémère et tragique apparaissait au grand jour. La présence de ces figures muettes du passé rappelait aux vivants l'évidence de leur vanité. Toute idée de propriété s'évanouissait devant la certitude de la mort. Une torsion dramatique s'effectuait dans l'esprit entre la permanence des lieux, la lourde solidité de ces palais et la fragilité de ceux qui en faisaient pour un moment leur séjour. Aurel se regarda dans un miroir. Avec sa barbiche, il se trouvait un air aristocratique qu'il accentua en prenant des poses martiales.

Puis il se déshabilla et trouva dans la valise qu'on avait déposée sur une banquette une chemise en flanelle qui lui descendait jusqu'aux genoux. Des chocolats et des gâteaux secs avaient été préparés sur un guéridon. Il les mangea debout, ne trouva hélas pour les arroser que de l'eau minérale. Puis il grimpa sur l'énorme lit. C'était un meuble monumental encadré de tapisseries représentant des dames fessues et des amours les visant de leur flèche. Aurel se glissa dans les draps de lin blanc, empila des oreillers sous sa tête et, dans cette posture de repos demi-assise laissa remonter la fatigue et les rêves.

Le lit, dans ces palais, était bien plus qu'un meuble ordinaire. C'était, à sa manière, un champ de bataille. Dans ces moelleux parages, tout devait prendre la valeur d'un acte politique.

On y souffrait. On y mourait, on y concevait des héritiers, des bâtards.

Aurel pensait à la princesse, qui avait dû connaître tout le cycle de ces douleurs et de ces plaisirs. Où était-elle en cet instant ? Dans un autre lit du même genre que celui-ci ou ailleurs… Que peut-on désirer lorsque l'on a été prisonnier de tels lieux depuis sa naissance ? En devient-on dépendant ou cherche-t-on à s'en évader ?

Il en était là de ses pensées quand, aspiré par ce lit où des générations disparues avaient trouvé le repos, le plaisir et la mort, il s'endormit.

IV

À huit heures moins dix, une femme de chambre vint le chercher pour le petit-déjeuner. C'était une forte femme vêtue d'un uniforme noir et d'un tablier à bordure de dentelle. Ses épais cheveux blonds semés de fils gris étaient retenus par une charlotte de batiste.

— Oserais-je vous demander un service, madame ?

Aurel tenait à la main le pantalon de son costume neuf.

— L'ourlet…

— À votre service. Donnez-le-moi. Mais il faut d'abord que je remette les épingles.

Il alla dans la chambre passer le pantalon et enfiler des chaussures. La femme de chambre à son retour s'accroupit et commença à marquer l'ourlet.

Jamais Aurel n'avait pu supporter de dominer quelqu'un physiquement. Il était incapable de faire cirer ses chaussures même en Afrique, où cela était encore considéré comme normal. Or, en cet instant, une jouissance paradoxale pointait en lui, ce qui l'étonnait. Il n'était dans ce décor que depuis une journée et, déjà, voir un serviteur se prosterner à ses pieds lui paraissait naturel, et même agréable. Il s'inquiéta de cette transformation et fut tout de même soulagé quand la caméristе se releva.

Le petit-déjeuner était préparé dans une petite salle à manger située au même étage. Aurel avait eu l'impression la veille de traverser tout le palais et d'en avoir saisi la disposition. Le bâtiment était en réalité beaucoup plus vaste et il découvrait de nouveaux espaces. En pénétrant dans cette pièce au plafond bas, tapissée de boiseries blondes, Aurel comprit qu'elle faisait partie des appartements privés du couple princier. Le palais devait se composer de plusieurs parties : des salles d'apparat qui servaient aux réceptions d'État, des bureaux comme celui de Frühling et, on pouvait l'espérer, des appartements à taille plus humaine pour la famille régnante.

La salle à manger était éclairée par une fenêtre à vitraux colorés. De petites touches jaunes et bleues illuminaient joliment la nappe d'une blancheur éclatante. Toute une vaisselle de vermeil y était disposée et servait d'écrin à des viennoiseries dorées et à des empilements de fruits exotiques. Le prince attendait Aurel, vêtu d'un costume analogue à celui de la veille mais plus sombre. La cravate club autour de son cou était la même, preuve qu'elle devait avoir une signification en soi, probablement le moyen de reconnaissance des anciens élèves d'un collège anglais.

Une femme brune assez massive se tenait près de lui.

— Monsieur Timescu, j'espère que vous avez passé une bonne nuit, s'enquit le prince. Permettez-moi de vous présenter Shayna Khalifa.

La femme tendit le bras et Aurel exécuta un baisemain maladroit.

— Shayna est la collaboratrice personnelle de mon épouse. Elle la seconde dans toutes ses actions humanitaires. C'est sans doute ici la personne qui la connaît le mieux. J'ai pensé que son point de vue vous serait utile.

Sur un signe du prince, ils prirent place autour de la table.

— Nous sommes ici, poursuivit-il en tendant à Aurel la corbeille de viennoiseries, pour répondre à toutes vos questions. Du jus d'orange ?

— Volontiers.

Aurel était encore mal réveillé et le matin n'était pas le moment où il avait les idées les plus claires. Il comprit néanmoins qu'il lui fallait affecter le sérieux d'un enquêteur d'élite s'il ne voulait pas compromettre sa réputation. Il prit l'air finaud, les yeux un peu plissés et, avec le ton d'un inspecteur de mauvais film policier, demanda, en essayant de modérer son accent roumain :

— Pouvez-vous m'exposer les circonstances exactes de la disparition de Mme Son Altesse ?

Un clignement de paupières du prince fit comprendre à Aurel que cette dernière formule ne devait pas être correcte. Il demanderait à Frühling comment on devait appeler la souveraine.

— L'affaire remonte à près de trois semaines maintenant. Vous m'interrompez, Shayna, si je fais erreur.

La femme opina. Elle se tenait un peu voûtée, les deux coudes sur la table, la tête rentrée dans ses larges épaules, d'une façon qui parut à Aurel bien peu protocolaire.

— Mon épouse a l'habitude de se déplacer souvent. Ses charges officielles sont lourdes ici. Les audiences, les cérémonies, tous les événements qu'elle doit présider… elle n'arrête pas.

— Quel âge a l'Altesse ?

Nouveau clignement d'œil indiquant que cette formule-là non plus n'était pas la bonne.

— La princesse a aujourd'hui cinquante-quatre ans. Nous avons fêté son anniversaire en juin dernier ici même.

— Donc, vous disiez, elle voyage…

— Beaucoup. D'abord à titre officiel, pour ses œuvres. Je laisserai Shayna vous en parler. Ensuite, pour elle-même.

— Ces voyages privés, elle les effectue seule d'habitude ?

— En réalité, ce sont rarement de vrais voyages, je veux dire des voyages lointains. Il lui arrivait naguère de partir quelques jours aux Bahamas, où elle a une amie, ou dans les Cyclades, mais ces deux dernières années elle n'a effectué que deux déplacements lointains, en Tunisie et au Moyen-Orient. La plupart du temps elle ne quitte le pays que pour se rendre en France. C'est un tropisme familial. Son grand-père, déjà, était très francophile.

Au grand soulagement d'Aurel, Shayna se mit à tremper dans son café une tartine qu'elle avait copieusement chargée de confiture d'orange. Il n'hésita pas à faire de même avec son croissant qui transpirait de beurre.

— Mon épouse aime beaucoup Paris. Elle s'y rend une fois par semaine. Pour y aller, nous avons un train confortable, même s'il n'est pas direct, vous le savez.

— Où séjourne-t-elle à Paris ?

— Elle fait parfois l'aller-retour dans la journée. Mais quand elle y reste plus longtemps, elle occupe l'appartement que nous possédons. Nous l'avons acheté quand deux de nos enfants ont commencé l'université là-bas.

Un maître d'hôtel vint changer l'assiette d'Aurel, révélant à sa grande honte toutes les taches de café qu'il avait répandues sur la nappe.

— Donc, lorsqu'elle n'est pas ici, elle est à Paris, avec vos enfants ?

— À vrai dire, nos enfants ont terminé leurs études. Les deux derniers sont fiancés et l'aîné, Helmut, est marié. Ils vivent ailleurs. La plupart du temps, elle est seule là-bas.

— Vous ne l'accompagnez pas ?

Le prince se raidit imperceptiblement mais affecta aussitôt un sourire.

— J'ai d'autres loisirs, en ce qui me concerne.

— Le vélo ? suggéra Aurel avec une grimace complice.

— En effet. La chasse aussi. J'aime traquer le chamois.

— Avec arc ! intervint Shayna.

Elle avait une voix rauque qui cadrait bien avec son corps massif et ses manières directes.

— Oui, confirma le prince en affectant de rire de lui-même. C'est une belle discipline. Il faut courir beaucoup.

— Elle reste donc seule à Paris, reprit Aurel qui voulait tirer le prince de l'embarras où l'avait mis l'évocation de ses penchants sportifs.

— À Paris et parfois en Corse.

— Vous avez quelque chose en Corse aussi ?

— Une maison, près de Bonifacio. Vous connaissez ?

— Un de mes ambassadeurs avait une propriété dans le golfe de Sperone.

— C'est tout à côté ! Sauf que le golfe est

une zone protégée avec des gardes, des murs d'enceinte et que ma femme ne supporte pas cela. Nous avons ce qu'il faut ici, en la matière. Notre maison est un peu en dehors, dans la campagne.

— Là-bas non plus, vous ne l'accompagnez pas ?

— Je l'ai fait longtemps. Quand les enfants étaient petits, nous y allions en famille. J'avoue qu'aujourd'hui je n'ai plus trop le goût de m'y rendre. Et ma femme aime la solitude.

Aurel avait beau scruter son visage, il ne parvenait pas à comprendre ce qui le gênait dans l'attitude du prince. Il avait la conviction qu'il ne disait pas toute la vérité. Habitué à sonder les êtres, Aurel ne percevait pas chez lui une volonté délibérée de mentir. Il lui semblait plutôt que le prince était corseté dans une éducation rigide qui lui interdisait d'évoquer non seulement des sujets intimes mais même des sentiments personnels. Joint à cela, il y avait ces années de prince consort qui avaient dû le contraindre à un silence encore plus complet.

La présence de la jeune femme à leur table retint Aurel de pousser l'homme dans ses retranchements, en lui posant des questions plus indiscrètes.

— Vous me disiez que l'absence de Mme la princesse remontait à trois semaines. Que s'est-il passé à ce moment-là ? Qu'est-ce qui vous a inquiété particulièrement puisqu'elle a l'habitude de s'absenter ?

— En réalité, cela fait plus d'un mois qu'elle a quitté la Principauté. Elle est arrivée en Corse à la mi-août. C'est assez habituel. Elle aime passer l'automne là-bas. En fait, c'est Shayna qui m'a alerté la première. Voulez-vous raconter ce que vous savez à M. Timescu, Shayna ?

La jeune femme saisit sa serviette et s'essuya la bouche d'un geste brusque. Aurel décidément aimait bien ses manières un peu rudes. Elles faisaient revenir le naturel dans ce décor guindé.

— Vous d'abord savoir, commença-t-elle en regardant Aurel bien en face, princesse grande mécène.

Shayna avait du mal avec le français, cela s'entendait. Mais, selon le tempérament que trahissait son apparence, elle avait décidé non pas de se soumettre à cette langue nouvelle mais de la plier, de la tordre, de se battre avec elle. Elle avait obtenu une forme de capitulation du français qui lui permettait, sans le parler vraiment, de le maîtriser.

— Elle financer beaucoup institutions. Sur budget personnel.

— Dans quels domaines ?

— Musique, théâtre, danse. Ça longtemps être principal domaine. Mais il y a deux ans, elle voyager avec moi Syrie. Là-bas : choc. Elle décider agir pour orphelins de guerre et elle créer fondation pour aider eux.

— Je suis indiscret, peut-être. Vous êtes syrienne, madame ?

— Oui. Kurde.

— Shayna est trop modeste, intervint le prince. Elle ne vous dira pas qu'elle a été une opposante héroïque au président Assad. Elle a subi de graves sévices dans ses geôles avant de pouvoir s'enfuir et d'obtenir le statut de réfugiée ici.

Instruit par ces mots, Aurel regarda la jeune femme différemment. Ce qu'on aurait pu prendre pour une forme de vulgarité était en fait une absolue fidélité à elle-même. Si elle avait survécu à tous ces drames et résisté aux pires sévices, c'était sans doute parce qu'elle était protégée par une sorte d'armure invisible qui empêchait le monde extérieur de l'atteindre. Que ce fût dans les salles de torture des exécuteurs syriens ou dans la bonbonnière parfumée du palais de Starkenbach, elle ne donnait le droit à personne de la soumettre à une autre loi que la sienne.

— Donc, je continuer. Princesse créer fondation et moi aider elle organiser grande conférence internationale.

— Qui a eu lieu ?

— Pas encore. Prévue fin année. Justement comme ça moi comprendre quelque chose aller pas.

Quoiqu'elle ne fît usage d'aucun artifice de séduction et que son apparence hommasse, ses traits épais, son nez busqué l'eussent éloignée à l'extrême des canons de la beauté féminine, Aurel ne pouvait s'empêcher d'être sensible au charme de cette femme.

— La princesse partir Corse, vous savoir ça. Après huit jours, nous correspondre chaque matin.

— Par quel moyen ?

— Tout. Téléphone, SMS, mail. Même courrier la poste.

— Donc, au bout de huit jours…

— Communications commencer devenir plus courtes, irrégulières. Nous parler de tout d'habitude. De préparation conférence, bien sûr. Mais aussi politique, gens que elle voir.

— Vous étiez sa confidente, en quelque sorte.

— Pas du tout ! coupa Shayna qui jeta un coup d'œil vers le prince. Nous jamais parler questions privées. Princesse personne très digne. Beaucoup pudeur. Elle accueillir moi comme amie, presque comme enfant. Mais jamais parler sentiments personnels.

Il sembla à Aurel que cette déclaration était essentiellement à destination du prince. Non qu'elle ne fût sincère mais elle ne recouvrait sans doute pas non plus toute la vérité.

— Après huit jours, reprit la jeune femme, échanges avec princesse devenir beaucoup brefs, questions techniques, c'est tout. Finalement, il y a trois semaines, plus possible du tout la joindre.

— Il vous était déjà arrivé de perdre la communication avec elle ?

— Oui. Une, deux fois, pour questions réseau ou parce que elle en déplacement avion ou bateau. Mais toujours me prévenir. Alors moi rien avoir à demander important ces moments-là. Mais cette fois, tout contraire : beaucoup choses à demander elle vite vite.

— Qu'y avait-il de si urgent ?

— Beaucoup décisions pour conférence sur enfants-soldats. Annulations participants importants. Nous devoir réagir tout de suite.

— Savez-vous si elle a reçu vos messages ?

— Oui. Tous marqués lus. Certaine que elle recevoir tous.

— Et elle n'a pas réagi ?

— Pas du tout. Impossible comprendre. Elle vouloir beaucoup beaucoup conférence.

Aurel se versa une autre tasse de café et prit son temps pour réfléchir.

— Trois semaines de disparition complète. C'est finalement assez court. Êtes-vous certains l'un et l'autre qu'elle ne va pas réapparaître toute seule ? Comme le dit mon oncle entomologiste…

— Ce n'est vraiment pas son genre ! coupa le prince pour ne plus avoir à entendre de considérations oiseuses sur les papillons femelles.

Elle est extrêmement rigoureuse dans sa vie publique. Et de toute façon, nous ne pouvons pas prendre le risque d'attendre. Dans quinze jours, c'est la fête nationale. Personne ne comprendrait qu'elle ne préside pas les cérémonies. Et la veille, elle doit être auditionnée par une commission parlementaire.

— Je comprends, dit Aurel.

Puis, revenant vers Shayna, il ajouta :

— Au moment où elle a commencé à ne plus répondre, était-elle toujours dans la maison de Corse ?

— Oui. Moi connaître bien gardiens. Eux vivre là toute année. Femme cuisinière et homme chauffeur. Moi appeler. Eux dire elle toujours là. Au début.

— Que voulez-vous dire ?

Le prince vint au secours de la jeune femme pour que les explications soient plus claires.

— Il s'est passé une semaine à peu près entre le moment où elle a cessé de communiquer avec Shayna et celui où elle a quitté notre maison de Bonifacio.

— Parce qu'elle en est partie, c'est sûr ?

— Il y a deux semaines. Oui.

— Sans dire où elle allait ?

— Rien.

— Quel moyen a-t-elle utilisé pour partir ? Elle conduit ?

— Oui, mais elle a laissé la voiture à la maison.

Le prince répondait les yeux dans le vague, et occupait ses mains à rouler des boulettes de mie de pain sur la nappe.

— Elle est allée en ville à pied avec un petit sac de plage en osier. Bonifacio est à moins d'un kilomètre de chez nous. Et elle n'est jamais revenue.

— Vous avez un bateau ? Elle aurait pu s'en servir ?

— Il est toujours au port et il y a deux jours, une grue l'a soulevé pour le mettre à l'hivernage.

— Le personnel à la maison ne s'est pas inquiété ?

— Non, car le soir même elle a téléphoné aux gardiens pour leur dire de ne pas se faire de souci, qu'elle avait rejoint des amis, etc.

— Elle a appelé de son portable ?

— Elle en a deux, dit le prince. Elle les a laissés tous les deux à la maison. Ainsi que son ordinateur et sa tablette.

— Les gardiens ont-ils noté le numéro sur lequel elle les a appelés ?

— Ils sont âgés et n'ont pas de portable. Leur vieux poste fixe n'a pas de journal d'appels.

Shayna avait pris ses aises, en reculant sa chaise et en passant son coude sur le dossier. Aurel, qui se contraignait à rester assis poliment à table, décida de ne plus se gêner. Il se leva et marcha jusqu'à la fenêtre. Un grand marronnier laissait tomber au sol ses feuilles au rebord cuivré.

Soudain, il se retourna vers le prince :

— Votre femme est chef d'État. Lorsqu'elle voyage comme ça, elle n'est pas accompagnée de gardes du corps ?

— En visite officielle, oui. Ou ici, au Starkenbach, pour tenir son rang. Mais en France, personne ne la connaît et elle aime qu'on la laisse tranquille. C'est l'avantage de ne pas se montrer dans la presse people.

— Je comprends.

Aurel savourait ce moment. C'était celui, rare et précieux, où un moteur secret s'allumait en lui. Sous la mélancolie très « Mitteleuropa » qui recouvrait son quotidien comme une couche de cendres brûlait une braise invisible qui ne le réchauffait guère d'ordinaire. Mais qu'il se prenne de passion pour un sujet, qu'il décide de plonger tête baissée dans une énigme bien épaisse et la braise pouvait d'un seul coup allumer un grand feu.

Il revint près du prince, avança sa chaise et, posant un coude sur la table, demanda :

— Est-ce que vous croyez que la princesse serait capable de mettre fin à ses jours ?

Shayna toussa et chercha son sac sous la table.

— Je laisser vous discuter privé, dit-elle en se levant.

— Non, je vous en prie, restez, intima le

prince en la retenant par le poignet. Je n'ai rien à répondre que vous ne puissiez entendre.

La jeune femme se rassit en ébauchant un sourire.

— Votre question est légitime, monsieur Timescu, parce que vous ne connaissez pas ma femme. Si vous l'aviez rencontrée, vous sauriez que c'est la vie même. Je ne connais personne qui soit à ce point égale d'humeur. Elle est toujours souriante, aimable, à l'écoute. Surtout, elle ne supporte pas l'inaction. Du matin au soir, elle est en mouvement. Elle s'occupe à faire avancer ses nombreux projets. Quand les enfants étaient petits, elle ne se contentait pas de les confier aux gouvernantes. Elle leur apportait elle-même ses soins. Sa patience est sans limites, même dans les manifestations protocolaires les plus pénibles. Et quand quelqu'un traverse une épreuve, elle est la première à venir le réconforter, le faire rire.

— Vous me disiez qu'elle s'ennuyait ici et préférait fuir en France.

— Vous avez vu ce palais en son absence et, par nature, il n'est pas gai. Cependant, quand elle est là, il y a de la musique, des fleurs, des visites. Mais il est vrai que parfois tout cela ne lui suffit plus, particulièrement pendant l'hiver, qui est assez triste ici. Dans ce cas, elle change de lieu et elle retrouve immédiatement son calme.

Aurel cherchait un objet à tripoter pour garder une contenance. Car il savait que sa prochaine question allait le mettre affreusement mal à l'aise. Il saisit sa serviette et entreprit de la plier en forme de canard.

— Pardon de mon indiscrétion, Sa Majesté, mais croyez-vous possible que Madame votre épouse ait pu céder à quelque tentation… ?

— Vous voulez dire une liaison ?

Aurel opina sans quitter la serviette des yeux.

— Avec ma femme, reprit le prince, nous formons depuis plus de trente ans un couple extrêmement uni. Certains diraient fusionnel.

Il prit Shayna à témoin, qui hocha la tête pour confirmer.

— Nous nous appelons chaque jour. Nous partageons les joies de la famille et je m'efforce de la soutenir dans le souci de l'État, même si je n'ai aucun droit de partager les secrets de la couronne. J'ajoute que dans cette vie de protocole, nous ne sommes jamais seuls. Nous ne pouvons pas cacher grand-chose…

Aurel prit l'air finaud, pour cacher combien il était gêné.

— Le Kabbaliste dit que l'étincelle reste dans la pierre tant que le métal ne l'a pas frappée…

Mais son commentaire tomba à plat. Le prince n'était plus d'humeur à tolérer ces singeries et il était sur le point de se fâcher pour de bon. Il haussa les épaules.

— Je vous répète que nous vivons sous le regard permanent de tout un personnel. Dans ce palais mais aussi à Paris, où nous avons une femme de chambre et un cuisinier. Même en Corse, outre le couple dont Shayna vous a parlé, nous employons sur le domaine un jardinier, un skipper pour le bateau, un homme d'entretien. Et j'en oublie sûrement.

Le prince s'échauffait dans cette énumération. L'indignation qu'avaient fait naître les soupçons d'Aurel était trop forte pour qu'il pût complètement la dissimuler. Il termina par cette phrase qui refermait le sujet comme une pierre tombale.

— De plus, la princesse est très pieuse.

Aurel était invité à s'en tenir là. Il ne comprit pas quel mauvais génie en lui le poussait à en remettre une dernière couche.

— Si vous avez à ce point confiance en elle, pourquoi ne pas attendre simplement un peu plus et voir si elle réapparaît ?

Le prince sursauta et son regard fulmina. Un moment, Aurel craignit d'avoir été trop loin. Mais, d'un coup, tout retomba. Sans doute le prince était-il de ces hommes dans le caractère desquels la politesse finit toujours par l'emporter sur la colère. Il s'affaissa, son regard redevint vague, sa voix faible, presque implorante.

— Parce que je *sais* qu'il se passe quelque chose de grave. Ce pays paraît serein mais il est semé comme partout de dangers, voire peut-être de menaces. Vous n'allez pas tarder à vous en apercevoir. Hilda a résisté mais je crains que ses forces n'y suffisent plus.

— Que voulez-vous dire ? Un kidnapping ? Un attentat ?

— Je l'ignore et je suis le dernier à pouvoir enquêter sur tout cela, compte tenu de la position que j'occupe. De plus, je vous l'ai dit, je me tiens à l'écart des affaires politiques et je me garde de fréquenter d'autres milieux que la cour. Voilà pourquoi j'ai fait appel à vous, monsieur Timescu.

L'excitation d'Aurel était retombée. L'instinct du chasseur, un instant réveillé par l'énigme de cette disparition, faisait place à un sentiment de faiblesse et presque de panique. Dans quel pétrin s'était-il fourré ? Comment imaginer qu'il eût la moindre chance de démêler les affaires d'un État dont, deux jours plus tôt, il ignorait encore l'existence ?

Que diable l'ambassadeur de Neuville avait-il raconté pour que le prince pût fonder sur lui de tels espoirs ? Le bon sens commandait de sortir de là au plus vite et de décliner fermement l'offre du prince une bonne fois pour toutes. Au lieu de quoi, ému par la détresse de cet homme, Aurel, épouvanté, s'entendit lui dire :

— Ne perdez pas espoir. Je vais faire tout mon possible. Nous la retrouverons.

— Merci, dit le prince dans un sanglot, en lui serrant la main.

Il est bien des contrats écrits qui n'ont pas la force de l'engagement qu'Aurel venait de prendre en cet instant. Il n'eut même pas le temps de s'en repentir car, au même moment, son regard croisa les yeux noirs de Shayna. À l'extrême rigueur, il aurait pu être infidèle au prince, mais la force tranquille de cette femme donna à son engagement valeur de serment inviolable.

V

Aurel avait mis fin au petit-déjeuner en demandant à sortir un peu du palais et à marcher seul en ville « pour mettre de l'ordre dans ses idées ».

Il ne savait pas jusqu'à quel point l'ambassadeur de Neuville avait mis le prince en garde au sujet de ses bizarreries. Quoi qu'il en soit, il était évident que l'aristocrate jugeait prudent de ne pas s'opposer à ses desiderata, pour singuliers qu'ils parussent. Il s'empressa de lui faire chercher un plan de la ville ainsi qu'un parapluie, instrument qui semblait nécessaire à la survie en plein air dans cette région, surtout en cette saison. Sitôt sorti du palais, Aurel respira mieux. La curiosité et la nouveauté l'avaient porté lors de son arrivée, si bien qu'il n'avait pas ressenti tout de suite l'ambiance oppressante de ce monde clos, feutré, traversé d'ombres fugitives, habité d'ancêtres au regard menaçant.

L'angoisse était venue le matin, à son réveil. Perdu dans l'immensité du lit, la couverture remontée jusqu'au menton, Aurel avait longuement écouté le silence avec effroi. D'imperceptibles craquements, le murmure du vent sous les fenêtres et des souffles qui lui semblaient parcourir le couloir lui avaient donné la certitude que des esprits venus du passé couraient, invisibles, dans le palais encore obscur. Sans doute tous ces morts, figés dans leur cadre la journée, s'évadaient-ils la nuit venue pour honorer des rendez-vous à jamais manqués lorsqu'ils étaient vivants.

Tout cela disparut dès qu'Aurel eut traversé la Grand-Place, au milieu d'une joyeuse sarabande de feuilles soulevées par un vent farceur. La ville, au-delà, était formée d'un entrelacs de rues étroites. De part et d'autre, des maisons médiévales à fronton pointu se faisaient face. La prospérité de l'État se voyait au soin porté à la restauration de ces bâtiments. La peinture des façades devait être renouvelée fréquemment car on aurait cherché en vain la moindre cloque, la plus petite tache de moisissure. L'ensemble formait un camaïeu de tons rabattus, vert d'eau, pastel, ocre pâle. Des encadrements de fleurs, sculptées autour des fenêtres et soulignées de blanc, rappelaient à Aurel la Transylvanie de ses aïeux paternels. L'Empire austro-hongrois avait apporté jusque-là son influence baroque. En passant devant une grande église qui devait être la cathédrale, il reconnut le style jésuite de la façade. Le bulbe du clocher était couvert de tuiles arrondies qui ressemblaient à des écailles de poisson.

Aurel avait l'impression de marcher derrière son grand-père, à Brasov, quand celui-ci l'emmenait à la synagogue. Il se demanda s'il y avait une synagogue au Starkenbach et se promit de poser la question au prince.

La rue qu'il avait empruntée machinalement était en pente. Après une montée assez raide, il déboucha sur une place entourée d'arcades. Au centre, un monument était érigé au milieu d'un jardin public. Sur le piédestal, un militaire était représenté dans une pose virile de réflexion et de victoire, une jambe fièrement placée en avant, les poings à la taille.

Aurel s'approcha et lut l'inscription sur le socle.

« Prince Sigismond II de Starkenbach. 1795-1859. »

Encore un ancêtre de cette malheureuse Hilda… Il se dit qu'il était décidément tombé chez des gens bien austères. Il imaginait que la princesse, en portant le poids de cette hérédité, avait bien des excuses pour vouloir s'enfuir un peu et jouir de temps en temps des couleurs de la Méditerranée. Quoi qu'il en soit, avec une éducation pareille, il aurait été étonnant qu'elle eût trouvé en elle l'énergie nécessaire pour une transgression durable.

C'est en se détachant du monument qu'Aurel, soudain, remarqua les montagnes. Elles étaient là, toutes proches, et dominaient la ville sur deux côtés. Elles étaient hautes, couvertes de sommets enneigés et de cimes rocheuses. La capitale devait être construite dans un fond de vallée glaciaire et deux massifs l'encadraient. L'altitude expliquait l'air vif, la fraîcheur du vent, une particulière limpidité des couleurs. Il continua de monter par une ruelle pavée. Les maisons étaient de plus en plus espacées et, bientôt, il parvint à l'orée d'un bois de sapins. La ville s'arrêtait là. En se retournant, il la vit tout entière à ses pieds. Par-dessus un moutonnement de toits de tuiles, on apercevait le clocher de la cathédrale et la masse imposante du palais princier. Des immeubles un peu plus hauts dépassaient par endroits et certains formaient une longue ligne continue. Il s'agissait probablement des établissements bancaires qui bordaient la grande avenue par où il était arrivé avec le taxi.

Quelques cèdres noirs dépassaient çà et là des jardins et tout au fond, sur l'autre versant de la vallée, un grand bâtiment alignait sa double rangée de fenêtres semblables. Sans doute une caserne, à moins que ce fût une institution religieuse.

L'ensemble, dans cet écrin de montagnes, avait l'aspect pittoresque d'une ville du

XIXe siècle. Comment un tel endroit pouvait-il avoir conservé sa souveraineté dans le monde moderne ? Il était peu probable que cette minuscule vallée eût conquis son indépendance par les armes, en affrontant ses puissants voisins. Il était plutôt à parier qu'elle avait été oubliée lors de la formation des nations. Les grands carnassiers de l'histoire européenne, les Bismarck, les Napoléon, les Staline avaient dû passer à côté sans la voir…

Il redescendit vers le centre en empruntant d'autres ruelles. De rares boutiques se signalaient par des enseignes peintes à l'ancienne. C'étaient des commerces d'élite : un luthier, un libraire d'anciens, deux ou trois antiquaires. Il atteignit bientôt une autre place sur laquelle donnait un bâtiment d'allure grecque. Il s'approcha et vit qu'il s'agissait d'un temple protestant.

Il allait reprendre sa marche quand il remarqua, sous les arcades, à l'autre extrémité de la place, un établissement discret mais vers lequel son instinct et sa soif l'attiraient irrésistiblement. En quelques pas, il fut devant ce qui sans aucun doute possible pouvait s'assimiler à un bar. Il n'y avait pas de tables dehors. Il entra. La salle était déserte. Derrière le grand comptoir recouvert de cuivre, un homme vêtu d'un tablier noir lisait le journal. Il était onze heures du matin, un peu tôt sans doute pour commander un verre de blanc, mais Aurel en avait trop envie pour y résister. Le patron lui servit un petit ballon de vin local, sec et minéral, qui n'était pas exactement à son goût. Aurel le trouva délicieux tout de même tant il en avait rêvé depuis le Tokay de la veille. L'homme derrière son comptoir restait silencieux. Aurel, pour briser la glace, désigna du menton le cadre accroché derrière le comptoir.

— La princesse Hilda, dit-il d'un air entendu.

Le patron tourna la tête et jeta un coup d'œil au portrait jauni qu'à force il ne voyait plus.

— Bien obligé, lâcha-t-il en haussant les épaules.

— Oh oh ! Vous n'avez pas l'air de la porter dans votre cœur...

Le patron allait répondre mais il s'arrêta net et fixa Aurel.

— D'où venez-vous ?

— De France, clama Aurel, en s'efforçant de ne pas trop charger ces mots de son accent roumain.

— Ah ! marmonna l'homme.

Et tout aussitôt, il saisit un torchon, un verre, et s'éloigna pour l'essuyer en tournant le dos. Aurel se dit qu'une telle rebuffade méritait bien une consolation et il commanda un autre verre. Puis il sortit de sa poche le plan de la ville, repéra facilement où il était car il n'avait pas parcouru une longue distance. Une croix indiquait le bâtiment des Archives nationales où il avait rendez-vous à midi. Il termina son verre, paya et sortit sans que le patron lui eût adressé de nouveau la parole.

Le directeur des Archives l'attendait devant l'entrée de l'institution pour l'emmener déjeuner. C'était un homme de haute stature mais qui se tenait voûté, sans doute du fait de sa longue fréquentation des manuscrits et de la cour. Il avait un visage mou, tiré vers le bas par de lourdes badigoinces et il faisait de grands efforts pour le retenir au moyen d'un sourire crispé qui révélait une denture jaunâtre.

— Herman Fischbacher, annonça-t-il en tendant une main douce, habituée à caresser les parchemins.

Il emmena Aurel dans une petite taverne en sous-sol, éclairée par des soupiraux. Dans la salle basse et bondée flottaient des odeurs de chou aigre et de grillade.

— Son Altesse le prince Rupert m'a demandé personnellement de vous recevoir dès aujourd'hui. Vous êtes chargé d'un rapport sur les relations de nos deux pays, c'est bien cela ?

Cette entrée en matière confirmait ce qu'Aurel avait lu dans le dossier du colonel : le conservateur ne savait rien de la disparition de la princesse.

— Son Altesse le prince est d'origine française et quoiqu'il connaisse notre Histoire aussi bien que moi, il m'envoie toujours ses visiteurs de marque pour que je leur présente le pays. Que savez-vous déjà du Starkenbach ?

— Le peu de chose que j'ai eu le temps de trouver sur Wikipedia. Surface : cent vingt kilomètres carrés…

— Cent vingt-trois !

— Si vous le dites. Population : moins de cent mille habitants…

— En effet, et c'est d'ailleurs la définition même d'un micro-État pour les politologues. Avec cinquante-deux mille habitants, nous entrons dans cette catégorie, comme Andorre, le Liechtenstein, Monaco, Saint-Marin et le Vatican.

— Le Luxembourg, aussi ? demanda Aurel qui comprit que devant cet individu il fallait jouer au bon élève.

— Ah non. Le Luxembourg est un petit État.

— Quelle est la différence ?

— Un petit État est autonome. Un micro-État, lui, jouit d'une souveraineté complète mais l'exiguïté de son territoire le rend dépendant d'un ou plusieurs de ses voisins. Je vous conseille les Schnitzel, elles sont très bonnes ici…

Une serveuse vint prendre la commande. Avec ses nattes blondes et sa gorge pigeonnante ficelée dans un corsage à lacet, elle rappelait à Aurel ses copines de jadis, quand il jouait du piano à Paris dans des music-halls.

— Notre État et ses voisins ! reprit le

conservateur. Vaste sujet ! Et justement… c'est le vôtre !

Il riait de bon cœur à ce qu'Aurel n'avait pas compris d'abord comme une plaisanterie.

— Nous avons trois voisins directs : l'Allemagne, la Suisse et l'Autriche. À cela s'ajoute une sorte de « voisin de cœur » qui est la France, pays avec lequel nous n'avons pas de frontière commune mais beaucoup de souvenirs partagés. Vous vous demandez comment notre État a pu survivre au milieu de ces monstres ? Si, si, tous les étrangers se demandent ça. Bière ou vin ?

— Vin blanc, volontiers.

— Ah ! Vous avez déjà découvert nos spécialités… Deux verres de vin blanc, mademoiselle. Ou vous préférez une bouteille ? Une bouteille, allez…

Le conservateur ne voulait pas rater l'occasion de boire un bon coup à midi. Aurel supputa qu'il devait avoir une femme autoritaire.

— En vérité, notre Histoire, c'est l'histoire d'une famille. Depuis trois siècles. Toujours la même. Les ducs de Starkenbach, qui sont devenus princes par la suite. L'ancêtre a acheté ces terres en 1659. Le seigneur de ce qui n'était encore qu'un comté était sorti ruiné de la guerre de Trente Ans et l'empereur, pour éviter des troubles, avait mis son fief en vente. Les Starkenbach, eux, étaient originaires de Bavière. En acquérant ce comté, bientôt élevé au rang de

Principauté d'Empire, ils pouvaient entrer à la Diète.

La bouteille ouverte par la serveuse, chacun des deux convives saisit son verre et le conservateur trinqua avec des yeux brillants.

— Le plus curieux est que pendant longtemps les princes de Starkenbach n'ont pas vécu ici. Ils préféraient Vienne. C'est seulement au XIXe siècle qu'ils ont agrandi le palais et que le prince Sigismond II a décidé d'y résider.

— Pardon mais ça ne me dit pas comment ils ont réussi à rester indépendants.

Aurel regretta rapidement sa question. Au lieu d'y répondre de façon concise – « par la guerre » ou « par la diplomatie » –, le conservateur se lança dans un historique détaillé des batailles, mariages, traités par lesquels était passée la famille pour conserver son territoire. Il y avait de plus en plus de monde dans la taverne. Les poutres noires du plafond ne suffisaient pas à assourdir le bruit de la vaisselle et des conversations. Aurel perdit vite le fil. Il reprit pied à la fin des guerres napoléoniennes, lorsque la Principauté entra dans la Confédération germanique.

— Assez rapidement, devant les révolutions qui éclataient en Europe, les princes ont compris qu'il fallait accorder des libertés politiques au peuple. C'est ainsi que Sigismond II, le premier prince à établir sa résidence permanente ici même, a accordé au peuple une Constitution.

Puis vint Conrad II, né en 1902, le grand-père de l'actuelle princesse. C'est lui qui a donné au Starkenbach sa forme actuelle. La monarchie constitutionnelle dans laquelle nous vivons est son œuvre, avec un pouvoir civil élu au suffrage universel et un Parlement.

Le conservateur semblait avoir pour feu le prince Conrad une si vive admiration qu'il le qualifia par deux fois de « très grand souverain » en braillant presque et en frappant sur la nappe à carreaux rouges du plat de la main.

— C'était un amoureux de la France. Il avait voyagé à Paris pendant sa jeunesse et en était revenu en déclarant que l'avenir s'écrivait là-bas. Vienne après la Première Guerre mondiale n'était plus que la capitale d'un empire défunt. Conrad envoya ses enfants dans des collèges français et tourna le pays dans cette direction.

— Ça a dû lui coûter cher en 1940…

— C'est là que je répète que ce fut un très grand souverain. Face à Hitler, il n'avait aucune chance de sauver notre micro-État. Alors, il a joué la carte suisse. Nous n'avions jamais eu beaucoup d'échanges avec la Confédération helvétique. Conrad changea cela et donna un statut de neutralité au Starkenbach. Il a réussi à le faire considérer par les Allemands comme un canton helvétique de plus. Après guerre, il a repris son indépendance et il a franchi tous les obstacles pour faire entrer notre pays dans les instances internationales. C'est ainsi que nous sommes devenus membres de l'ONU en 1967.

Le conservateur leva son verre au père de la nation. Aurel jugea qu'il devait être un peu pompette.

— Et la princesse Hilda… demanda-t-il. Comment se fait-il que, tout d'un coup, une femme ait pu régner sur ce pays ?

Les petits yeux injectés du conservateur fixèrent Aurel, les paupières plissées, comme s'il eût cherché à détecter dans cette question un piège caché. L'air parfaitement ingénu d'Aurel calma ses soupçons. Cependant, quand il reprit la parole, ce fut sur un ton beaucoup moins exalté.

— Son Altesse Conrad avait deux fils. Il avait préparé le premier à lui succéder. Le second, Gustav, vivait sa vie sans qu'on se préoccupât de lui. Il s'était engagé dans l'armée française et, par goût de l'aventure, avait combattu en Algérie. Or, le malheur a voulu que le fils aîné du prince décède dans un accident d'avion. On a fait revenir précipitamment le cadet.

— Il était d'accord ?

— On ne refuse pas de régner, s'indigna le conservateur avec un hoquet.

— Donc, le petit est revenu. Quel rapport avec la princesse ?

— Eh bien, il se trouve que le petit, comme vous dites, c'est-à-dire le prince Gustav, avait eu une fille.

— En Algérie ?

— En Tunisie.

L'archiviste était visiblement embarrassé. Il regardait son assiette en y poussant un bout de viande avec les pointes de sa fourchette. Sa vénération pour la famille princière lui interdisait toute critique et pourtant, parvenu à cet épisode, il craignait que les questions indiscrètes d'Aurel ne le poussent à dévoiler ses sentiments personnels.

— Avec une Française ?

— Non. Une Libanaise.

— Et cette enfant est devenue…

— Son Altesse Sérénissime la princesse Hilda. Oui.

Aurel, d'excitation, posa sa serviette sur la table et se pencha en avant.

— Racontez-moi cela. Pourquoi cette enfant illégitime fut-elle la première à régner ?

Le conservateur, de plus en plus rouge, jugea qu'il pouvait s'en sortir en s'en tenant spécifiquement à la question juridique.

— En cas d'extinction de la lignée des princes de Starkenbach, la Principauté devait retomber, en vertu de nos règles successorales, aux mains d'une lointaine branche allemande de la famille. Conrad, le francophile, ne voulait cela à aucun prix. Il tenait à s'assurer qu'après lui la succession serait assurée au sein de la famille. En 1968, quand son fils aîné est mort, il a tout reporté sur

Gustav. Mais Conrad voyait plus loin. Or Gustav, marié à une duchesse française à son retour, ne parvenait pas à avoir d'enfant.

— Pourquoi ?

— Il semble qu'il avait contracté pendant sa vie militaire… comment dire… des maladies de régiment. Enfin, vous voyez ? Il avait pas mal d'autres problèmes. L'alcool…

— Le malheureux.

Machinalement, les deux hommes exprimèrent leur solidarité en buvant une grande rasade de blanc.

— C'est alors, reprit le conservateur, que le prince Conrad apprit l'existence d'une enfant naturelle que Gustav avait eue quelques années auparavant, lorsque son état de santé était meilleur. Il a convaincu son fils de la retrouver et de la reconnaître officiellement.

— Où était-elle à ce moment-là ?

— En Tunisie, avec sa mère.

— Ils les ont fait venir ici ?

— Oui.

— Quel âge avait Hilda ?

— Son Altesse Sérénissime avait… sept ans, il me semble.

Une soudaine agitation s'empara de la salle. La plupart des clients, sans doute des cadres et des fonctionnaires, se levaient en même temps pour regagner leurs bureaux. La taverne redevint tout à coup très calme.

— Vous ne m'avez pas dit comment elle a pu régner.

— Le prince Conrad a été très habile. Il a mis tout son poids dans la balance et a obtenu un changement constitutionnel. Une telle chose ne serait plus possible aujourd'hui mais le prestige du prince Conrad était immense. En s'inspirant de Monaco, le Starkenbach a institué la primogéniture intégrale avec priorité pour les garçons. Conrad est mort l'année suivante, en 1975. Son fils Gustav lui a succédé. Il était de santé fragile, à cause de la malaria rapportée des colonies où il avait servi. Lorsqu'il s'est éteint en 1986, Son Altesse la princesse Hilda, à vingt et un ans, est montée sur le trône.

Aurel avait encore mille questions à propos de cette histoire mais il se retint. Il ne pouvait pas laisser paraître trop d'intérêt pour la princesse, sauf à éveiller les soupçons de l'archiviste.

Celui-ci commençait d'ailleurs à s'assoupir sous les effets de la chaleur et du vin. Ils sortirent pour constater qu'une pluie fine s'était mise à tomber. Aurel ouvrit son parapluie et repartit à pied vers le palais, en évitant de glisser sur les pavés mouillés.

VI

Aurel était encore sous le coup de la révélation de l'archiviste quand il entra dans le palais. Cette princesse à l'allure si royale était donc une enfant naturelle… Altière et austère, à l'image de cette sombre vallée des Alpes, Hilda était en réalité la fille d'une Libanaise et d'un soudard, conçue au soleil de la Tunisie.

Du coup, l'avenir de la princesse apparut à Aurel beaucoup moins intéressant que son passé. Qui pouvait dire d'ailleurs si celui-ci n'éclairait pas celui-là ?

En traversant le hall d'apparat dont les lustres en ce jour ordinaire étaient éteints, Aurel avait l'impression de pénétrer sur la scène d'un théâtre par les cintres. Une lumière rare tombait de deux impostes situées au-dessus de la porte d'entrée. Les moulures dorées sur les colonnes et dans l'encadrement des portes monumentales paraissaient presque noires dans la pénombre et semblaient tendre sur les murs d'immenses faire-part de deuil.

Aurel commençait à comprendre qu'il existe une mécanique de la majesté, faite d'accessoires et de lumières. Peut-être n'était-il question dans tout cela que de spectacle, d'artifices et de jeux de rôles. En montant à l'étage, il repassa devant le portrait de la princesse Hilda et s'y arrêta. Il avait été la première fois la dupe des décorations et des couleurs du tableau qui l'avaient impressionné. Cet après-midi pluvieux dans le palais vide, la toile n'était éclairée que par la faible lumière d'une lampe posée sur une console. Le chatoiement des étoffes éteint, le scintillement des bijoux absorbé dans l'obscurité générale du tableau, seules ressortaient les chairs du visage, au milieu duquel la trouée des yeux brillait d'un éclat noir. Dans l'effacement des attributs princiers, Aurel apercevait la femme derrière la souveraine. Et ce qu'il venait d'en apprendre lui donnait passionnément envie de comprendre comment, au quotidien, cohabitaient les deux.

— Voulez-vous que j'allume ?

Aurel sursauta. La voix, derrière lui, était celle d'un homme jeune. Il se retourna d'un coup et découvrit un grand garçon d'une trentaine d'années, vêtu d'un jean et d'un blouson américain.

— C'est inutile, merci…

Le garçon avança, tendit la main et secoua celle d'Aurel vigoureusement.

— Je suis Helmut. Le fils de la princesse.

— Enchanté, Votre Altesse.

Le garçon sourit, en rabattant une mèche qui lui était tombée sur le front.

— Je ne suis pas encore une « Altesse ».

Aurel fit celui qui se moquait de lui-même. La simplicité de ce garçon était bienvenue.

— « Monseigneur », c'est ce qu'on dit, précisa le jeune homme.

Fallait-il voir une plaisanterie dans ces mots ?

Aurel l'observa : il ne décela aucun signe qui pût faire penser à du second degré. Il fallait décidément rester sur ses gardes.

— Avez-vous progressé dans vos recherches, monsieur Timescu ? C'est un peu tôt, j'imagine.

Le prince avait bien signalé qu'un de ses fils était au courant de la disparition d'Hilda.

— Je prends mes marques, dit Aurel. Votre pays et votre famille sont complexes.

— Comme tous les pays et toutes les familles, j'imagine... Y a-t-il quelque chose que je puisse faire pour vous aider ?

— Oui. J'aimerais visiter tous les endroits où votre mère a l'habitude de se tenir, ici et ailleurs.

— Certainement. Commençons par ce palais, si vous voulez. Je vais vous montrer ses appartements.

Helmut entraîna Aurel dans le couloir qu'il avait aperçu depuis la rotonde sans y pénétrer.

— Nous sommes dans l'aile des appartements privés.

Parvenu au milieu du couloir, le jeune homme frappa puis poussa une porte.

— Voici la chambre de mes parents.

C'était une pièce plus vaste que celle où Aurel avait dormi. Un lit immense occupait tout un côté. Sur deux tables de nuit étaient empilés des livres. Dans un angle près d'une des deux fenêtres, un petit bureau était couvert de photos disposées dans des cadres métalliques. Deux fauteuils crapaud roses complétaient le mobilier et reprenaient la teinte des rideaux.

— Vous permettez que je regarde ? demanda Aurel en se dirigeant vers les tables de nuit.

— Celle-ci est le côté de mon père.

Des romans policiers, une revue de vélo tout-terrain et un catalogue d'armes anciennes étaient empilés, bien en ordre. De l'autre côté, celui de la princesse, Aurel trouva deux romans de la dernière rentrée littéraire en France, un exemplaire défraîchi de *La Chartreuse de Parme* en édition de poche et un livre anglais qu'il identifia comme un « *feel good book* ».

— Votre maman parle anglais ?

— Elle a suivi une scolarité au lycée international à Zurich. Elle parle aussi allemand, bien sûr, c'est notre deuxième langue officielle.

Aurel attendit la suite et, comme rien ne venait, il fut sur le point de demander « arabe ? » mais il se retint. Il continua de fouiller la table de nuit et dans un petit tiroir découvrit des boîtes de médicaments. L'une contenait un somnifère très célèbre. Aurel nota le nom inscrit sur les deux autres boîtes. Il alla ensuite jusqu'au petit bureau et scruta les photos. Le jeune prince les commenta à sa demande. C'étaient toutes des clichés de ses frères et sœurs à différents âges. On y voyait aussi des scènes de famille sur des terrains ensoleillés, à bord d'un voilier, dans des châteaux. Deux des cadres en bois sculpté présentaient en portrait serré et en pied un homme blond au visage barré par une grosse moustache qui lui cachait la bouche.

— Mon grand-père Gustav, dit le jeune homme.

Si le père de la princesse figurait dans cette collection, aucune image de femme ne pouvait laisser penser qu'elle représentait sa mère.

Ils se dirigèrent ensuite vers la pièce voisine.

— De chaque côté de leur chambre, mes parents disposent d'une sorte de bureau privé.

Pour parvenir à celui de la princesse, ils traversèrent une penderie spacieuse. Les placards étaient élégamment moulurés et marquetés en bois de rose. Le bureau de la princesse était une pièce d'angle tapissée de soie jaune. Une vaste cheminée en marbre rehaussée de bronze occupait le mur du fond. Au-dessus, un grand miroir était surmonté d'un trumeau représentant une scène champêtre.

Quatre fauteuils de style Empire entouraient un guéridon à pattes de lion.

Entre les deux fenêtres, un grand secrétaire à rouleau brillait de tout l'éclat de son vernis au tampon. Aurel l'ouvrit car il n'était pas fermé à clef.

Des tas d'enveloppes s'empilaient au fond du meuble. Des stylos et des crayons étaient serrés dans un pot en terre. Aurel saisit une des lettres. C'était une supplique adressée à la souveraine par un de ses sujets.

— Ma mère a à cœur de répondre à toutes les demandes qui lui sont faites. Croyez-moi, ce n'est pas une sinécure.

Dans la partie droite du secrétaire, Aurel découvrit une caisse de trente centimètres sur vingt environ en bois laqué rouge sur laquelle était inscrite la mention « Pour Son Altesse Sérénissime ».

— Cela, pardonnez-moi, intervint Helmut en avançant la main vers la caisse, vous ne devez pas y toucher. C'est le courrier officiel. Les actes qui sont soumis par le gouvernement à la princesse pour recueillir sa signature. Ce sont des documents confidentiels. De toute façon, elle seule en a la clef.

— Que se passe-t-il quand elle n'est pas là ?

— La communication de ces pièces se fait une fois par mois. D'ordinaire, elle ne s'absente jamais plus. C'est bien pour cela que cette fois-ci… nous sommes si inquiets.

Planté au milieu de la pièce, Aurel regardait dans toutes les directions et tentait de s'imprégner de l'esprit du lieu. Une évidence le frappait : rien de tout cela ne ressemblait à un espace *privé*. Même dans la chambre, il n'y avait aucune trace de ce désordre dessiné par l'habitude et qui constitue une intimité.

— Ce sont là les seules pièces qu'occupe la princesse ?

— Non, dit Helmut, en entraînant le visiteur à travers une porte dérobée. Par ici nous pouvons passer dans les espaces qui sont réservés à ses fonctions officielles. Voici son cabinet, la grande bibliothèque et, juste à côté, la salle d'audience et la salle des pairs.

— Ce ne sont pas des lieux privés ?

— Non, ils sont attachés au souverain dans ses fonctions de chef d'État.

— Si tel est le cas, je n'ai pas vraiment besoin de les visiter. C'est sûrement intéressant pour les touristes mais j'ai une enquête à mener.

— Jetez au moins un coup d'œil aux bureaux. Je vais vous présenter le directeur de cabinet de la princesse. Il aura certainement des choses à vous dire.

Helmut poussa une porte.

— Monseigneur ! s'écria l'homme qui était assis derrière un grand bureau surchargé de dossiers.

— Je vous présente Ludovic, le directeur de cabinet de ma mère. M. Timescu, chargé d'enquêter sur la disparition de la princesse.

Le jeune héritier laissa les deux hommes se saluer. Puis il s'excusa et quitta la pièce.

Aurel s'assit et scruta un instant son interlocuteur. C'était un homme d'une quarantaine d'années au visage hâlé et semé de rides fines comme en ont les navigateurs. Il avait des yeux pâles, du même gris que le ciel qui étouffait la ville sous sa mélancolie.

— Cette affaire est bien étrange, commença-t-il.

Le directeur de cabinet avait dans la voix cette même retenue qu'Aurel avait observée chez tous les personnages dans ce palais – sauf Shayna. La règle à la cour semblait être de ne pas donner à ses paroles trop de puissance, de peur d'y laisser paraître de l'autorité ou, pire, de l'insolence.

— Peut-être faut-il d'abord que je vous explique mon rôle ici ?

— Volontiers, opina Aurel.

— Eh bien, j'assure la liaison entre Son Altesse Sérénissime et les autorités politiques de ce pays, c'est-à-dire le gouvernement et le parlement.

— Comment se répartissent les pouvoirs entre les deux ?

— Notre Constitution est assez proche de celle des Britanniques. Le souverain est le chef de l'État et le garant de son unité. Mais il ne doit faire aucune déclaration politique. Le gouvernement constitue le pouvoir exécutif et le Parlement vote les lois. Ils sont élus par le peuple au suffrage universel. La séparation des rôles paraît simple comme cela. Mais, en pratique, cela pose beaucoup de problèmes.

— Vous voulez dire que les relations de la princesse avec son peuple sont assez difficiles ?

Le directeur de cabinet se récria :

— Certainement pas… ou je me suis mal exprimé. Son Altesse est très aimée par les Starkenbachois. Il y a bien sûr, comme ailleurs, des courants antimonarchistes, mais ils sont minoritaires.

— D'où viennent les complications, alors ?

— Disons qu'elles portent essentiellement sur la politique et, comme souvent, le facteur humain est important. La princesse est tenue de nommer Premier ministre le chef du parti majoritaire au Parlement. Ce n'est pas toujours, comment le dire ? la personne avec laquelle elle s'entend le mieux.

— C'est le cas en ce moment ?

— On peut le concéder.

Ces courtisans étaient imbattables au jeu du « ni oui ni non ». À l'évidence, dans les parages d'un souverain, il fallait se garder de toute expression de sa volonté.

— L'actuelle Première ministre est une femme, très estimable par ailleurs, mais qui a une conception assez limitative du rôle dévolu au souverain.

— Je comprends que ce ne doit pas être du goût de la princesse.

— Vous ne l'avez pas encore rencontrée, s'exclama le directeur, mais vous l'avez déjà bien cernée ! Sans révéler de secret d'État, je dirai que les deux femmes ne s'apprécient guère. La princesse a hérité de son grand-père le prince Conrad une vision très large de son rôle.

— Vous voulez dire qu'elle intervient en politique ?

— Jamais. Elle respecte strictement la Constitution. Mais elle remplit scrupuleusement tous les espaces qui lui sont laissés.

— Le mécénat ?

— Entre autres. Elle a largement contribué au développement de nos musées et a œuvré pour que soit construite une salle de concert de tout premier ordre.

— L'humanitaire aussi, m'a dit Shayna ce matin.

— Ah, vous l'avez déjà rencontrée. Oui. La princesse, traditionnellement, préside la Croix-Rouge starkenbachoise, mais, depuis quelques années, cela ne lui suffit plus. Elle a décidé de s'attaquer à une grande cause.

— Les enfants-soldats.

— Vous savez tout !

Pendant cette description, le directeur avait conservé un air exalté, les yeux grands ouverts d'admiration, expression qui convenait à l'évocation des actions de sa patronne. Mais en abordant la question des enfants-soldats, il ne put s'empêcher de se rembrunir.

— C'est un très beau sujet, d'une noblesse qui sied parfaitement à Son Altesse Sérénissime, concéda-t-il. Reste qu'il est sensible.

— En quoi ?

— Il comporte, dirai-je, une forte composante diplomatique. Les enfants dont il est question sont victimes de conflits disséminés dans le monde entier. Certains se déroulent sur des théâtres complexes, comme au Moyen-Orient. Des théâtres qui impliquent parfois directement certains de nos alliés.

— Au fait, j'y pense en parlant du Moyen-Orient. Y a-t-il une synagogue dans votre capitale ?

— Et non des moindres. La communauté juive est installée ici depuis le Moyen Âge et la grande synagogue est un bâtiment de toute beauté. Vous le trouverez un peu au-delà des Archives, que vous connaissez, je crois.

— Merci. Donc, vous disiez : des conflits…

— En vérité, c'est un sujet qui touche le monde entier et qui met en cause un grand nombre de chefs d'État. Le statut de neutralité du Starkenbach nous oblige à être très prudents.

— Donc, le gouvernement ne voit pas d'un bon œil l'investissement de la princesse sur ce sujet ?

— La Première ministre connaît l'énergie de Son Altesse Sérénissime. Elle sait qu'elle a une grande force de conviction et qu'elle peut mobiliser tous les médias du monde sur un sujet pareil.

— Tandis qu'elle-même…

— Il est certain qu'elle fait de son mieux avec ce que la nature lui a donné.

Et pan ! se dit Aurel. Dans la gigue du courtisan, le coup de pied en vache est une figure incontournable.

— Donc la conférence qu'elle prépare est mal vue ?

— Disons que le gouvernement a tout fait pour la rendre impossible. Mais la princesse y est arrivée. Elle a monté l'événement sans recevoir un sou de l'État.

— Elle a payé elle-même ?

— En partie. Mais c'est un projet énorme et la Couronne n'est pas si riche. Elle a surtout fait appel à des financements privés. Notre pays a une fiscalité attractive pour les capitaux étrangers, vous le savez. Il y a de nombreuses banques ici, même si nous récusons avec la plus grande énergie le terme de paradis fiscal.

— Bien entendu.

Aurel, en formant des sourires suaves pour accueillir ces mensonges, se prenait à rêver au temps de Saint-Simon. Il aurait aimé se coiffer d'une grande perruque bouclée et exhiber ses mollets dans des bas de soie. Il ne se faisait aucune illusion sur son corps mais avait toujours entretenu une inexplicable fierté de ses mollets.

— Ainsi, le gouvernement a fini par capituler ? demanda-t-il.

— Pas complètement, et c'est bien le sujet du moment. Le gouvernement a demandé officiellement à connaître l'identité des mécènes réunis par la princesse pour financer sa conférence. Elle a remis cette liste. Les donateurs, selon elle, ne sont pas secrets.

— Conclusion ?

— C'était un coup à trois bandes. Sitôt cette réponse connue, la Première ministre a lancé en sous-main une campagne dans la presse pour insinuer que des personnages louches avaient contribué à ce financement moyennant de secrets avantages concédés par la princesse.

— De quelle nature ? Vous m'avez dit qu'elle n'a aucun pouvoir.

— Votre interprétation est excessive. Elle en a tout de même. Par exemple, elle peut attribuer de son propre chef la nationalité starkenbachoise pour services rendus. C'est une nationalité très recherchée, pour des raisons fiscales en particulier, mais aussi parce que nous n'extradons personne. Elle est extrêmement difficile à acquérir.

— Ce sont des soupçons. Mais avancent-ils des preuves ?

— Aucune, bien entendu. Cependant, le

Parlement, sur la foi de ces allégations, a constitué une commission d'enquête qui doit auditionner tous les contributeurs. Cette commission doit se réunir dans une douzaine de jours, juste avant la fête nationale.

Tous deux restèrent un long instant silencieux, perdus dans leurs réflexions. Soudain, Aurel ne put réprimer un bâillement.

— Je vais vous laisser tranquille, intervint le directeur de cabinet. Vous devez avoir besoin de repos. Pardon de vous avoir retenu.

— Non, c'était très intéressant. Mais il est vrai que je me sens un peu fatigué.

— Que comptez-vous faire demain ?

— J'aimerais continuer à visiter les endroits habités par la princesse. Ses appartements ici ne m'ont pas appris grand-chose. Fréquente-t-elle d'autres endroits dans la Principauté ?

— Leurs Altesses passent beaucoup de temps au domaine du Himmelberg, leur propriété à la montagne. Nous pouvons vous y conduire demain matin. C'est à vingt kilomètres. Je vais voir si quelqu'un peut vous accompagner.

Aurel n'eut que le couloir à remonter pour arriver dans sa chambre. Comme la veille, il vida les chocolats et les gâteaux qui avaient été renouvelés. Avec l'escalope et les frites de midi, c'était plus qu'il ne lui en fallait.

Il se déshabilla et se glissa dans le lit monumental.

À la différence de la première nuit, où ces murs épais et ces meubles massifs l'avaient rassuré, il sentit dans ce lieu la présence invisible d'innombrables menaces. Contrairement à son impression première, ce palais n'avait rien de protecteur. Avec ce que l'archiviste lui avait appris, il se demandait maintenant ce qu'avait pu ressentir l'enfant de sept ans qu'on avait arrachée à la lumière de Tunisie pour la plonger dans ces ténèbres inquiétantes. Et en tentant d'imaginer la princesse à cet âge d'innocence, il se mit à courir sur une longue plage. Mais au lieu de parvenir à la mer, il tomba dans le gouffre du sommeil.

VII

À huit heures, la femme de chambre de la veille entra en portant un énorme plateau en argent chargé du petit-déjeuner.

— Je le pose sur la table ?

— Non, donnez-le-moi. Je vais le prendre.

Le plateau était lourd. Aurel, appuyé sur deux oreillers, le cala sur ses genoux.

— On m'a chargé de vous dire qu'une voiture est prévue à neuf heures pour vous emmener au Himmelberg. Mademoiselle Shayna vous attendra dans la salle d'armes.

Tout en parlant, la femme de chambre ouvrit les volets intérieurs dans les deux pièces. Un jour huileux s'écoula dans la chambre.

— Il va faire beau, annonça-t-elle.

Puis, devant le regard morne qu'Aurel dirigeait vers le ciel jaunâtre, elle ajouta avec une résignation touchante :

— Enfin, pour ici…

Quand Aurel se retrouva seul, il resta un

moment à observer la cafetière en argent qui fumait par son bec, les croissants luisants, le confiturier en cristal à quatre compartiments. Il ne savait pourquoi une cruelle mélancolie lui mordait le cœur. Soudain, il comprit. La dernière fois qu'il s'était trouvé au lit de la sorte, avec un plateau sur les genoux, beaucoup moins bien garni, certes, c'était à Bucarest, pendant son enfance. Il avait douze ans peut-être, et sa mère le retenait à la maison parce qu'il avait une grosse angine. Le médecin avait prononcé le mot de scarlatine mais il n'était pas sûr. Aurel ne se sentait pas très malade, juste un peu fébrile. Mais il avait exagéré sa fatigue et ses maux de gorge pour prolonger quatre jours durant ses privilèges de malade. Sa mère s'asseyait au bord du lit et lui tenait compagnie. Quel bonheur ! Et dire qu'il n'avait pu lui rendre la pareille lorsque ce fut elle que la maladie emporta, bien des années plus tard, car il avait déjà quitté le pays sans retour.

Il se secoua pour chasser ces souvenirs et trouva la consolation en versant le café noir brûlant dans une tasse en fine porcelaine sertie d'or.

Au milieu de ces draps immaculés qu'il avait à peine défaits tant son sommeil avait été profond, il se sentait comme une souris tombée dans un muid de farine blanche. L'étrangeté de sa situation le frappait tout à coup mais de façon agréable, comme s'il avait gagné à un invisible loto. Dire qu'en cet instant il pourrait être en train de se débattre avec un douanier venimeux dans un pays aussi lointain qu'anarchique, un de ces pays dont la DRH lui apprenait l'existence en l'y déportant avec cruauté pour plusieurs années.

À la deuxième tartine, le sérieux lui revint et il pensa à la princesse. Il l'évoquait intellectuellement mais ne parvenait plus à se la représenter. Il avait appris sur elle des choses si diverses, si contradictoires qu'il ne pouvait plus, comme la veille, prendre pour argent comptant les représentations protocolaires de cette femme. Il avait la mission de la retrouver, certes, mais désormais, il éprouvait d'abord l'envie, bien plus puissante, de la connaître.

Après le petit-déjeuner, il fouilla dans sa malle pour choisir une tenue adaptée à une partie de campagne. La présence annoncée de Shayna, sans qu'il en eût conscience, l'incita à soigner sa mise plus qu'à l'ordinaire.

Il revêtit un pantalon en velours côtelé. Le fond était très mûr, mais à condition de ne pas trop écarter les jambes il tiendrait encore un peu. Il passa un col roulé vert. Qui lui avait dit qu'avec ses épaules tombantes ce pull lui donnait l'air d'une bouteille de schnaps, sa tête dégarnie en guise de bouchon ? Certainement quelqu'un de malintentionné. Par prudence il revêtit tout de même par-dessus une veste de tweed serrée à la ceinture. Et il compléta le tout par une casquette plate dans le même tissu. Il se regarda dans une glace en lissant sa barbiche, se jugea plutôt élégant et traversa fièrement les couloirs pour rejoindre la salle d'armes.

Shayna l'attendait tassée dans un canapé sous un éventail de sabres. Elle déplia son grand corps et Aurel nota qu'elle le dépassait d'une tête. Elle lui tendit la main gauche. Il remarqua qu'elle ne se servait pas de la droite, et même la dissimulait.

— Vous aller chasse ? dit-elle de sa voix rauque, en partant d'un rire caverneux.

Aurel concéda le point en émettant un trille dans les aigus.

Ils montèrent tous les deux à l'arrière d'une Mercedes aux sièges tapissés de cuir beige. L'accoudoir était relevé. Ils étaient côte à côte et Shayna, qui dominait Aurel de sa masse, débordait de son côté. En sentant cet immense corps peser contre lui, Aurel était gêné et, en même temps, saisi par un émoi qu'il s'efforça de dissimuler en parlant beaucoup.

— La princesse se rend souvent dans cette propriété ?

— Elle aimer beaucoup Khimmelberg, dit Shayna en faisant ronfler le « h » germanique. Prince aussi aimer. D'ailleurs, lui là-bas aussi aujourd'hui.

— Au fait, Shayna, comment avez-vous rencontré les Altesses ?

— Ah ! Longue histoire. Résumé. Moi, après guerre Syrie, fuir en Grèce par bateau. Enfin, petit bateau. Passeurs, tout ça. Arrivée, moi devenir réfugiée. Trois mois camp là-bas. Après départ. Accord pays européens. Certains France. Certains Allemagne, vous comprenez ?

— Oui, oui. Des quotas par pays. Je suis consul. Nous avons l'habitude de gérer ces questions d'asile.

— Moi, Starkenbach. C'est comme ça. Pas discuter. Ici arrivée Croix-Rouge. Centre pour réfugiés. Très bien. Beaucoup confort.

— Ah ! Voilà comment vous avez connu la princesse. Elle est présidente de la Croix-Rouge locale…

— Exact. Elle visite officielle. Tout le monde très sérieux. Eux avoir peur. Pourquoi ? Je pas compris. Moi parler avec elle comme personne normale. Raconter mon histoire. Elle bien aimer. C'est tout.

La voiture avait quitté la ville et la route serpentait au milieu des bois. Le chauffeur conduisait très lentement. Aurel nota qu'on voyait peu d'habitations hors de la capitale. La campagne avait l'air déserte, à l'exception d'un endroit où ils aperçurent une ferme avec des vaches au pré.

— Une semaine après, reprit Shayna, chef centre donner convocation moi. Princesse veut voir moi au château. Je aller. Elle poser beaucoup beaucoup questions.

— Sur quoi ?

— Guerre en Syrie, vie là-bas avant, Moyen-Orient. Peuples différents. Langues différentes. Cuisine typique. Oui, même cuisine. Ha, ha ! Moi pas très bonne mais préparer quand même taboulé pour elle. Vrai taboulé, attention ! Avec beaucoup beaucoup persil.

Le sujet la mettait en joie et elle rit de son rire grave, profond. Aurel sentait la carcasse de sa voisine vibrer au gré de ses spasmes profonds.

— C'est à ce moment-là qu'elle vous a parlé de sa mère ? dit-il pour la faire revenir au calme.

— Sa mère, ici, sujet, comment on dit ? Tabou. Joli mot, ça. Ta-bou. Tout le monde savoir que elle naître ailleurs. Mais sa mère, jamais vue ici. Princesse commencer parler de elle il y a deux ans. Juste moment moi j'arrive Starkenbach.

— Elle vous a dit que sa mère était libanaise ?

— Tout de suite, non. Deuxième visite, oui. Elle montrer photos.

— Elle a des photos de sa mère ?

— Quelques. Pas beaucoup. Moi compris après sa mère venir ici, elle disparue.

— Vous voulez dire qu'il existe des photos de sa mère au Starkenbach ?

— Une seulement. Ah ! Voilà Khimmelberg là-bas. Arriver bientôt. Bon pour finir : moi retourner foyer réfugiés. Et après trois visites, princesse demander chef de centre si possible je travailler palais. Voilà.

— Je comprends. Dites-moi, Shayna, avant d'arriver ici, vous ne parliez pas français ?

— Rien. Arabe maison. Anglais école. Seulement foyer réfugiés, étudier français.

— Vous le parlez bien.

Aurel, sitôt prononcé ce compliment, se dit qu'il lui était inspiré par l'esprit de cour. Shayna se recula, en se tournant vers lui pour le regarder bien en face.

— Vous foutre ma gueule ?

Elle éclata d'un rire énorme. Aurel rit de bon cœur avec elle. C'était incroyable comme il se sentait libre avec cette femme.

— D'accord nous dire tu ? demanda-t-elle quand le fou rire se fut un peu calmé. Plus facile pour conjugaison.

Aurel n'avait pas constaté que Shayna s'embarrassât d'un instrument aussi futile que les conjugaisons. Il était si ému qu'il acquiesça de la tête sans pouvoir prononcer un mot.

— Alors, tu venir, dit la jeune femme, en montrant sa maîtrise de la deuxième personne du singulier.

Puis elle ouvrit sa portière. La voiture s'était arrêtée devant un pont-levis médiéval depuis longtemps abaissé mais qui était toujours retenu par d'énormes chaînes de fer. Ils passèrent sous un porche en ogives que surplombait une herse de bois. Cette entrée spectaculaire était la seule trouée dans une muraille à créneaux qui courait entre des tours percées de meurtrières.

Himmelberg avait été jadis une forteresse qui protégeait la vallée menant à la capitale. Elle était entourée de prés où paissaient de magnifiques pur-sang. Une partie des fortifications anciennes avaient été détruites et il ne restait désormais que le tronçon de remparts par lequel ils étaient entrés. Avec les pierres des portions abattues avait été construit un adorable manoir XVIIIe que l'on apercevait au bout d'une allée. C'était un bâtiment à un étage, aux proportions élégantes. Ses hautes fenêtres peintes en blanc devaient avoir été calculées selon le nombre d'or. De part et d'autre de l'allée qui menait à ce pavillon, un jardin à la française étendait ses carrés de buis taillés et ses ifs. Tout près de l'entrée, des cerceaux métalliques servaient de support aux variétés grimpantes d'une roseraie.

Là où, dans le palais de la capitale, gigantisme et intimité prétendaient cohabiter, ils étaient ici séparés. Toute la raideur virile de l'autorité et du combat était renvoyée vers l'extérieur sous la forme de ces murailles médiévales que le lierre envahissait. La douceur et la civilisation, délivrées de ces rudesses passées, s'épanouissaient dans ce bijou aux dimensions humaines. Aurel comprenait que le couple princier se sentît plus à l'aise dans un tel environnement.

Shayna était ici chez elle. Elle salua de loin des jardiniers qui s'affairaient dans la roseraie, embrassa une femme de chambre qui était sortie pour accueillir les visiteurs. Elle entraînait Aurel à sa suite.

— Venir par ici. Salons pas intéressants. Appartements de la princesse autre côté.

Ils traversèrent au pas de course l'entrée puis une grande pièce vitrée qui servait à la fois de salon et de salle à manger. L'ensemble avait des proportions sinon modestes, du moins humaines. L'ameublement était celui d'une grosse maison bourgeoise anglaise : canapés recouverts de chintz assorti aux rideaux, table basse encombrée de livres d'art, tableaux dans le style de Poussin et de Watteau (mais peut-être étaient-ce de vrais Poussin ?). Dans un angle, un piano quart de queue fit un clin d'œil à Aurel. Il s'en approchait quand Shayna revint le chercher et le prit par la main.

— Continuer. Il y a rendez-vous cet après-midi. Tu aller direct voir chez princesse.

Ils empruntèrent un couloir, passèrent deux portes et entrèrent dans une chambre.

— Ici intéressant, annonça Shayna d'une voix qu'elle voulait basse mais qui résonnait tout de même dans le corridor. Altesses, lui et elle, deux chambres. Ça chambre de elle.

C'était une pièce claire, éclairée par deux immenses baies vitrées. Elle était meublée de façon plutôt contemporaine. Le lit était de proportion normale. Il reposait sur des pieds en acier et la tête de lit était constituée par quatre panneaux de bois sombre provenant de la même coupe. L'assemblage donnait l'impression que les veines du bois éclataient à partir du point central. La literie n'avait pas été défaite et deux rangées de coussins en satin vert, disposés du plus grand au plus petit, montaient la garde.

Le bureau de la princesse était dans la même chambre. C'était une simple plaque de marbre montée sur quatre pieds droits chromés. Un cube à tiroirs posé sur le sol contenait les papiers. Aucun ne traînait sur le bureau. Aurel se pencha et tira un des tiroirs.

— Inutile chercher, intervint Shayna, prince passé déjà. Moi avec lui. Rien là-dedans.

Bien sûr, Aurel aurait été heureux d'être mis sur une piste en découvrant des courriers intéressants, une correspondance amoureuse, par exemple. Mais il était évident que dans cette vie publique où tout était absolument transparent, la princesse ne pouvait pas courir le risque, si même elle avait un motif de le faire, de laisser des indices sur son passage.

Au moins voyait-il ce qu'il voulait voir et c'était pour lui l'essentiel : le quotidien de cette femme.

Il n'avait pas à proprement parler de méthode d'enquête, loin s'en fallait. La seule chose qu'il savait, c'est qu'il devait d'abord s'imprégner de l'être disparu, que ce fût un mort ou quelqu'un dont on ignorait le sort.

Comme un chien, il avait besoin de faire entrer jusque dans les recoins les plus archaïques de son cerveau des odeurs, des formes, des images. Shayna l'avait compris et elle le laissa flairer la pièce, s'arrêter sur des objets, des photos. Elle retourna dans le salon et Aurel l'entendait bavarder à haute voix avec la femme de chambre.

Cette affaire de lit était un premier indice. Au palais, lieu public par excellence, le couple faisait couche commune. Certes, c'était une couche si vaste qu'on pouvait y cohabiter sans intimité. Tout de même, pour le monde, le symbole était là. À Himmelberg, au contraire, chacun avait sa propre chambre.

L'autre évidence, c'était cet ordre au palais comme à la campagne : rien ne traînait. La présence invisible des employés rendait impossible la création d'un désordre. Aurel faisait partie de ces êtres pour qui le rangement est synonyme de mort. Un coup d'œil à sa malle ou, quand il était installé, à son appartement, lui suffisait à mesurer qu'il était toujours bien vivant.

Où était la vie de la princesse ? Il y avait bien quelque part un chaos secret, un espace où pouvait régner, par intermittence ou sans cesse, un désordre de désirs, de passions, de tentations, de regrets ?

Quelques cadres, accrochés au mur, à gauche du lit, présentaient ici encore des photos de la famille. Aurel les examina et, tout à coup, se figea.

— Shayna !

La jeune femme apparut dans l'encadrement de la porte.

— Qui est cette femme ?

Aurel avait décroché le cadre. Il le tendit à Shayna. Elle fouilla dans le sac qu'elle tenait à l'épaule et sortit une paire de lunettes de forme ronde en plastique noir épais. Il aurait été difficile de choisir un modèle qui eût plus alourdi ses traits. Aurel sourit avec attendrissement car il se reconnaissait dans cette indifférence au regard des autres. Mais il avait une préoccupation plus immédiate.

— Vous l'avez déjà vue ?

— Ah ! Voilà. Elle sa mère. Princesse montrer moi ce vieux cliché.

— Vous pourriez la prendre en photo avec votre téléphone ?

Il tint le cadre et Shayna sortit son mobile.

— Toi vouloir photo papier quand nous palais ?

— Ah ! Merci. Merci.

— Toi encore choses à voir ?

— Non, cela me suffit.

— Alors, faire tour en vitesse.

Elle l'entraîna à sa suite dans les diverses pièces. Tout était soigné, entretenu. Mais la patte d'un décorateur était perceptible et n'avait laissé presque aucune place à des choix personnels. Ils rencontrèrent un majordome qu'Aurel interrogea.

— Que fait la princesse quand elle est ici ? A-t-elle un hobby, des distractions particulières ?

— Son Altesse Sérénissime est sans cesse active. Elle jardine. Il y a un petit potager dehors dont elle s'est occupée longtemps. Quand les enfants étaient petits, elle jouait avec eux à des jeux de société. Mais surtout, elle cuisine.

— Vrai, renchérit Shayna. Elle très bonne cuisine. Venir voir.

Ils pénétrèrent dans une immense cuisine éclairée par des impostes. Tout autour, sur une paillasse en marbre noir, était alignée une panoplie d'instruments culinaires. Des plaques de cuisson, au centre de la pièce, offraient toutes sortes de feux et même une rôtissoire.

Deux cuisiniers et deux aides étaient en train de préparer le déjeuner du prince. L'odeur des sauces qui cuisaient, le fumet de la viande, une agitation de tabliers blancs et de toques mettait dans cet espace une effervescence qui fleurait bon la vie. Aurel imagina la princesse dans ce ballet, houspillant les uns, stimulant les autres. Tout en elle n'était donc pas enseveli sous le poids du devoir et du protocole…

— Si toi tout voir, rentrer ?

— Tu m'as dit que le prince était là. Il faut peut-être que j'aille le saluer ?

— Pas la peine.

Visiblement Shayna ne tenait pas à ce qu'Aurel croise le prince et il ne comprenait pas pourquoi. Malheureusement, au moment où ils sortirent et se dirigèrent vers les garages, ils tombèrent sur lui. Il était en tenue de cycliste et enfourchait un VTT couvert de boue. Lui-même était maculé sur la poitrine, les jambes et jusqu'au visage. Trois amis l'accompagnaient. C'étaient des gaillards un peu bedonnants, avec d'énormes cuisses. Deux setters roux, la langue pendante, tournaient autour des cyclistes qu'ils avaient sans doute l'habitude d'accompagner dans leurs circuits. Le prince n'avait pas l'air enchanté d'être surpris dans cette tenue. Shayna écourta l'échange et poussa Aurel dans le garage.

— On ne reprend pas la Mercedes ?

— Non, moi laisser voiture ici semaine dernière. Tu monter. Je conduire.

Ils se tassèrent dans une Fiat 500 décapotable. Shayna maniait le changement de vitesse comme si elle eût bourré de coups de poing le visage de Bachar El-Assad en personne. Les cyclistes se mirent à l'abri. La voiture bondit hors du garage. Aurel regardait sa conductrice et se disait qu'avec une femme pareille on avait tout simplement honte d'avoir peur.

VIII

À peine étaient-ils sortis du château que le soleil perça à travers les nuages. Shayna appuya sur un bouton du tableau de bord et le toit de la Fiat 500 s'ouvrit en grand.

La route dessinait de larges courbes au flanc de la montagne. Elle était dégagée et descendait doucement. Shayna conduisait au milieu de la chaussée, son large pied enfoncé sur l'accélérateur. Elle était couchée sur le volant et le tenait serré contre son ventre, comme un rugbyman qui va marquer un essai.

Les cheveux au vent, le crâne caressé par le soleil d'automne, Aurel, sitôt monté dans la voiture, avait oublié ses soucis et perdu toute retenue. Dans les virages que Shayna prenait en faisant crisser les pneus sur le bitume, il riait à pleine gorge.

Ils ne s'entendaient pas, à cause du vent et du bruit du moteur que la conductrice s'obstinait à laisser en troisième. Elle alluma l'autoradio pour ajouter encore à ce tintamarre. Un CD était déjà en place. Il fit retentir à fond la chanson *Love Me Tender*.

— Moi aimer beaucoup beaucoup Elvis Presley.

Elle reprit le refrain avec une voix de baryton.

— Toi chanter !

— Je n'ai pas le physique, protesta Aurel.

Elle n'entendit pas la réponse et lui donna un coup de coude dans les côtes.

— Allez !

Aurel se tourna vers elle pour montrer qu'il faisait les mouvements avec la bouche. Mais aucun son audible n'en sortait, rien qui pût surnager dans le vacarme ambiant. Tout de même, Shayna était contente.

À un embranchement, elle prit à droite quand il semblait à Aurel qu'ils étaient arrivés par la gauche.

— Chauffeur Mercedes, zéro. Route ici plus belle.

En effet, l'itinéraire qu'ils suivirent empruntait une vallée secondaire. De jolis villages s'égrenaient le long de la route. Ils aperçurent de loin les ruines d'une forteresse sur un promontoire. Compte tenu de l'exiguïté du territoire, ils durent quitter rapidement le grand axe routier car il fonçait vers l'Allemagne dont la frontière était proche. Ils suivirent une route plus étroite qui, par un long crochet à travers des forêts, les ramena en vue de la capitale.

Entrée dans l'agglomération, Shayna consentit à ralentir et referma la capote.

— Seule bonne chose moi rapporter de Syrie, conclut-elle. Permis de conduire.

Aurel comprenait enfin où elle avait acquis cette conduite si particulière.

— Tu connaître seulement vieille ville ?

— Oui. Je suis allé marcher dans le quartier autour du palais.

— Pas suffire. Pour comprendre Starkenbach, nécessaire voir ville vraie. Tu vouloir manger ?

— Tiens, pourquoi pas ? Il est midi et demie.

Shayna avait engagé la voiture dans des rues rectilignes qui se croisaient à angle droit. Elles étaient bordées d'immeubles à un ou deux étages construits après la Seconde Guerre mondiale. Contrairement à la ville historique, dont on apercevait les monuments sur les hauteurs, ces quartiers étaient assez pauvres, les maisons mal entretenues. Les commerces, sans charme, étaient dédiés à des produits utilitaires : matériaux de construction, alimentaires, hard discount, appareils ménagers, etc. Sur les trottoirs, des passants circulaient en assez grand nombre et cette animation contrastait avec le calme presque désertique de la ville haute. Aurel repéra plusieurs piétons au teint basané et même des Africains.

— Dans Starkenbach tout entier, cinquante-deux mille habitants. Mais nationaux vingt mille. Reste venir de partout.

Aurel, dans l'article de Wikipedia sur le Starkenbach, avait lu quelque chose là-dessus. Le risque pour les micro-États était la disparition de leur population. C'était la raison pour laquelle ils rendaient presque impossible l'acquisition de leur nationalité.

— Qu'est-ce qu'il faut faire pour devenir Starkenbachois ?

— Marier trente ans avec femme du pays.

Shayna en disant cela partit d'un rire énorme qui entraîna Aurel.

— Trente ans ! répétait-elle en tapant sur le volant. Personne arrive. Ha ! Ha !

Ils passèrent devant une gare routière. Des Maghrébins attendaient sur les quais, avec de gros ballots ficelés posés par terre. Puis ils entrèrent dans des rues où les enseignes étaient couvertes d'idéogrammes.

— Ça quartier chinois. Moi aimer beaucoup.

Elle gara la voiture en lui faisant piquer du nez vers le trottoir. Ils sortirent et marchèrent vers une terrasse où plusieurs tables étaient occupées par des clients en train de déjeuner.

— Dedans ou dehors ? Allez, dedans ! Mieux pour parler.

L'intérieur du restaurant était désert. Quelques poissons exotiques tournaient derrière une vitre verte d'algues. Le patron, un Chinois sans âge, les installa sous une fresque dorée représentant un Bouddha rigolard. Shayna aida Aurel à s'y retrouver dans les plats. Ils commandèrent la même chose. Elle ne se fit pas prier pour suivre Aurel sur le vin blanc et ils en firent venir une bouteille.

— Dis-moi, Shayna, comment vois-tu cette histoire de conférence sur les enfants-soldats ? J'ai l'impression que ça a mis le feu aux poudres avec le gouvernement. Que risque la princesse exactement ?

Shayna finit de concasser deux chips au soja puis s'indigna :

— Tu pas comprendre ! Savoir une chose : princesse jamais aimée ici. Jamais ! Toi voir seulement personnes du palais. Altesse par ici, Altesse par là.

Elle minauda en imitant les courtisans et cela les fit rire.

— Mais vérité ? Première femme prince. Ici, gens très conservateurs. Pas bon, femme prince. Personne aimer ça. Et tu savoir d'où elle venir ?

— C'est une enfant naturelle.

— Oui. Reconnue. Par prince Gustav, père de elle.

— Oui mais sa mère ? Tu sais qui était sa mère ?

— Tu devoir comprendre : Gustav était… débouché ?

— Débauché.

— Oui. Militaire en Afrique. Filles. Bordels.

Alcool. Tu vois ? Alors, mère, personne sait vraiment. Réfugiée libanaise…

— Justement. Tu es syrienne. Tu connais cette région. Si elle est libanaise, à partir de son nom, tu peux savoir d'où elle venait, à quel milieu elle appartenait.

— Personne connaître le nom de elle. Seulement prénom. Rita.

— Il y a bien eu des actes d'état civil quand Hilda a été reconnue ?

— Mère pas marquée sur papiers.

Shayna s'était jetée sur la salade de crabe et mangeait avec avidité.

— Beaucoup glutamate ici. Très bon.

— Mais d'après les portraits que j'ai vus de la princesse, elle a l'allure et les manières d'une altesse. Elle n'a pas l'air d'une fille élevée dans la rue.

— Quand elle sept ans, grand-père Conrad a mis elle dans meilleures écoles. Elle devenir plus princesse que vraies princesses.

— Mais ça n'a pas suffi pour la faire aimer ?

— Ça suffire pour faire respecter elle. Oui. Autorité beaucoup. Mais plus autorité, moins amour.

Shayna exprima la tristesse que cette phrase lui faisait ressentir en regardant avec compassion le rouleau de printemps qu'elle s'apprêtait à engloutir.

— D'abord elle faire mécène pour changer

image. Mais pas suffire. Alors, de plus en plus humanitaire.

— Tu veux dire qu'elle fait de l'humanitaire seulement pour changer son image ?

— Non ! s'indigna Shayna. Elle vraiment personne très bonne. Humanitaire moyen de montrer ça. Fatiguée de toujours montrer autorité.

— Et les actions pour le Liban, c'est depuis le début ?

— Pas du tout ! Ça comprendre petit à petit. Au moment rencontrer moi dans foyer réfugiés, elle commencer juste s'intéresser Liban.

— Et toi, tu l'as poussée dans cette direction. Tu l'as emmenée au Moyen-Orient.

— Pas pousser ! Non. Non. Contraire. Elle s'intéresser région. Elle choisir moi pour servir guide là-bas.

— Il y a combien de temps de cela ?

— Ça faire un peu plus deux ans.

— Et tu as une idée de la raison pour laquelle elle s'est brutalement intéressée au Liban à plus de cinquante ans ? Elle a rencontré quelqu'un ? Il y a des Libanais dans son entourage ?

— Moi syrienne. Presque libanaise. Personne d'autre.

— Et qu'est-ce que c'est que cette histoire de mafieux qui auraient financé la conférence ?

Shayna avait fait tomber sa serviette. Elle plongea sous la table pour la reprendre et faillit tout renverser.

— Ici, reprit-elle, beaucoup banques. Tu voir en arrivant. Beaucoup investisseurs. Avec argent international, personne savoir jamais. Quand princesse demander fonds pour conférence, beaucoup beaucoup réponses. Difficile savoir qui et pourquoi.

— Dis donc, ce n'est pas avec des arguments comme ça que vous allez vous tirer d'affaire devant la justice, l'Altesse et toi.

— Moi rien à voir là-dedans. Et elle savoir se défendre. À condition pas disparaître…

Shayna saisit un cure-dents sur la table et commença à piocher dans ses gencives.

— Il y a plus de trente ans qu'ils sont mariés, le prince et elle ?

— Oui. Lui pouvoir demander nationalité !

Elle ricana en profitant de cet intermède pour changer de cure-dents.

— Ils ont le même âge ?

— Lui un an plus. Les deux rencontrer quand étudiants Sciences Politiques Aix-en-Provence.

— Il vient de quel milieu ?

— Tu voir déjà, non ? Vieille vieille famille. Croisades, tout ça. Nom en quatre morceaux.

— Entre eux, ça va comment, d'après toi ?

Le patron chinois apporta les cafés.

— Vous avoir nougats mous ? demanda Shayna sans crainte de compromettre tout ce qu'elle venait de faire avec le cure-dents.

Un couple qui venait d'entrer s'installa à la

table voisine. Aurel se demanda si c'était un prétexte ou si vraiment Shayna était sincère lorsqu'elle dit, en jetant un coup d'œil vers leurs voisins :

— Ça, moi, rien savoir là-dessus.

Aurel insista un peu.

— Tu penses qu'il pourrait avoir une vie de son côté ? Apparemment, ils ne voyagent jamais ensemble.

— Lui aller toutes les semaines Paris aussi. Mais pas en même temps que elle.

— Ah oui ? Et qu'est-ce qu'il fait là-bas ?

— Pas savoir.

L'arrivée des nougats mous autant que la présence d'oreilles indiscrètes mirent fin à la conversation. Pendant que Shayna se débattait avec les sucreries collantes, Aurel demanda l'addition et régla.

Ils reprirent ensuite la voiture et rentrèrent au palais. Le colonel Frühling devait les guetter car, sitôt qu'il les aperçut, il se précipita à leur rencontre dans le hall.

— Des nouvelles de princesse ? l'interpella Shayna.

— Hélas non, aucune.

Shayna marqua sa déception par une grimace et s'éclipsa.

— Je suis venu vous dire que tout est prêt pour vous, monsieur Timescu, s'empressa le colonel.

— Prêt... ?

— Votre nouvelle chambre. Avec le piano.

Aurel suivit le colonel. Ils repassèrent par la rotonde centrale du premier étage mais, au lieu d'emprunter les grands couloirs habituels, ils revinrent vers les salons d'apparat et montèrent un étage par un large escalier encadré par des rampes en bronze et en fer forgé. Ils débouchèrent sur un palier orné de deux vases de Sèvres plus hauts qu'Aurel. Le colonel désigna une double porte fermée à droite.

— Le grand salon de musique, dit-il, mais il avança vers la gauche. Et voici le petit.

La porte donnait sur une salle arrondie éclairée par de grandes baies. Un parquet Versailles reflétait en la réchauffant la lumière venue du dehors. Plusieurs dizaines de chaises étaient repliées et tassées contre le mur. De l'autre côté, un piano à queue brillait comme un astre noir. Et au milieu de la vaste pièce, Aurel reconnut le lit où il avait couché, avec ses nymphes fessues en tapisserie, sa cascade de coussins et son couvre-lit vert.

— Comme il était impossible de transporter le seul piano du palais, expliqua le colonel avec une expression de fierté, nous avons préféré faire bouger le lit... vous aurez le salon tout à vous. Et voyez aussi ceci.

Il entraîna Aurel vers le mur du fond. Il était couvert de grands miroirs encadrés de larges moulures dorées. Dans l'angle, entre ces miroirs et la première baie, avait été installé un bureau de style Louis XV orné de ferrures en bronze. Un ordinateur était posé dessus ainsi qu'une imprimante.

— Je vous remercie, dit Aurel, qui continuait de jeter autour de lui des regards stupéfaits.

— Pour le wi-fi, nous vous avons ouvert une liaison provisoire. Le réseau s'appelle « Invités » et le code « Roudoudou ».

— Roudoudou ?

— Oui.

— Et pourquoi ?

— Ça, je l'ignore. Ce sont les secrétaires du prince qui ont choisi…

Rien n'entamait le sérieux du colonel.

— Souhaitez-vous vous installer tout de suite ?

— Oui, je vais travailler un peu sur l'ordinateur et je crois que je ne ressortirai pas. J'ai besoin de me concentrer.

— En ce cas, je vous ferai monter un dîner.

Aurel remarqua que sa malle avait déjà été déposée. Soudain, une idée lui vint.

— Colonel… Le premier jour, quand il m'a reçu, le prince a eu la délicate attention de me faire servir mon vin préféré.

— Le Tokay. Oui, il en a commandé une caisse avant votre arrivée.

— Eh bien, vous serait-il possible de m'en faire monter une bouteille pour le dîner ? Ou même deux, pour en avoir d'avance.

— Certainement.

Impassible, le colonel attendit qu'Aurel lui donne congé. Puis il traversa le salon à grandes enjambées. Il allait franchir la porte quand Aurel le héla.

— En fait, cria-t-il à travers le vaste espace, enhardi par la distance qui le séparait du militaire, faites donc plutôt porter toute la caisse.

*

Aurel resta un moment à contempler la pièce, écrasé par ses dimensions et son décor alourdi de dorures. Puis, prudemment, il approcha du piano. C'était un Pleyel de concert, le genre d'instrument qui lui faisait dès l'abord sentir sa médiocrité.

Il souleva le lourd couvercle et découvrit, sous un tapis de soie rouge, l'étendue nacrée du clavier, image de perfection et d'exigence. Religieusement, il sortit un mouchoir de sa poche et essuya ses mains.

Puis, en restant à distance respectueuse, il tendit un bras et, de l'index, se hasarda à jouer un do.

La note retentit avec tant de force qu'il recula. À n'en pas douter, on avait dû l'entendre dans tout le palais. Il guetta les bruits du dehors. Rien ne vint. Il n'osa tout de même pas renouveler l'expérience et se rabattit sur le clavier silencieux de l'ordinateur.

Il surfa sur Internet, cherchant à des endroits précis auxquels il avait réfléchi. Il fit des tirages sur l'imprimante de plusieurs photos : celle, officielle, de la princesse, plusieurs autres d'elle dans diverses circonstances protocolaires ; un portrait du couple princier et un plus difficile à trouver du seul prince consort. Il trouva aussi une photo d'ensemble de la famille, parents et enfants réunis. Sur un site d'archives, il dénicha un assez mauvais portrait du prince Gustav, le père de la princesse, et de Conrad, son grand-père, l'année de sa mort. Comme elle le lui avait promis, Shayna lui avait fait parvenir par mail la photo trouvée dans la chambre de Himmelberg montrant Rita, la mère de la princesse.

Ensuite, en gros caractères, il écrivit « Starkenbach » ; « Himmelberg » ; « Tunisie » ; « Liban » ; « Paris » ; « Corse » et tira tout cela sur des feuilles blanches.

Vers dix-neuf heures, on frappa à l'autre bout de la pièce. Une femme de chambre entra avec un plateau chargé du dîner. Derrière elle, un jeune valet en chemise portait une lourde caisse de bois. Aurel reconnut l'emballage traditionnel des grands crus de Tokay et évalua à la taille de la caisse qu'elle devait contenir douze bouteilles. De leur propre chef, les serviteurs déposèrent leur chargement sur une table située le long du mur de gauche, qu'Aurel n'avait même pas remarquée. Comme le jour commençait à baisser, la cameriste alluma deux lampadaires. Leur lumière était étouffée par de lourds abat-jour en tissu. Ils repartirent et Aurel travailla encore une heure sur l'ordinateur. Quand il estima avoir terminé, il se retourna et découvrit la salle plongée dans la pénombre à l'exception des deux halos jaunâtres dessinés autour des lampadaires. L'écho de ces faibles lumières retentissait dans l'obscurité sous la forme du petit scintillement des dorures. Les fenêtres formaient comme un immense écran d'un bleu obscur car la nuit était sans lune. Sous cet éclairage parcimonieux, la pièce disparaissait et les objets qu'elle contenait flottaient dans des ténèbres sans dimensions.

Aurel approcha de la table et se versa une large rasade de Tokay. Il se mit à déambuler dans la salle. Près de l'entrée, il découvrit une sorte de penderie et en écarta le rideau. Des costumes de scène y étaient suspendus sur des cintres. Ils avaient été stockés là quelques semaines auparavant, après une représentation de *Don Giovanni* qui avait été donnée dans le grand salon. Aurel les décrocha l'un après l'autre, caressant les étoffes soyeuses, les velours ornés de fausses perles. Pris d'une inspiration soudaine, il retira ses vêtements, à l'exception d'un T-shirt à petits trous qu'il portait à même le corps. Il enfila une culotte en satin blanc qui lui allait parfaitement. Puis il passa la veste longue à brandebourgs qui avait servi pour le rôle du comte Almaviva. Des poignets de dentelle étaient cousus au revers des manches. Dans une caisse, au pied de la penderie, étaient jetées pêle-mêle toutes sortes de perruques. Il en choisit une, à boucles blondes, et s'en coiffa. Elle lui tombait jusqu'aux épaules. Un petit tour dans cette tenue jusqu'au plateau du dîner lui permit de se verser de nouveau un verre. Il se sentait à l'aise dans ce costume. Il lui donnait envie de danser. Pendant près d'une heure, il exécuta des pas de menuet sur le parquet, en tenant à la main d'invisibles cavalières parées de robes à volants. La tête lui tournait un peu. Il s'arrêta et regarda le piano au loin. Son clavier brillait dans l'obscurité comme une gigantesque mâchoire ébréchée.

Un nouveau verre lui donna du courage pour approcher de la bête. Il fit un léger détour par le poste d'ordinateur, fouilla dans ses tirages et en sortit un portrait en gros plan de la princesse. Elle ne portait pas de couronne comme sur le portrait officiel mais un simple diadème. Cette photo était prise à la volée par un paparazzo et figurait parmi les rares reportages consacrés à la Principauté dans les journaux grand public. La princesse ne posait pas. Elle avait même l'air surpris et l'expression qui lui avait été dérobée comportait un troublant mélange de sourire et de souffrance.

Aurel saisit le cliché et le posa sur le porte-partition du piano. De la sorte, l'instrument se trouvait placé sous l'autorité de la princesse. Il avait moins peur d'approcher du fauve ainsi dompté. Il régla le tabouret, s'assit et d'un coup plaqua deux accords majeurs, en les laissant résonner de tous leurs harmoniques.

Au moment où le silence revint, avec ses menaces, Aurel prit la fuite en faisant courir ses mains le long de l'*Impromptu n° 3* de Chopin. Le *vivace* était extrêmement rapide et il l'accélérait encore, semant derrière lui la panique, l'obscurité et le protocole. La musique, parvenue à une certaine vitesse, tout comme un avion en bout de piste, décolla. Trois minutes n'étaient pas passées qu'il se sentait parfaitement à l'aise. Il enchaîna avec un morceau plus lent sur lequel il improvisa. Et tout à coup, il sut qu'il était suffisamment loin du monde pour revenir, délivré de tout préjugé et de toute crainte, vers « elle ».

Il leva les yeux, fixa le portrait de la princesse et sentit avec volupté qu'elle lui souriait.

IX

Pendant une bonne heure, Aurel ne cessa pas de jouer. Son répertoire classique était assez maigre désormais, faute de ne plus le travailler. Il revint vite aux improvisations puis aux airs de chansons, à la musique de bastringue.

Le piano sonnait vraiment bien. La puissance de l'instrument, qui l'avait d'abord effrayé, l'excitait maintenant. Il frappait les touches avec force et chantait des refrains à tue-tête. La princesse, qui le regardait, changeait d'expression en fonction du morceau. Grave lorsqu'il jouait la *Pathétique* de Beethoven, d'une raideur hiératique pendant la *Marche turque*, elle se détendait avec les *Gymnopédies* et riait franchement quand il exécutait un rag.

Quand il eut fini la première bouteille, il avait compris : cette femme avait deux visages en un seul, et maintenant il savait exactement les reconnaître.

Il alla jusqu'à sa malle et fouilla dedans à

tâtons. Il finit par y dénicher un rouleau de scotch. Il prit ensuite les papiers qu'il avait tirés sur l'imprimante et les colla sur le mur à côté de la lampe.

Au centre, il plaça le portrait de la princesse qu'il venait de contempler sur le piano. Il comprenait pourquoi il avait précisément choisi cette photo. C'était celle où apparaissaient le mieux ses deux visages. Sur le portrait officiel ou sur les photos prises en couple avec le prince Rupert, Hilda ne montrait que son expression de dignité et d'autorité. Il colla ces autres clichés à droite du premier. Du même côté, il fixa les mots « Starkenbach » et « Himmelberg ». Il rassembla toutes les autres photos prises dans des circonstances officielles. Il les scruta attentivement et les plaça toutes de ce côté droit.

Restait une dernière photo de la princesse : elle était prise en Syrie, dans un camp de réfugiés. Elle se penchait sur un enfant blessé, tournait la tête vers l'objectif et souriait. Elle était vêtue d'une saharienne et d'un jean. Ses cheveux étaient retenus en chignon par une grosse pince sans valeur. Aurel s'approcha très près. Il n'y avait aucun doute. Ce n'était pas seulement une autre expression, mais un autre visage qu'il voyait. La joie qui se lisait dans ce regard n'avait rien de limpide. Il y avait dans l'œil de la princesse à cet instant un feu, quelque chose d'ardent, de dévorant, mais aussi de trouble, presque de mauvais. Aurel n'aurait pas su décrire cela à jeun mais l'effet du Tokay joint à l'ivresse de cette heure de musique lui rendait les choses extrêmement claires.

Il colla cette photo du côté gauche, accrocha à côté la pancarte « Liban ». Puis il se recula. Il tenait le dernier tirage en main sans le regarder. C'était l'unique image de la mère de la princesse. Il attendit et soudain plaqua le cliché à gauche et le scotcha les yeux fermés. Il tendit la main, saisit son verre, but une grande rasade et écarquilla les yeux en les braquant vers le mur.

La ressemblance était frappante. Le visage de la princesse dans le camp de réfugiés était le visage de sa mère. Les traits étaient les mêmes, le regard surtout.

Aurel prit un peu de distance et fixa de nouveau le mur. Il y avait plus de photos à droite qu'à gauche et ce déséquilibre rendait compte aussi d'une différence de durée. Le côté droit représentait quarante-cinq ans. Quarante-cinq années d'une vie d'obligations, de famille et d'autorité. Le gauche pesait à peine dix ans. Les sept années de l'enfance. Cette inconnue, ce trou noir dont Aurel ignorait tout. Et les deux ou trois dernières années pendant lesquelles Hilda semblait être revenue à ses origines. Les années Shayna, en somme. On apercevait d'ailleurs la Syrienne derrière la princesse dans le camp de réfugiés.

Le mystère était là. S'il fallait chercher la princesse quelque part, c'était de ce côté. Dans ce qu'elle avait vécu jadis, pendant ces premières années enfouies, piétinées, reniées, mais dont sa mémoire avait dû conserver quelques traces. Et surtout dans la cause de son intérêt récent pour ce passé.

Quelle faille s'était ouverte, quelle collision s'était produite, quelle rencontre avait-elle faite pour que ses premières années remontent des abysses avec leurs décors d'enfance ? Qu'est-ce qui avait donné une telle force à ce retour aux sources, au point qu'elle ait pu compromettre tout ce qu'elle avait construit durant quarante-cinq ans, en organisant cette conférence qui déclarait la guerre au gouvernement et, maintenant, en menaçant de ne plus réapparaître ?

Aurel emporta ces pensées jusqu'au piano et recommença à jouer. À vrai dire, il ne réfléchissait plus et ses idées formaient un agréable chaos. Il se laissa entraîner par la musique, continua d'arroser son inspiration en piochant dans la caisse de Tokay.

L'espoir de trouver une solution dans cette séance d'abandon total aux fantaisies de son inconscient fit peu à peu place au désespoir de se dire qu'il ne parviendrait jamais à résoudre cette énigme. Quand il se mit à penser à Shayna, son jeu se fit mélancolique. Il finit par s'arrêter et rêva, appuyé sur le piano.

Il ne sut pas comment il parvint, tard dans la nuit, à regagner son lit. Dans l'obscurité, le meuble ressemblait à une barque qui flottait sur les vagues du parquet. À un moment, il ouvrit les yeux et eut l'impression d'être bercé par une houle. Puis il coula dans un sommeil peuplé de rêves marins et de femmes orientales.

*

Dans les profondeurs où il évoluait, le son ne lui était d'abord parvenu que sous la forme d'un mugissement. Il pensa à la sirène d'un bateau, loin à la surface, ou à l'écho étouffé d'une bouée sonore.

La deuxième fois, l'appel sembla se rapprocher et il s'accompagnait d'une vibration qui secouait ses membres. C'est à la troisième fois qu'il reconnut son nom.

Il ouvrit les yeux. Le jour déferlait dans la pièce comme une cascade de lumière d'un blanc sale. Il referma vite les paupières.

— Monsieur Timescu, entendit-il nettement, tandis qu'on lui secouait la jambe gauche.

Il entrouvrit les yeux et, d'un coup, se redressa. Le prince Rupert se tenait debout devant lui et souriait.

Un sentiment de panique s'empara d'Aurel. Brutalement ramené à la conscience, il se rendit compte qu'il était allongé en travers sur le lit dévasté, en costume de scène, au beau milieu d'un salon de musique jonché de bouteilles vides. Heureusement, la perruque à rouleaux était tombée sur le parquet. Il voulut dire un mot mais sa gorge était si sèche qu'il n'en sortit que des borborygmes.

— Veuillez excuser mon intrusion, monsieur Timescu, dit le prince de sa voix distinguée. Les femmes de chambre vous ont entendu crier et elles ont eu peur que vous n'ayez fait un malaise.

— Tout... tout va bien, réussit à articuler Aurel, mais cet effort lui déclencha un terrible mal de crâne.

— Tant mieux. J'en suis heureux.

— Quelle... quelle heure est-il, Majesté ?

— Onze heures et demie.

Aurel frotta son visage dans ses mains puis, machinalement, lissa la couronne de cheveux qui se dressait en bataille sur son crâne dégarni et douloureux.

— Je vois que vous avez... bien travaillé, commenta le prince avec un fin sourire, en désignant le panneau où Aurel avait disposé les photos. Je ne sais pas si vous êtes parvenu à une conclusion, poursuivit-il, mais j'aimerais vous apporter quelques éléments supplémentaires. Voulez-vous que nous allions prendre un café dans la salle à manger ?

Tout était préférable à la vue de la caisse de Tokay éventrée et à moitié vide !

— Volontiers, gémit Aurel.

Il suivit le prince en s'efforçant de contrôler sa démarche. Sur le palier, les deux femmes de chambre qui avaient appelé au secours regardèrent passer un étrange cortège composé du prince tiré à quatre épingles suivi d'un Aurel en culotte de soie et veste Louis XV en velours bleu roi, le visage figé dans une expression de dignité suprême.

Parvenu à la salle à manger où, l'avant-veille, ils avaient pris le petit-déjeuner avec Shayna, Aurel s'assit devant une tasse préparée pour lui et un serveur vint lui apporter du café.

— Des nouvelles de la princesse ? s'enquit-il pour donner l'impression qu'il était revenu à lui, ce qui n'était pas tout à fait vrai.

— Aucune. Hélas. Pas le moindre signe de vie.

Aurel hocha la tête d'un air navré mais la migraine l'empêcha de donner trop d'ampleur à ce mouvement.

— Voyez-vous, monsieur Timescu, commença le prince en laissant paraître une visible émotion, je me suis fait des reproches à moi-même hier après vous avoir croisé à Himmelberg.

Contrairement à son habitude, Aurel prit son café noir, et le breuvage amer, avant même d'avoir atteint son estomac, acheva de le réveiller.

— Oui, reprit le prince, je vous ai confié une mission… sans vous donner tous les éléments dont je dispose. Laissez-nous, Herbert, je vous prie.

Le serveur était venu rôder et sur ce mot du prince, il s'éclipsa avec l'air contrit.

— Ce n'est pas que j'aie voulu vous cacher des informations. Je vous fais entièrement confiance. Mais voilà, nous autres, aristocrates, nous payons le prix d'une éducation assez particulière. Il y a des choses qu'on ne dit pas. Des sujets qu'il n'est pas convenable d'aborder. Vous comprenez ?

Aurel se disait que les nobles n'étaient pas les seuls à subir ces contraintes. Dans sa propre famille, en Roumanie, sans qu'il y coule du sang bleu, bien des sujets ne pouvaient être abordés avec des étrangers, ni même à la maison.

— Tout ce qui touche aux sentiments, et plus encore à la sexualité, fait l'objet chez moi d'une censure totale. D'habitude, cela n'est pas préjudiciable. Mais en l'espèce, monsieur Timescu, cela m'a conduit à vous laisser ignorer des choses importantes.

Il avait beau dire qu'il était conscient de ses blocages, le prince ne les avait pas encore levés et il hésitait sur le seuil de ses révélations. Finalement, il se lança.

— Je vous ai dit que notre couple était heureux. C'est exact jusqu'à un certain point. Il est vrai que nous nous sommes parfaitement entendus, Hilda et moi, pour élever nos enfants et remplir les charges de l'État. Toutefois…

Aurel baissa les yeux et regarda sa tasse pour ne pas faire obstacle aux confidences du prince.

— … notre union n'a jamais été parfaite. Je veux parler de l'union charnelle, vous comprenez ?

La question n'appelait pas de réponse. Aurel attendit la suite sans mot dire.

— Même quand nous nous sommes rencontrés, il n'y a jamais eu vraiment de désir. De ma part, en tout cas. De l'affection, du respect, de la complicité pour beaucoup de choses, oui. Mais de l'attrait pour le corps de l'autre, non.

Le prince était rouge et son aveu lui coûtait, mais, ce premier pas franchi, le reste vint avec naturel.

— J'étais très jeune quand nous nous sommes rencontrés. Je n'avais pas eu d'expérience si ce n'est dans ces horribles rallyes où j'avais flirté avec des filles à marier. Elles faisaient tout, malgré la débauche de ces soirées, pour préserver leur virginité jusqu'au sacrement. Si bien que nous recourions à toutes sortes de jeux obscènes, qui me dégoûtaient. Hilda était vierge et n'en savait guère plus que moi. J'ai cependant toujours eu l'impression qu'il y avait en elle, quand bien même elle ne l'exprimait pas, des appétits violents que j'étais incapable de satisfaire.

— Pardon, Excellence, mais vous avez tout de même eu trois enfants.

— Justement, c'est assez étrange mais je pense

qu'en moi la sexualité n'a jamais eu d'existence propre en dehors de la reproduction. Lorsqu'il s'est agi de nous donner une descendance, j'ai trouvé le désir nécessaire. Nos enfants sont nés à un an d'intervalle. Une fois ce devoir accompli, je me suis montré incapable de donner à la princesse une attention véritable sur le plan physique. Vous voyez, je vous dis tout.

— Comment l'a-t-elle vécu ? Je veux dire... a-t-elle cherché ailleurs ce que vous ne lui donniez pas ?

— Elle s'est adaptée à ma conduite et a trouvé des compensations dans les devoirs de sa charge. Les aléas de son règne lui en ont fourni maintes occasions.

— En somme, vous étiez parvenus à un équilibre...

— Non ! s'insurgea le prince. Car moi je n'ai jamais accepté cette situation. Cela peut paraître étrange, puisque j'en étais responsable. Mais à mesure que nous prenions de l'âge, que j'observais d'autres couples, que je lisais des romans et regardais des films, que les amis avec lesquels je faisais du sport me livraient des confidences, je me rendais compte de mon insuffisance.

Il était maintenant gagné par le désir de tout révéler. Ses yeux brillaient et il avait quitté sa réserve pour user d'un ton passionné.

— Hélas, mon manque d'expérience et surtout l'impossibilité où j'étais de me confier à quelqu'un m'ont fait analyser ces problèmes de travers. Au lieu de m'interroger sur moi-même, je me suis mis à accuser les circonstances. La vie si particulière de prince consort m'a semblé être la raison de mon impuissance, puisqu'il faut appeler les choses par leur nom.

— De quelle manière ?

— Vous savez, le conjoint d'un monarque subit quotidiennement une forme subtile d'humiliation. Vous n'êtes rien par vous-même. Le protocole vous le rappelle sans cesse. La princesse régnante est dans la lumière, une lumière dont souvent elle se serait bien passée. Reste qu'elle brille et que vous êtes dans l'ombre. Avec le temps et diverses réflexions que j'entendais, j'ai fini par me convaincre qu'une telle position pour un homme n'est pas de nature à développer sa virilité.

— Vous vous en êtes ouvert à votre femme ?

— Pas en ces termes, car je n'étais pas conscient de ces mécanismes. J'ai réagi de façon immature, en exigeant un meilleur statut, un titre. C'est sur ma demande insistante qu'Hilda m'a élevé au rang de prince, ce qui n'a pas été simple car j'étais français. Son image en a encore pâti. Mais elle l'a fait.

— Cela a-t-il changé quelque chose ?

— Rien. J'étais comme un enfant qui a reçu un jouet mais n'en reste pas moins un enfant.

Aurel était stupéfait de découvrir, derrière le

frêle paravent de sa dignité hautaine, combien cet être était à vif et vulnérable.

— Comment le problème s'est-il résolu ? Car vous semblez avoir beaucoup progressé aujourd'hui.

— Oh, c'est assez simple et n'importe qui de moins fier, et surtout de moins stupide, s'y serait décidé bien plus tôt. J'ai suivi une psychothérapie.

— Ici ?

— Non. À Paris. Un ami m'a orienté vers une femme merveilleuse. En quelques séances, le docteur Goutard, c'est son nom, m'a apaisé.

— Vous avez retrouvé du désir pour votre femme ?

— Non, hélas, et je ne suis pas certain qu'elle l'aurait souhaité. Il y avait si longtemps que nous vivions ainsi... Mais au moins, j'ai cessé de l'accuser d'un état de fait qui ne vient que de moi. Je me suis résigné à ma fonction, et même j'ai commencé à y trouver un certain plaisir.

— Pardon de vous poser cette question, mais... cela vous a-t-il conduit vers d'autres femmes ?

— Nullement. Mais ma psychologue m'a convaincu que je devais m'accepter ainsi. Avec l'âge, j'avais appris à détourner mon énergie vers d'autres activités. Il était trop tard pour revenir en arrière. Je ne suis plus à l'âge des passions et finalement, je suis heureux.

— Vous voyez toujours cette psychologue ?

— Non. J'aurais aimé qu'elle me suive encore car ses conseils me faisaient du bien. Hélas, le docteur Goutard est morte il y a deux ans.

— Elle était âgée ?

— Pas du tout ! C'est tragique. Elle avait une petite quarantaine d'années. Elle était très sportive et elle s'est tuée en montagne.

Aurel prit un air de circonstance pour montrer qu'il comprenait la douleur du prince. Toutefois, pleinement éveillé maintenant, il se demandait quelle avait été l'utilité de ces révélations. Elles complétaient la connaissance qu'il avait désormais de ce couple. Mais en quoi cela pouvait-il l'aider à résoudre le problème de la disparition de la princesse ? Il posa la question directement.

— Eh bien, voilà le fait. Ma psychothérapeute, dans les semaines qui ont précédé sa mort, m'avait fait beaucoup parler d'Hilda. Je lui avais raconté son passé, ses difficultés à se faire accepter comme souveraine et les tensions avec le nouveau gouvernement issu des récentes élections. Elle m'a convaincu qu'Hilda avait grand besoin, elle aussi, d'effectuer un travail psychologique sur elle-même.

— Vous en avez parlé à la princesse ?

— Oui, mais au début elle a catégoriquement refusé. Je suis revenu à la charge et j'ai fini par la persuader d'essayer au moins une séance.

— Avec la même psychologue ?

— Non. Cela ne se fait pas, paraît-il. Mais ma thérapeute, Mme Goutard, m'a recommandé quelqu'un d'autre, un homme qu'elle connaissait et en qui elle avait confiance.

— Votre femme l'a vu ?

— Oui.

— Et ensuite ?

— Elle est revenue enthousiaste. Convaincue. Et depuis, elle le consulte chaque semaine. Voilà où je voulais en venir. Je pense que cet homme la connaît bien et qu'il peut savoir des choses utiles.

— Vous avez essayé de le joindre ?

— J'ai seulement un nom, « Philippe Ronblitz », une adresse à Paris, rue des Écluses-Saint-Martin, dans le Xe arrondissement, et un numéro de portable. Mais les lettres à cette adresse reviennent avec la mention « Inconnu ». Quant au portable, il ne répond jamais et un message indique que la messagerie est pleine. Mon secrétariat a fait des recherches. Aucun cabinet de psychologue ne correspond à ce nom. J'ai pensé que si vous alliez à Paris, vous pourriez essayer de retrouver cet homme.

— Justement. J'allais vous annoncer que je n'ai plus rien à apprendre ici et que je compte partir pour Paris et, si besoin, pour la Corse.

— L'agence de voyages de la Principauté va vous prendre des billets et vous faire une avance de frais. Quand voulez-vous partir ?

— Mais… dès aujourd'hui, dit Aurel en repoussant sa chaise et en se levant.

À peine debout, il se rappela qu'il était en tenue de scène. Le prince, malgré sa noble impassibilité, ne put s'empêcher de contempler cette étrange tenue.

— Le temps de me changer, dit Aurel un peu gêné, et il disparut vers sa chambre.

X

Les feuilles tombées des platanes formaient des taches d'or sur le bitume gris du Quai d'Orsay. Aurel n'avait pas pu s'empêcher de passer devant le ministère pour narguer Prache, son ennemi de la DRH. Il devait être en train de lui concocter pour son prochain poste une affectation bien pourrie dans un pays impossible où il risquerait sa peau.

Derrière les hautes fenêtres qui donnaient sur la Seine, les lustres des grands salons étaient allumés bien qu'il ne fût que quinze heures. Aurel contourna la rue Esnault-Pelterie et longea le bâtiment sur l'arrière. Il ne pouvait s'empêcher d'imaginer dans ces minuscules bureaux des bataillons de fonctionnaires penchés sur des dépêches, tenant des réunions inutiles, agités par des urgences qui seraient oubliées le lendemain.

Il remonta le col de son long pardessus en tweed et y plongea le nez. Il n'avait pas envie de rencontrer un diplomate de sa connaissance, voire l'ignoble Prache en personne, et d'avoir à fournir des explications sur sa mission. Il ne se sentait jamais aussi en sécurité que lorsque le ministère l'oubliait.

L'appartement privé des princes de Starkenbach était situé tout près, dans un des premiers immeubles de la rue de Bourgogne. Il forma le code que lui avait donné le directeur de cabinet avant son départ le matin même et tomba sur un hall monumental et désert. Il évita de prendre un ascenseur qui semblait pourtant avoir fait ses preuves depuis plus d'un siècle. Il monta au troisième étage et sonna. La porte s'ouvrit presque immédiatement. La femme de chambre avait été prévenue et l'attendait de pied ferme. Elle s'était adjoint Jérémy, le cuisinier, un garçon aux joues roses, les cheveux en brosse, pour affronter une visite qu'elle voyait comme une inspection.

La femme, qui, d'après le directeur de cabinet, se nommait Josefa, était de petite taille, très noire de cheveux et de sourcils. Son embonpoint était souligné par sa tenue de soubrette qui dégageait sa gorge et ses bras. Par son expression hostile, elle signifia immédiatement à Aurel qu'il n'était pas dans son intérêt de chercher à la prendre en défaut.

— Je ne vous dérangerai pas longtemps, lança-t-il d'entrée, pour tenter de la rassurer. Je voudrais juste donner un coup d'œil à l'appartement et vous poser deux ou trois questions.

La femme se tourna de côté pour le laisser passer. Aurel tenta de l'oublier pour rester à l'écoute de ses impressions. Il vit d'emblée que l'appartement était décoré dans le même style bonbonnière que le palais de Starkenbach. Partout, sur les rideaux comme sur la tapisserie des fauteuils et des canapés, des soieries à ramages entremêlaient leurs feuillages d'allure tropicale. Dans ce décor de forêt vierge flottaient des masques africains et divers objets ethniques en bois noir. Un piano quart de queue était poussé dans un angle du salon. Il servait de support à quantité de fétiches maoris montés sur des socles en bronze.

Après l'entrée et le salon, Aurel traversa la salle à manger. Elle était décorée par une collection de céladons chinois, présentés le long des murs sur des étagères. Sans s'attarder, il traversa la cuisine, talonné par la femme de chambre et le maître queux. Il le sentait grogner derrière lui, ronflant de colère en voyant ainsi son territoire envahi. Ensuite, il entra dans un bureau qui ne devait pas être utilisé comme tel car on n'y voyait aucun papier. Un grand fauteuil dans un angle servait à la lecture et, sur un pouf en tapisserie, des livres étaient empilés. Aurel consulta rapidement les titres : des romans qui, pour ce qu'il en savait, racontaient l'histoire d'amours malheureuses, plusieurs biographies historiques de personnages féminins. Enfin, il passa dans la chambre à coucher. Elle était presque entièrement occupée par un lit énorme, aussi large que long. Il n'y avait pas de couvre-lit, mais seulement une couette dans une housse de lin blanc et de gros oreillers.

Aurel s'arrêta un long instant devant ce lit, essayant d'analyser l'étrange impression qu'il avait provoquée en lui. Certes, par sa taille, il symbolisait bien la distance physique au sein du couple princier et il était conforme à ce qu'il avait vu au palais de Starkenbach. Sur la table de nuit d'un côté, des objets féminins, barrettes, chouchous, boîte à bijoux. De l'autre côté, territoire de Monsieur, un valet en bois sur lequel étaient suspendues des cravates et, empilée sur la table de nuit, une impressionnante quantité de revues et d'essais sur la politique internationale. Reste que la perception d'Aurel devant cette couche sans apprêt, nullement destinée à être vue par des inconnus contrairement aux lits bien recouverts du palais, tenait en un mot : obscène.

Le moelleux de cette literie, ses vastes proportions et jusqu'aux légers plis de ces draps fins, tout dans cette couche évoquait des corps nus, la libre chorégraphie de l'amour, l'abandon au plaisir. Aurel se sentait troublé et, pour ne rien révéler à la femme de chambre qui le dévisageait toujours les bras croisés, il s'efforça de reprendre une contenance.

— Le prince et la princesse viennent ici l'un et l'autre ?

— Surtout elle.

— Leur arrive-t-il de s'y trouver ensemble ?

— Pas à ma connaissance. D'ailleurs, ces dernières années, on a rarement vu le prince.

Entre la chambre et l'entrée, un espace servait de dressing à la princesse tandis que les rares tenues masculines étaient suspendues à une tringle dans la chambre. Aurel entra dans le cagibi et, machinalement, regarda le contenu des boîtes alignées sur les étagères. Plusieurs d'entre elles contenaient des sous-vêtements. Il s'assura que la caméristе était restée dans la chambre et plongea la main dans la masse de dentelles. Quoiqu'il ne fût guère à l'aise sur ces sujets, il examina attentivement les minuscules pièces de tissu et conclut avec étonnement qu'il s'agissait de strings et autres modèles que les magazines qualifient de lingerie sexy. Il n'avait pas imaginé jusqu'ici que la princesse pût revêtir ce type de tenue. Ce qu'il avait aperçu dans les placards au Starkenbach était plutôt classique, et même décourageant.

— Vous êtes sûr d'avoir le droit de regarder tout ça ?

Aurel sursauta en entendant glapir la femme de chambre qui avait pris position dans l'encadrement de la porte. Il lâcha le soutien-gorge qu'il avait en main et sortit avec l'air affairé.

— Vous venez ici tous les jours, m'a-t-on dit ?

— Je ne sais pas qui est ce « on », mais moi, c'est la princesse qui me donne les ordres.

— Et alors, que vous demande-t-elle ?

— De venir une fois par semaine. L'appartement n'est pas grand. C'est bien suffisant.

— Quel jour passez-vous ?

— Ça dépend. Elle m'envoie un message la veille pour me dire quand elle a besoin de moi.

Restait à attaquer le plus dur. Aurel se doutait qu'elle s'y était préparée.

— Avez-vous déjà vu quelqu'un ici, en dehors de la princesse ?

— Ses enfants. Ils ont habité l'appartement pendant leurs études. Maintenant, ils sont partis.

— À part la famille ?

— Je ne vois pas ce que vous voulez dire ?

— Des amis, des invités ?

— Oui, il arrive que la princesse organise des dîners. C'est à ce moment-là qu'elle convoque Jérémy.

Le cuisinier, qui faisait les cent pas dans l'entrée, apparut à la mention de son nom.

— Personne ne reste coucher ?

— Pas à ma connaissance.

— En faisant la chambre, vous n'avez pas remarqué que… quelqu'un pût avoir passé la nuit là ?

L'allusion était directe. Aurel y répugnait mais devant l'attitude butée de cette femme, il n'avait d'autre solution que de la mettre en défaut.

— Je ne prête pas attention à ce genre de choses, lâcha-t-elle sur un ton méprisant.

Sa piété, dont témoignait la croix qu'elle portait en évidence autour du cou, ne lui permettait sans doute pas de mentir expressément. Aurel s'amusa à la provoquer encore sur ce thème par des questions indiscrètes. Chaque fois, elle s'en sortit en feignant l'ignorance ou l'oubli.

Son regard ne laissait aucun doute. Elle savait quelque chose mais ne dirait jamais rien.

— Qui vous paie ? conclut Aurel sur un ton neutre.

— Le palais. J'ai un contrat avec le Starkenbach. Et Jérémy aussi.

— La princesse vous rétribue-t-elle en plus ?

— Ça, mon petit monsieur, c'est mon affaire et vous n'avez rien à y voir.

Aurel fit un dernier tour et prit congé. Josefa claqua la porte derrière lui.

*

Il n'était que dix-huit heures et Aurel jugea qu'il avait encore le temps de se rendre à l'adresse du psychothérapeute dans le Xe arrondissement.

Il prit le métro et marcha jusqu'à la rue des

Écluses-Saint-Martin, non loin du canal. Au numéro indiqué se trouvait un immeuble sans charme construit au début du XIXe siècle. Côté rue, c'était un bâtiment d'habitation. Derrière les garde-au-corps, on apercevait de petites plantations en pot : géraniums et buis.

À travers un porche grand ouvert, Aurel aperçut autour d'une cour d'anciens ateliers transformés en lofts.

À gauche du porche s'ouvrait la minuscule loge d'une gardienne. Un vieux rectangle de bristol punaisé sur la porte indiquait : « Mme Galmiche ». La femme était très âgée et un peu sourde. Elle réserva à Aurel un accueil aimable qui le consola des rebuffades subies rue de Bourgogne.

— Qui cherchez-vous ? lui demanda-t-elle.

— Le docteur Philippe Ronblitz.

— Oh ! Il n'y a pas de docteur ici. C'est bien dommage, d'ailleurs, ça m'éviterait d'avoir à courir jusqu'à République…

— Il se peut qu'on ne l'appelle pas docteur. C'est un psychologue qui reçoit des patients chez lui.

— Ça aussi, c'est impossible. Le règlement de la copropriété interdit les activités libérales. Notez que c'est difficile à vérifier. Il passe pas mal de monde dans l'immeuble et je ne contrôle pas où ils vont. La fille du cinquième, par exemple, fait de la couture et je ne serais pas étonnée qu'elle reçoive des clients là-haut.

— L'homme que je cherche n'a peut-être pas beaucoup de patients et vous ne les avez pas remarqués. À moins qu'il habite ici mais travaille ailleurs.

— Faites voir son nom.

La gardienne chaussa des lunettes à double foyer raccommodées avec un sparadrap.

— Ron-blitz. Drôle de nom. Enfin, de nos jours… Jamais reçu de courrier à ce nom-là.

— Il se peut qu'il habite chez quelqu'un ou qu'il sous-loue sans trop vouloir que ça se sache.

Mme Galmiche avait fait asseoir Aurel sur une chaise Henri II. Sur la table devant lui, un napperon au crochet soutenait une plante verte anémique.

— Essayons de voir où cela pourrait être, dit-elle en se posant à son tour dans une bergère provençale. Au premier, ce sont des retraités. Au deuxième, à droite, il y a un architecte qui n'est pas tout jeune non plus. D'ailleurs, quel âge a-t-il, votre gars ?

— Je n'en sais rien, concéda Aurel à regret, car il craignait que cet aveu ne compromette le sérieux de sa recherche aux yeux de la gardienne.

Cependant, elle ne s'en inquiéta pas et poursuivit l'énumération de ses paroissiens.

— Au deuxième gauche, c'est vide depuis la mort de cette pauvre dame…

— Bref, coupa Aurel pour accélérer le mouvement.

Il y avait cinq étages dans l'immeuble et il ne voyait guère l'intérêt de poursuivre cette énumération.

— Au troisième, un célibataire qui ne s'appelle ni Philippe ni Rontruc... Et il est en mauvais état aussi, celui-là. C'est souvent qu'il rentre complètement saoul...

Aurel se sentait piégé dans cette loge qui sentait les poils de chat et l'eau de Cologne.

— En face, des Africains. Je ne sais pas combien ils sont là-dedans.

— Bon, je crois que j'ai compris. Merci, chère madame. Je dois avoir une mauvaise adresse.

— Au quatrième, un général à la retraite avec sa femme paralysée. Les pauvres. Surtout qu'il n'y a pas d'ascenseur.

— Et au cinquième, la couturière, pressa Aurel. Voilà ! On a fait le tour. Merci encore.

— J'oubliais l'atelier dans la cour...

Aurel était déjà debout.

— Ce sont des Uruguayens, s'écria tout heureuse Mme Galmiche. Ils viennent deux fois par an. Ils ont un élevage dans leur pays, le genre immense, vous voyez.

Refusant le sirop d'orgeat, Aurel s'opposa à ce que la vieille femme entreprenne un récit sur les origines de l'immeuble. Il faisait presque nuit quand il parvint à s'extraire de cette caverne. Il héla un taxi et se fit déposer à l'hôtel où il avait laissé sa valise.

*

L'avion pour Figari se posa en douceur sous un ciel uniformément bleu. Quel bonheur pour une fois de ne pas arriver dans un endroit en sachant qu'il va y faire trop chaud, qu'on n'aura rien à boire et qu'il faudra y rester trois ans. À la sortie de l'aérogare, un homme tenait une pancarte au nom d'Aurel.

— Balduci, dit-il en soulevant sa casquette plate.

— Aurel Timescu.

L'homme saisit sa valise mais, au bout de cinquante mètres, il la déposa par terre et s'épongea le front.

— Mais qu'est-ce qu'il y a là-dedans ?

— Je suis désolé. Donnez-la-moi.

Aurel, qui avait tendu la main vers la poignée, s'arrêta net. L'homme s'était redressé et l'avait foudroyé d'un regard fier et comme outragé.

— Vous ne me croyez pas assez fort ?

— Je n'ai pas dit ça…

Ils reprirent leur marche en direction des voitures. Au prix d'un dernier effort, le chauffeur installa la valise dans le coffre puis ils montèrent à l'avant de la Renault Kangoo.

Ils empruntèrent une route qui filait vers le sud en traversant une série de criques. La mer était hachée de blanc dans les lointains car le vent dessinait des crêtes d'écume au sommet des vagues. Au bout d'une interminable descente, ils prirent la route qui longeait la côte. Vers l'intérieur des terres, les arbres étaient secoués en tous sens par des rafales puissantes cependant que, du côté de la mer, seuls survivaient des buissons rares accrochés au sol de pierre par d'énormes racines. Au loin, on distinguait un moutonnement d'îles et, plus loin encore, une côte qui devait être la Sardaigne.

— Vous connaissez la Corse ?

— Jamais venu encore.

— Bienvenue.

Avec ce mot, le conducteur jugea sans doute qu'il en avait trop dit. Il ne rouvrit pas la bouche. Peu avant d'atteindre Bonifacio, qui apparaissait baignée dans une vapeur d'embruns, ils tournèrent à droite et s'engagèrent entre deux murs de pierre sèche. Ce corridor minéral serpentait et, de temps en temps, il était interrompu par un portail flambant neuf. La voiture s'arrêta enfin devant l'un d'entre eux et le conducteur l'ouvrit en actionnant une télécommande.

Une femme attendait à la porte d'entrée, sans doute l'épouse du chauffeur. Elle avait, comme lui, une soixantaine d'années et portait une sorte de tablier de travail en toile rouge et blanche.

Aurel pénétra dans un patio semblable à un jardin de cloître mais moderne, entouré de baies vitrées et de piliers en béton brut. La femme le conduisit ensuite vers le salon et il resta un moment interdit. La maison semblait flotter dans la lumière. On voyait au loin scintiller la mer et la lande du littoral arrivait jusqu'au jardin d'où s'élevaient des gerbes de palmiers et des bouquets d'hibiscus. La lumière du dehors traversait tout, emplissait les espaces nus de la maison en faisant courir sur les murs blancs de vivants reflets de couleur venus de la mer et du jardin.

Autant les palais du Starkenbach, sombres dans leur climat du Nord, étaient chargés d'artifices et alourdis de meubles, autant le gîte méditerranéen de la princesse était pur, lumineux et dénudé.

Un jardinier s'était saisi de la valise d'Aurel.

— Il va la porter dans votre chambre, dit le chauffeur. C'est dans un des pavillons du bas.

— Merci.

— Ma femme et moi nous allons vous laisser. Nous habitons à l'entrée de Bonifacio. Si vous avez besoin de nous joindre, j'ai laissé notre numéro sur la table de la cuisine.

— Ne partez pas tout de suite. J'ai deux ou trois questions à vous poser.

Aurel jeta un coup d'œil pour voir où ils auraient pu s'asseoir. Mais le couple cadrait si mal avec ce décor qu'il renonça à les installer sur des canapés italiens aux lignes futuristes. Il jugea plus convenable de les laisser debout et lui-même s'appuya à un des piliers du patio.

— La princesse venait souvent ici ?

— Elle passait toutes les fins d'été chez nous, répondit la femme qui se tenait bien droite, les mains croisées sur les cuisses.

— Et pendant l'année ?

— Ça dépendait. Ces derniers temps, elle était là presque chaque mois.

— Longtemps ?

— Trois jours, parfois une semaine.

— Comment s'occupait-elle quand elle était ici ?

— Elle prenait la voiture et elle partait dans l'intérieur.

— Pour se promener ?

— Sans doute.

— Et les derniers jours avant sa disparition, dans quel état d'esprit était-elle ?

— Normal. Il faut dire qu'on ne l'a pas beaucoup vue.

— C'était quand la dernière fois ?

Les deux gardiens se concertèrent du regard.

— Deux jours avant qu'elle s'en aille, peut-être.

— Elle ne vous a rien dit ?

— Rien.

Aurel se sentait comme devant Josefa, rue de Bourgogne, sauf que ceux-là étaient plus aimables, dans le genre rustique. Il commençait à comprendre que la princesse, en les payant mais sans doute aussi grâce à une forme de charme naturel, s'attachait les gens qui travaillaient pour elle, au point qu'ils ne reconnaissaient aucune autre autorité que la sienne. Et le prince qui pensait ne rien ignorer de ses faits et gestes au motif qu'elle était entourée de personnel...

— Elle vient seule, en général ? poursuivit-il sans se faire trop d'illusions sur les réponses qu'il pouvait attendre.

— En général.

— Mais il lui arrive bien d'avoir des amis. Une maison comme ça, c'est fait pour inviter, non ?

D'un geste, il embrassa l'énorme espace de la pièce.

— Certainement.

— Ce sont plutôt des gens qui viennent de Paris ou des gens d'ici ?

— On n'en sait rien.

Il était découragé. À l'évidence, il n'obtiendrait rien. Perdu pour perdu, il essaya une dernière ruse.

— Et Philippe, il venait tous les combien ?

La femme ouvrit la bouche pour répondre. Abusée par le ton détaché d'Aurel, elle était sur le point de parler quand son mari, flairant le stratagème, lui coupa la parole avec un regard mauvais.

— Nous ne connaissons pas ce monsieur, asséna-t-il. Il n'est jamais venu ici.

XI

Pas un fil à tirer, pas un indice, pas une idée, il était évident pour Aurel que sa mission allait tourner court. C'est une chose de démêler une énigme quand on est consul quelque part et qu'on dispose des moyens de l'État, c'en est une autre d'avancer dans un flou total, en découvrant un milieu dont on ignore tout.

Autant que cette mésaventure lui donne l'occasion de prendre un peu de bon temps. La maison était un rêve et il en jouissait seul puisque le couple de gardiens l'avait quitté la veille en lui laissant son dîner prêt.

Il avait joué du piano dans le grand salon jusque tard dans la nuit. Cette fois, il n'avait même pas tenté d'orienter sa rêverie vers l'affaire qu'il avait à résoudre. Il avait bel et bien lâché prise. Il avait bu un blanc corse très agréable mais avec une *relative* modération car il ne cherchait pas à atteindre l'état de transe alcoolique qui lui donnait des visions et déchaînait son inconscient.

Ce matin, après avoir bien dormi, il était descendu jusqu'à la piscine. Le jardin était un long rectangle de maquis que la main humaine avait éclairci, discipliné, enrichi d'espèces rares. Des restanques successives, à partir de la maison, dessinaient des étages babyloniens de plantes odorantes et de fleurs. L'ensemble donnait l'impression voluptueuse d'être bienvenu dans la nature originelle car le jardin en conservait le désordre. Cette sauvagerie apprivoisée, cet inconnu sans risque, cette simplicité sophistiquée faisaient lever dans le cœur de celui qui parcourait cet espace le sentiment qu'il avait retrouvé le paradis terrestre.

La piscine était un couloir de nage, étroit et très long. Aurel s'installa à l'une des extrémités. Il ne savait pas trop s'il aimait l'eau. Dans sa Roumanie natale, les piscines étaient réservées aux clubs de natation. Il avait rapidement compris que son physique ne le prédisposait pas à réaliser de grandes performances dans ce sport. En exil, il avait traversé la pauvreté et n'avait pas assez d'argent de reste pour s'offrir des loisirs. En poste comme consul, il avait enchaîné les pays difficiles et avait toujours gardé ses distances avec les populations locales ou expatriées, déclinant leurs propositions de baignade.

Si bien qu'en cherchant un maillot de bain dans sa valise il n'avait rien trouvé, à l'exception d'un vieux short de gymnastique qu'il traînait depuis l'adolescence. La salle de bain de sa chambre était couverte de miroirs. Quand il eut passé le short, ils lui renvoyèrent l'image assez désespérante d'un ventre relâché, d'une peau livide, d'épaules étroites et de jambes grêles. Il s'imagina vu par les yeux de, mettons... Shayna, et un sursaut d'énergie l'envahit. Faire un peu de gymnastique, nager, boire moins : le programme était simple. Le réaliser prendrait du temps mais il y avait un résultat qu'il pouvait obtenir rapidement : prendre des couleurs. Il étendit sa serviette sur une chaise longue et commença à rôtir sous le beau soleil du matin corse.

Il avait dû s'endormir car deux heures avaient passé ainsi quand un petit bruit l'éveilla. Il vit, à quelques mètres de lui, le jeune jardinier aperçu la veille qui était en train de tailler un buisson de tamaris à la cisaille.

— Bonjour, dit Aurel en se redressant.

— 'jour.

Avec la conscience, Aurel avait repris la sensibilité. Il perçut immédiatement quelque chose de désagréable sur sa peau.

— Vous allez cuire, lança le jardinier avec un sourire. Il est mauvais le soleil ici.

En effet, ce que sentait Aurel, c'était une brûlure sur son ventre et ses cuisses. Il vit qu'ils étaient d'un rouge inquiétant. Il attrapa un T-shirt et l'enfila.

— Vaut mieux vous mettre à l'ombre. Par ici, tenez.

Le jardinier installa une chaise longue sous l'auvent naturel d'un amandier à larges feuilles. Aurel changea de place. Le garçon reprit son travail.

Il ne devait pas avoir plus de vingt ans mais déjà son crâne était très dégarni et il avait coupé ses cheveux noirs presque à ras. De taille moyenne, il était vêtu d'une combinaison de travail verte. Elle fermait sur le devant par deux zips qui allaient du col jusqu'aux chevilles. Aurel l'observait pendant qu'il travaillait : il ne se départait pas d'une expression désabusée, presque méprisante. Avant d'amputer le végétal d'un coup sec de sa cisaille, il regardait ce qu'il allait couper avec une expression de lassitude et de pitié. Il ne semblait pas prêter attention à Aurel, s'en tenant à l'attitude distante et réservée d'un employé. Pourtant, ce fut lui qui l'interpella sur un ton naturel et presque familier.

— Vous êtes ici pour chercher la princesse, on m'a dit ?

Aurel était un peu surpris que ce personnage effacé en sache tant et l'aborde si directement.

— Euh, oui. Comment le savez-vous ?

Il comprit tout de suite que l'homme n'aimait pas les questions. Il trancha une branche d'un coup sec et poursuivit sans répondre.

— Vous n'avez pas l'air d'un policier.

— Je n'en suis pas un.

— À la bonne heure. Ici, les policiers, vous savez…

Aurel rit doucement mais vit que son interlocuteur restait sérieux.

— J'aimerais bien le visiter un jour, votre pays, reprit-il. Comment c'est déjà : le Starkenberg ?

— Je ne suis pas du Starkenbach. Je suis français.

Aurel avait eu beau se surveiller, son accent roumain était ressorti très fort, comme chaque fois qu'il prononçait cette phrase. Le jardinier lui jeta un coup d'œil ironique. En forçant sur l'accent corse, il lui lança :

— Eh bien, moi aussi, je suis français.

Puis il rit franchement et Aurel se sentit obligé de l'accompagner.

— Je m'appelle Ange. Ange Calucci. Je suis du village derrière.

— Enchanté. Aurel Timescu. Mon village est un peu plus loin… je suis né en Roumanie.

Ange avait repris son sérieux. Il accueillit gravement cette nouvelle en hochant la tête.

— Vous connaissez la princesse ?

— Pas encore. J'aimerais bien la rencontrer. À vrai dire, je suis ici dans ce but.

— Comme ça ? Sans être policier… et d'où ça vous est venu, cette idée ? Vous êtes journaliste, peut-être !

— Pas du tout ! s'écria Aurel qui voulait à tout

prix se laver de ce soupçon. C'est le prince qui m'a demandé de retrouver sa femme.

— Un détective, alors…

— Ce n'est pas mon métier. Je suis diplomate.

Le jardinier arrêta sa coupe, interdit, la cisaille ouverte.

— Diplomate ! Avec les bouchées au chocolat et tout, comme on voit à la télé…

— Si vous voulez, concéda Aurel qui avait renoncé à combattre ce préjugé. Le fait est que dans mon métier de Consul, j'ai l'habitude de rechercher des gens qui ont disparu, qui ont eu des ennuis à l'étranger.

— C'est pas l'étranger, ici !

— Je n'ai pas dit ça…

— Ah bon. Et qu'est-ce que vous feriez si vous la retrouviez ?

— Rien. Je lui donnerais des nouvelles de son pays, de sa famille. Je verrais comment je peux l'aider.

Ange s'imprégna de cette réponse. Il dut la juger profonde car en maniant de nouveau la cisaille, il répéta, l'air pensif.

— C'est bien. C'est très bien.

Puis il s'éloigna vers un autre arbuste et laissa Aurel jouir de la douceur de l'air et de la légère brise qui venait de la mer.

*

Il était cinq heures du matin mais Aurel ne le sut qu'après. Il dormait profondément dans un lit aussi grand que celui du salon de musique au palais de Starkenbach. Heureusement, la suite où il était installé, et qui comportait deux pièces, avait des proportions plus réduites. L'ensemble formait comme une petite maison à distance de la grande et Aurel s'y sentait bien.

Au début, il n'avait pas identifié le bruit qui lui parvenait à travers son rêve. C'est sa répétition insistante qui l'avait éveillé. Aucun doute possible : quelqu'un frappait à la porte. Il se leva et, à la clarté laiteuse de la pleine lune, se dirigea vers l'entrée.

— Qui est-ce ?

— Ouvrez, soufflait une voix d'homme. N'ayez pas peur.

— Mais qui êtes-vous ?

— C'est moi, Ange, le jardinier.

Que pouvait-il lui vouloir à cette heure de la nuit ? Aurel entrouvrit. Ange poussa la porte et entra.

— Habillez-vous, intima-t-il, le visage grave.

— Mais où voulez-vous m'emmener ? Ça ne peut pas attendre qu'il fasse jour ?

— Allons, mettez n'importe quoi et suivez-moi.

Demander à Aurel de mettre n'importe quoi était une précaution inutile… Machinalement il alla jusqu'à la salle de bain et prit le short de gymnastique et le T-shirt qu'il avait portés à la piscine. Ils avaient séché sur le radiateur porte-serviettes. Il enfila une paire de bottes en caoutchouc qu'il avait sortie en prévision d'une promenade sur la plage. Enfin, il saisit sur le haut de sa valise une veste en mouton retourné et l'enfila.

— Allons-y, fit Ange qui s'impatientait.

— Mais où ?

— Ici, les questions, on les pose seulement quand on a déjà la réponse.

Le jardin était plongé dans l'obscurité. Les projecteurs qui l'illuminaient en soirée s'éteignaient automatiquement à une heure du matin. Ange portait une torche à la main et éclairait le chemin pour Aurel. Ils marchèrent jusqu'au portail qui donnait sur la route et sortirent par une porte piétonne sur le côté.

Une voiture attendait dehors, tous feux éteints. Ange se mit au volant. Ils démarrèrent.

Malgré l'envie qu'il avait de repérer le chemin pour savoir où ils allaient, Aurel perdit rapidement le fil. Les virages se succédaient ; ils franchirent un col, laissèrent passer une famille de sangliers. Aurel finit par s'endormir.

À un moment, la voiture s'arrêta et Ange coupa le moteur. Aurel revint à lui. Ils étaient garés sur une hauteur. D'immenses parois rocheuses dominaient la route du côté droit. À l'horizon, l'aube colorait une bande de ciel festonnée de nuages mauves.

— Où est-on ?

Dans la voiture silencieuse, on n'entendait que le sifflement du vent à travers les portières mal jointées. Ange regardait sa montre et ne disait rien. Soudain, les phares d'un véhicule éclairèrent la route en contrebas et s'approchèrent. La voiture déboucha bientôt du maquis devant eux et se gara à quelques mètres. Deux hommes en sortirent. L'un d'eux ouvrit la portière et tira Aurel dehors.

— Mais…

— N'ayez pas peur, dit Ange. C'est mon cousin.

L'homme, qui tenait Aurel par le poignet, l'amena vers l'autre voiture.

— Allez, monsieur Aurel, dit Ange. Ne vous en faites pas. Que Dieu vous garde ! Adieu, Antoine, prends-en soin.

— Tu l'as fouillé ?

— Non mais il n'a rien.

— Il vaut mieux vérifier.

Le cousin plaqua Aurel contre la voiture et le palpa de haut en bas.

— Je n'ai pas de portable, dit-il, si c'est cela que vous cherchez. Je ne sais pas m'en servir…

Cette tentative de plaisanterie n'entama en rien le sérieux de l'examinateur. Il lui avait fait retirer la veste et l'avait confiée au troisième homme. Après l'avoir tournée en tous sens, celui-ci la rendit au cousin.

— Il n'y a pas de mouchard là-dedans.

— Il n'en porte pas non plus sur lui. Alors, allons-y.

Ils l'installèrent sur le siège du passager avant. Le cousin prit le volant et son acolyte s'assit sur la banquette arrière. Aurel sentait son souffle dans son cou.

— Adieu Ange. Embrasse ta mère pour moi.

Ils repartirent. La voiture était assez ancienne et le siège d'Aurel avait une petite faiblesse. À chaque coup de freins, le dossier lâchait et il se retrouvait couché sur le dos. L'homme derrière lui devait le remonter jusqu'en position assise. Un virage raide, une vache en travers de la route, un dos-d'âne et le freinage entraînait Aurel vers l'arrière. Il avait l'impression d'être sur un manège de fête foraine mais sans pouvoir en descendre.

Il faisait maintenant grand jour. Des panneaux indiquèrent Corte mais quand ils furent en vue de la ville, ils remontèrent dans la montagne. Tout dialogue avec le cousin était impossible. Il répondait par des grognements et Aurel se résigna à ne rien savoir sur sa destination.

Vers neuf heures du matin, après avoir traversé de grandes étendues de maquis serré sans aucune trace d'habitations, ils arrivèrent en vue d'un village accroché à un bastion rocheux. Les maisons étaient groupées autour d'un noyau très ancien constitué d'une église massive et de son presbytère. Tout le village était construit en granit, ce qui donnait aux façades un aspect austère et indestructible. Mais si les pierres étaient éternelles, les êtres humains semblaient avoir payé le prix d'une invisible maladie : on ne voyait personne dans les rues, à l'exception de quelques silhouettes furtives de vieillards.

À un moment, la rue s'élargit et ils débouchèrent sur une petite place située devant la mairie et sur l'arrière de l'église. Elle était plantée de platanes aux feuilles jaunies. Un café ouvrait. Il n'avait pas encore déployé son store car le soleil commençait tout juste à réchauffer l'air. Des tables et des chaises en plastique étaient sorties devant le café. Deux d'entre elles étaient occupées par des hommes âgés qui lisaient le journal et fumaient.

Le cousin arrêta la voiture.

— Voilà, dit-il à Aurel, vous êtes arrivé. Installez-vous.

— Mais… Et vous…

— Installez-vous et attendez, je vous dis.

Aurel descendit. En plein jour, il prit tout à coup conscience que sa tenue n'était pas très adaptée. Ces jambes nues dans les bottes et ce short trop petit… quelle idée avait-il eue ? Il ferma la veste en mouton et tira dessus pour qu'elle lui descende le plus bas possible puis il avança vers le café.

La seule chose qui le rassura fut que les deux

hommes attablés ne semblèrent prêter aucune attention à son accoutrement. Ils le saluèrent d'un signe de tête puis reprirent leur lecture d'un air grave.

Aurel s'assit et le patron vint prendre la commande.

— C'est que, voyez-vous… on m'a amené ici… je n'ai rien pris avec moi pour vous payer.

— Ne vous inquiétez pas de cela, dit le cafetier qui semblait au courant de l'arrivée d'Aurel. Prenez ce que vous voulez.

— En ce cas… un verre de blanc.

Dix heures sonnèrent à l'horloge de l'église. Aurel attendit.

XII

Plus d'une heure s'était écoulée depuis qu'Aurel attendait devant son verre de blanc. Il le savait car il avait entendu sonner le quart, la demie, moins le quart et l'heure à l'église. En dehors de ces coups de cloche, un silence presque complet régnait sur la place, au point qu'il pouvait entendre le léger crissement des feuilles sèches lorsque le vent les poussait au ras du sol. Un vieillard de plus était venu s'installer à une table. Une femme âgée tout en noir passa, un cabas à la main. Le rire de deux enfants retentit dans une ruelle mais ils ne se montrèrent pas et Aurel se demanda si cela ne venait pas d'un poste de télévision.

À cause de sa courte nuit, du calme et du vin blanc, il avait tendance à s'assoupir. Il se calait contre le dossier de sa chaise et fermait les yeux. Il faut croire qu'à un moment il s'endormit pour de bon car il n'entendit rien. Et quand il rouvrit les yeux, il la trouva assise devant lui.

C'était une femme assez jeune de traits, brune et qui se tenait bien droite. Elle était vêtue d'une robe en lin bleu marine, simple, très décolletée, serrée à la taille par une ceinture du même tissu. Elle ne portait aucun bijou, n'avait pas les ongles faits. Ses cheveux mi-longs étaient laissés libres mais deux lourdes mèches, de chaque côté du front, étaient retenues par de petites épingles, pour dégager ses yeux.

Chacun de ces éléments s'imprima séparément dans l'esprit assoupi d'Aurel, avant que d'un coup il pût les rassembler.

— Majesté ! s'écria-t-il.

Elle mit un doigt sur sa bouche et se retourna vers les hommes assis aux tables voisines. Ils semblaient heureusement n'avoir rien entendu et restaient immobiles devant leurs tasses vides.

— J'espère que votre voyage n'a pas été trop pénible, dit-elle avec un feu malicieux dans les yeux.

— Non, non.

— Il n'y avait pas d'autre moyen de vous faire venir, j'en suis désolée.

Aurel était suffisamment rétabli pour mesurer à quel point cette femme l'impressionnait. N'aurait-il rien su d'elle, il s'en dégageait une assurance, une autorité, une noblesse (sans savoir jusqu'à quel point il était influencé par ce qu'il savait d'elle pour choisir ce mot) qui formaient comme une aura autour de sa personne.

— Ce cher Ange est le seul en qui j'ai suffisamment confiance. Personne d'autre ne sait où je me trouve. À part vous, maintenant, monsieur. Monsieur… ?

— Timescu. Aurel Timescu.

— Enchantée. Prenez l'habitude, je vous prie, de m'appeler Solange. C'est sous ce nom que l'on me connaît ici. Et surtout, pas de titre…

Le soleil avait gagné toute la place et le patron était en train de dérouler le store pour protéger les tables.

— Comment va mon mari ? demanda la princesse quand il eut terminé.

— Il est en forme. Enfin, physiquement. Mais il s'inquiète.

— Les enfants ?

— Je n'ai vu que votre fils Helmut. Il va bien lui aussi.

— Tant mieux. Et Shayna ?

— Elle fait face, mais je crois que c'est elle… la plus impatiente de vous revoir.

La princesse sourit et prit une longue inspiration les yeux fermés, comme si elle se concentrait sur ses sentiments.

— Elle me manque beaucoup.

Aurel se retint pour ne pas répondre : « À moi aussi. »

La princesse devait être habituée à commander

toujours la même chose car le patron du bar, sans qu'elle lui eût rien dit, déposa un verre de pastis devant elle.

— Puis-je vous demander, hasarda Aurel, pourquoi vous avez accepté que je vous rencontre alors que vous ne donnez de nouvelles à personne ?

Elle trempa ses lèvres dans le pastis et répondit avec un grand sourire.

— Je crains que ce ne soit pas en raison de vos qualités, qui sont certainement nombreuses mais que j'ignore pour le moment. En réalité, ce sont des raisons négatives qui vous valent d'être ici. Vous n'êtes ni policier, ni journaliste, ni Starkenbachois. Vous l'avez confirmé à Ange et... Shayna me l'avait écrit.

— Vous êtes en contact avec elle ?

— Dans un sens. Elle m'envoie des mails que je reçois. Mais je ne lui réponds pas car elle est très surveillée. Si un message de moi lui parvenait, notre police me localiserait immédiatement.

Aurel était un peu vexé. Il avait retrouvé la princesse non par l'effet d'un talent particulier mais tout simplement en raison de ce qu'il était, ou plutôt de ce qu'il n'était pas. Le prince prétendait avoir recruté Aurel pour ses qualités professionnelles supposées. Mais qui pouvait savoir si, connaissant bien son épouse, il ne l'avait pas plutôt choisi comme appât pour les mêmes raisons qu'elle, c'est-à-dire parce qu'il était un homme quelconque ?

— Est-ce que cela signifie, commenta-t-il sur un ton pointu, que vous comptez seulement sur moi pour transmettre un message ?

— Pour être franche, c'était mon intention. Mais vous savez, monsieur Tim...

— Timescu. Vous pouvez m'appeler Aurel.

— Eh bien, cher Aurel, maintenant que vous êtes là près de moi, je n'ai plus envie de vous faire porter quelques mots à mes proches.

— Non ?

— Non, reprit la princesse en regardant à l'angle de la mairie deux corbeaux qui se disputaient des grains de riz, j'ai envie de vous expliquer plus longuement les choses.

Elle tourna les yeux vers lui.

— J'ai recherché la solitude, ici. Mais en ce moment, elle me pèse. Je suis heureuse de pouvoir me confier à quelqu'un. Vous savez écouter, Aurel, je le sens. C'est un don précieux.

En cet instant, il aurait aimé avoir séjourné plus longtemps au Starkenbach et disposer ainsi d'un vaste répertoire de courtisan. Faute de trouver quelque chose d'élégant à répondre, il ouvrit trois fois la bouche sans sortir un son.

— Comment trouvez-vous mon village ?

— Heu ! Calme.

— Il y a une incomparable poésie dans ces bourgades corses. Ces maisons en granit...

D'aucuns les jugent tristes. Moi, elles me rassurent. On peut rêver ici, s'évader très loin, ces pierres vous ramènent toujours à la terre.

— Vous venez régulièrement ici ?

— C'est mon jardin secret. J'ai loué une maison sous un faux nom il y a quelques mois. Tenez, suivez-moi, je vous y mène. Nous serons mieux sous ma treille pour bavarder.

La princesse glissa un billet sous son verre et se leva. Aurel la suivit, en tenant sa veste en mouton sur le bras car il faisait déjà chaud.

Ils marchèrent côte à côte jusqu'à une fontaine en pierre puis empruntèrent un chemin en calade qui s'éloignait du village. La princesse était plus élancée qu'Aurel et elle semblait habituée à monter les côtes tandis qu'il soufflait péniblement.

— Ça ne doit pas être très commode, vos bottes en caoutchouc sur ces cailloux ronds.

Aurel fit signe que tout allait bien. En réalité, il était surtout préoccupé par son short de gymnastique qui était décidément trop petit. Il évitait de faire de grandes enjambées par peur que tout à coup son intimité ne s'en échappe.

Le chemin était bordé de loin en loin par de petits abris en pierre dans lesquels des sculptures polychromes figuraient le Calvaire. Aurel avait l'impression de prendre toute sa part à la Passion du Christ.

Heureusement, à la IXe station, celle où Jésus

tombe pour la troisième fois, ils bifurquèrent vers la droite et, par un court tronçon bitumé, ils parvinrent à la cassine de la princesse.

— Bienvenue chez Solange, déclama-t-elle, en faisant les honneurs du lieu à Aurel.

La maison était très petite. La première pièce, qui servait de salon, cuisine et salle à manger, était basse de plafond, assez sombre, meublée de façon utilitaire. Un désordre varié l'envahissait : instruments de cuisine et produits alimentaires d'un côté, livres de l'autre et, sur la table, tout un outillage pour l'aquarelle. Une guitare était posée sur une chaise en paille. Par une porte entrebâillée, on apercevait une minuscule chambre à coucher et l'ouverture d'une salle de bain.

— C'est tout petit, vous voyez. Mais je ne m'y tiens jamais. Je préfère la terrasse.

Ils ressortirent et Aurel accepta volontiers de s'asseoir sur un fauteuil en osier. Une treille, sur toute l'étendue de la terrasse, soutenait un entrelacs de vigne et de glycine. D'où il était placé, Aurel embrassait une vaste pente couverte de maquis et distinguait au loin, en contrebas, la coulée brumeuse d'une vallée.

La princesse sortit avec deux verres et une bouteille.

— Vous avez de la chance. Il me reste du blanc.

— Donnez, je vous en prie. Je vais l'ouvrir. Je vous en sers aussi ?

Ils trinquèrent et prirent le temps de s'imprégner de la paix du lieu.

— Vous connaissez mon histoire, Aurel ?

— Quelques petites choses, mais rien de précis.

Elle sourit avec indulgence.

— Vous mentez mal. Tant mieux. Je suis bien certaine qu'on vous a tout raconté. Oh, de grâce, enlevez vos bottes, ne vous gênez pas. Vous allez bouillir là-dedans.

Aurel les ôta sans se lever et les jeta loin dans un coin.

— Il est donc inutile que je vous raconte ce qu'assurément vous savez déjà. Si vous me le permettez, je vais seulement vous dire comment j'ai vécu tout cela.

Un grand rapace dessinait des cercles audessus du maquis, à la recherche d'une bête morte. Aurel fit mine d'en observer les évolutions, ce qui lui permettait de se délivrer du regard intense de la princesse.

— Je ne sais pas si vous pouvez imaginer ce que peut ressentir une enfant pauvre quand on lui annonce qu'elle est princesse.

C'était un danger auquel Aurel n'avait jamais été exposé et il ne jugea pas utile de le préciser.

— Un émissaire du palais est venu m'annoncer cela une après-midi. J'étais assise dans la grande cour où ma mère et d'autres femmes égrenaient de la semoule pour le couscous et faisaient tremper le linge. Je m'en souviens parfaitement. C'est un souvenir d'une netteté totale et définitive. Il a écrasé tout ce qui l'a précédé.

Cela, Aurel pouvait le comprendre car il conservait intacte dans sa mémoire une image de même nature : le moment où on lui avait remis son passeport avec un visa pour quitter la Roumanie.

— De ce jour, je n'ai eu qu'une pensée : devenir digne de l'honneur qui m'était fait. Dans ce but, j'ai tout supporté. Comment vous convaincre de ce que je vais vous dire : je n'ai jamais souffert. Ni des années de collège dans des pays de neige et de pluie, ni des colères de mon père, ni même du mépris que je lisais dans le regard des courtisans.

Elle prenait soin, en livrant ces confidences, de ne pas y mêler de pathos. Elle conservait un ton neutre. Si bien qu'elle pouvait, avec le même naturel, se lever tandis qu'elle parlait pour aller décrocher un saucisson et commencer à découper des tranches avec un grand couteau.

— J'ai choisi mon mari en prenant seulement en compte ses titres et l'aptitude que je lui voyais d'assumer la charge de prince consort. Nous n'avons pas fait l'amour avant le mariage mais j'étais déjà convaincue que cet homme ne comblerait en moi aucun désir physique.

Aurel, que ces sujets mettaient mal à l'aise, se concentra sur une peau de saucisson particulièrement rétive.

— Au demeurant, je n'ai rien à lui reprocher. Rupert s'est toujours parfaitement acquitté de sa charge et nous avons fait trois beaux enfants.

— Je n'en ai vu qu'un mais c'est un fait, il est très beau.

— Les autres aussi, croyez-moi, compléta la princesse en riant. Voilà pour ma vie. Car elle se résume tout entière à cela. Sauf aujourd'hui, mais j'y viens. En somme, on m'avait dit que j'étais princesse et je le suis devenue. J'étais à un âge où le moi n'est pas suffisamment assuré pour refuser le destin qu'on lui impose. Par la suite, quand j'ai accédé au trône, j'ai découvert l'hostilité du peuple. Elle ne m'a pas surprise. Je l'attendais, en tant que première femme à régner. Et, bien sûr, avec le péché originel d'une mère telle que la mienne.

— Elle est restée avec vous lorsque vous avez rejoint votre père ?

— Quelques semaines. Puis elle a préféré partir plutôt que d'affronter le mépris général.

— Vous ne l'avez pas retenue ?

— Voilà ! J'y arrive. Vous avez bien vu le point. J'ai commis cet acte atroce qui a été en somme de renier ma mère. Comprenez-moi bien : j'étais tout absorbée par mon désir d'être à la hauteur du rôle qui m'incombait. Cela passait par l'élimination de cette tache d'infamie. Je vous l'ai dit : je n'ai pas gardé un souvenir avant l'âge de sept ans, c'est-à-dire lorsqu'on est venu m'annoncer la nouvelle. Et je n'ai pas fait un geste pour retenir ma mère lorsqu'elle a quitté la cour. Je crois même, sans en avoir la certitude, que je lui ai recommandé moi-même de partir.

Aurel crut remarquer au brillant de son œil que la princesse était sur le point de pleurer. Elle se leva, alla sans doute se reprendre et revint avec une grappe de tomates, deux assiettes et de l'huile d'olive.

— Ensuite se sont écoulés quarante-cinq ans de ma vie. Tout le reste n'est que détail. L'important, c'est ce long chemin de fidélité à un idéal. Et de trahison de moi-même.

Le soleil était maintenant haut dans le ciel mais toute une compagnie de nuages s'y mêlaient, angelots joufflus, longues griffes blanches, voiles invisibles qui irisaient la lumière. Toutes ces nuées atténuaient l'ardeur du soleil et rendaient l'air délicieusement tiède.

— Accepteriez-vous de vous promener ? Il y a un point de vue unique sur les montagnes de l'autre côté de cette colline.

Aurel regarda ses pieds avec angoisse. Remettre les bottes…

— Je dois avoir une paire de tongs à votre taille. Combien chaussez-vous ?

— 41.

— Quelqu'un en a laissé une paire qui doit être à peine plus grande.

Elle revint avec des sandales en 42 qu'Aurel

adopta avec enthousiasme. C'était un début de victoire. Il n'avait pas encore découvert Philippe mais il portait déjà ses chaussures.

— Un instant, je me change.

La princesse réapparut vêtue d'un legging noir et d'un haut très simple en synthétique bleu pâle. Aurel était à peu près certain qu'elle ne portait pas de soutien-gorge mais il se reprocha de l'avoir remarqué. Elle se saisit d'un panier.

— Il a plu ces jours-ci. Le sous-bois est plein de cèpes.

Ils sortirent de la maison et embouchèrent un sentier qui montait juste en face.

— Je ne veux pas vous assommer avec mon histoire mais il faut que je termine si nous voulons pouvoir parler de la situation actuelle.

— Volontiers, dit Aurel qui craignait de rester sur sa faim.

— Pendant ces quarante-cinq années de devoir et de sacrifices, je n'ai pas souffert. Il me semble vous l'avoir dit. J'étais dans ma prison mentale. Rien ne me rebutait car j'avais le sentiment de ne rien mériter. Le destin m'avait fait ce cadeau extraordinaire de me faire régner sur un peuple. Je ne pouvais rien espérer d'autre après une telle faveur.

Le sentier restait un peu glissant des pluies de la veille. Aurel ramassa un morceau de bois et s'en fit une canne.

— L'hostilité de certains me semblait naturelle et quand, au contraire, je rencontrais cette partie du peuple qui m'aimait – elle est importante, tout de même –, j'étais envahie de reconnaissance. Tenez, regardez au pied de cet arbre.

Toute une colonie de champignons tapissait le sol moussu.

— Nous les prendrons au retour. Ce qui valait pour le peuple valait pour mon mari. Je lui savais gré de ses qualités de père et de consort. Il ne me comblait pas sexuellement mais je ne m'attendais pas à l'être. Cela peut vous paraître curieux. Vous êtes marié, monsieur Aurel ?

— Euh ! Je l'ai été.

— Alors, vous avez eu l'expérience d'un couple normal, j'imagine.

Ce n'était pas un sujet qu'Aurel aimait aborder. Son union avait été très brève. Elle lui avait apporté la nationalité française et, par son éphémère beau-père, l'occasion d'entrer dans la diplomatie. Mais il n'y avait jamais eu d'entente avec sa femme.

— Pour la plupart des gens, à ce qu'on me dit, le sexe est au cœur du couple ou, en tout cas, il devrait l'être. Ce n'était pas le cas pour moi. D'abord parce que je n'avais connu que mon mari, et ensuite parce que notre union avait d'autres finalités, liées à ma fonction de souveraine. Si bien que, pour employer un vocabulaire que j'ai appris récemment, je dirais tout simplement que… nous ne baisions pas.

Elle rit aux éclats et Aurel toussota pour cacher sa gêne.

— Au début, c'était simplement parce qu'il ne savait pas s'y prendre et que moi je n'avais pas idée de ce qu'il fallait faire pour lui en donner l'envie. Au début, il s'est résigné et a cru, faute d'expérience lui aussi, que ce manque de chaleur venait de lui. Il a dépensé son énergie autrement, en pratiquant toutes sortes de sports. Mais petit à petit, il en est venu à m'accuser d'être responsable de ses insuffisances. La position de prince consort n'est pas confortable, j'en conviens.

— A-t-il… cherché des compensations ailleurs ?

— Jamais. J'en ai la certitude. Il était toujours à mes côtés et croyez bien que, dans notre petit Starkenbach, tout écart de sa part m'aurait aussitôt été rapporté. Non, il est simplement devenu agressif, autoritaire, boudeur. À tel point que j'ai fini par lui dire d'aller consulter.

— C'est vous qui avez trouvé la psychologue ?

— Non. Le médecin accrédité à la cour lui a recommandé quelqu'un à Paris, pour éviter toute indiscrétion dans la Principauté. Il a consulté une jeune femme avec qui la relation s'est tout de suite établie dans la confiance.

— Vous la connaissiez ?

— Pas du tout. La description qu'il m'en a faite n'avait rien d'attirant. Il la trouvait très maigre et ingrate de traits. Mais elle a su le prendre, le rassurer. Avec elle, il a beaucoup progressé.

— Dans quel sens ?

— Elle l'a fait réfléchir sur son absence de désir, sur ses blocages, sur son attitude à mon égard. Il s'est mis à être plus attentionné, plus doux. Il a cessé d'adopter ces attitudes d'enfant boudeur. Je ne sais pas au juste quel travail il a fait mais pour moi ce fut un soulagement.

— Quand était-ce, tout cela ?

— Il a consulté il y a un peu moins de trois ans. Pendant près d'une année, il voyait cette femme à Paris une fois par semaine.

Ils avaient atteint un col et le sentier redescendait en traversant un bois de pins aux arbres clairsemés, alignés comme des soldats dans leur uniforme d'écorce.

— Là, les choses se sont inversées : il est revenu à moi plein de tendresse et, corsetée comme je l'étais dans ma fonction, je n'ai pas pu m'empêcher de le repousser. Il est apparu clairement qu'une grande partie du problème, à ce stade, venait de moi. Sa psychologue l'en a convaincu. Dès lors, il n'a eu de cesse que de me faire consulter à mon tour.

— Vous avez accepté ?

— Non. Je m'étais construite sur le déni et

le refoulement. J'avais peur qu'en entrouvrant cette boîte il en sorte des choses terribles qui feraient s'écrouler tout l'édifice.

— Pourtant, vous avez cédé…

— Ils ont recouru à une ruse. Ils m'ont proposé un rendez-vous. Un seul. Et je gardais la possibilité de ne pas continuer.

— Qui a choisi le thérapeute ?

— Apparemment, la psychologue de mon mari a beaucoup insisté pour lui recommander quelqu'un. Elle revenait sans cesse à la charge avec ce nom. Finalement, je me suis rendue à Paris et j'ai eu mon premier rendez-vous.

— Avec Philippe.

Ils étaient parvenus au promontoire. Un immense panorama se révélait d'un coup avec, dans le lointain, la dentelure de roc des aiguilles de Bavella.

La princesse se retourna. Entendre le nom de Philippe l'avait transfigurée. Elle regardait Aurel avec un sourire de bonheur.

XIII

La princesse s'assit sur un banc de bois disposé face au panorama et elle invita Aurel à prendre place à côté d'elle.

— Je vais vous raconter comment les choses se sont passées. Ce ne sera pas long mais, s'il vous plaît, ne m'interrompez pas. Ces souvenirs font toujours remonter en moi beaucoup d'émotions et si je veux aller jusqu'au bout, il ne faut pas que je les laisse éclater.

Aurel n'y voyait pas d'inconvénient, au contraire. Sur des sujets qu'il redoutait toujours d'aborder, il valait mieux qu'il restât un peu en retrait et que le regard de la princesse n'ajoutât pas à sa gêne.

Il se tut, laissa ses yeux errer sur les lointains brumeux et entendit le récit suivant :

— Pour la première séance, il m'avait donné rendez-vous chez moi, rue de Bourgogne. Cela m'avait rassurée. Je pensais que c'était une simple prise de contact mais qu'ensuite, s'il y avait une suite, je le verrais à son cabinet.

Or, il m'a expliqué dès cette première rencontre qu'il avait une méthode de travail particulière. Elle consistait à se rendre au domicile des patients, de façon à introduire la cure au cœur même de leur vie. Il s'agissait de changer leur regard sur les objets familiers et de faire émerger à leur contact des réminiscences émotionnelles. Bref, il se présentait comme l'adepte et en partie le créateur d'une technique originale qu'il appelait la domo-psychothérapie.

J'ignorais tout de ces sujets et j'ai accepté. Il s'est assis à côté de moi comme nous le sommes maintenant. À ce moment-là, je l'avais à peine vu et sa rencontre, à l'instant où j'avais ouvert la porte, n'avait provoqué en moi aucun écho. J'aurais à peine été capable de le décrire. J'avais seulement noté qu'il était de taille inférieure à la moyenne et se tenait assez droit, comme s'il avait voulu se grandir un peu. Il portait un costume noir sur un T-shirt gris anthracite. Son nez, qu'il avait assez long, était un peu déporté vers la droite et cette seule asymétrie donnait l'impression que tout son visage était déformé. Ses cheveux châtains étaient coupés assez court. Une mèche au-dessus du front était blanche. C'était à n'en pas douter un beau garçon mais rien de particulier n'avait retenu mon attention. Mon naturel, à l'époque, n'était de toute façon pas de m'interroger sur la beauté des hommes.

Le choc est venu au cours de la séance. Je ne

saurais dire quelles questions il m'a posées, sur quelle piste il m'a lancée. Le fait est que dès cette première rencontre, il a pulvérisé toutes mes certitudes. À travers les souvenirs qu'il m'a fait évoquer, la porte que j'avais refermée quarante-cinq ans plus tôt s'est soudain rouverte. Je me suis rendu compte que les sept premières années de ma vie n'avaient pas disparu. Elles étaient à fleur de conscience et ne demandaient qu'à ressortir.

À vrai dire, ce premier jour, une seule scène est revenue. J'étais avec ma mère, à Tunis, sur les terrasses bleues et blanches de Sidi Bou Saïd. Un homme me prenait dans les bras et me montrait la mer. Ce n'était rien qu'un flash de vie, un court instant sans parole ni signification. Mais la netteté du souvenir était effrayante. Je voyais tout : la couleur des eaux, les cheveux blonds de l'homme et sa fine moustache, le sourire de ma mère. Cette scène, dont un instant plus tôt je n'aurais pas soupçonné l'existence en moi, apparaissait à ma conscience comme si elle s'était déroulée la veille. J'étais bouleversée. J'ai éclaté en sanglots et nous nous sommes arrêtés là.

Nous avons repris la semaine suivante. Le miracle s'est renouvelé. D'autres scènes me sont revenues. Dans l'intervalle, entre deux séances, je ne cessais de penser à cette enfance occultée. Je l'évoquais dans mes rêves, que je lui racontais, et en dehors de nos rencontres je la recherchais concrètement dans des souvenirs de famille, de vieilles boîtes de photos, des documents d'archives. Toute une époque commençait à revivre. Un semblant de chronologie se mettait en place. Il y avait le cabaret où travaillait ma mère. Les filles qui me prenaient sur leurs genoux. J'entendais la musique, un piano désaccordé au rez-de-chaussée. Et je revoyais des visages d'hommes. Toutes sortes d'hommes. Ensuite, le petit appartement où nous étions installées avec ma mère est revenu à ma mémoire. La musique s'était tue. Il n'y avait plus de piano. D'en bas, de l'avenue, montaient des bruits de klaxon. Et, à partir de ce moment-là, un seul homme. Il a fallu que je le revoie plusieurs fois pour que je le reconnaisse. Ce n'était plus le malade affaibli que j'avais vu régner à Starkenbach, mais le même homme vingt ans plus tôt, à Tunis, dans la force de sa jeunesse. Seuls ses yeux, inchangés, uniques, dont la couleur à elle seule trahissait l'origine nordique, me permettaient de dire qu'il s'agissait bien de mon père.

C'est à cette époque, quelques semaines seulement après avoir commencé ces séances avec Philippe, que la psychothérapeute de mon mari est morte. Il en était très affecté et compte tenu de ce que je vivais, je comprenais, mieux que je ne l'aurais fait avant, la gravité de cette perte. J'ai demandé à Philippe s'il la connaissait bien car, après tout, c'était elle qui nous avait mis en contact. Il m'a dit que c'était une collègue et ne s'étendit pas davantage.

En fait, il se livrait peu. Je pensais de plus en plus souvent à lui et le mystère dont il s'entourait m'amena à faire des recherches à partir des maigres indices dont je disposais. J'appris ainsi qu'il avait publié un livre et je me le procurai. C'était un recueil de poèmes. Il évoquait les souvenirs d'un enfant né dans une famille éclatée et pauvre. Tout devait le conduire à la délinquance mais il rencontrait une femme plus âgée qui le sauvait. Sa poésie était assez maladroite mais l'auteur – qui n'apparaissait pas – faisait preuve d'une extraordinaire finesse dans l'analyse des sentiments.

Chaque fois que Philippe venait, je l'observais plus attentivement. Je parvins à peu près à lui donner un âge. Il devait avoir dans les trente-cinq ans. Je remarquai la couleur noisette de ses yeux et tentai d'en explorer les nuances. J'y découvris des fils verts et des pépites jaunes qui m'émurent plus que je ne saurais le dire. Je notais ses tics de posture et de langage, m'efforçais de connaître ses goûts, en guettant la façon dont il arrêtait son regard sur les objets. Je vis qu'il aimait le luxe, les choses précieuses, les beaux tissus. Imperceptiblement je me mis à désirer être moi-même un de ces objets sur lesquels il posait plus longuement les yeux, qu'il caressait de ses fines mains soignées.

Il avait trop d'expérience pour ne pas l'avoir remarqué. Il joua quelque temps à me tenir à distance puis, d'un coup, me donna ce qu'il avait compris que je cherchais.

Jamais je n'avais rien ressenti de tel. Son premier baiser a été comme une sorte de couronnement, le retour en gloire et en volupté de la femme que j'avais oublié d'être. L'amour physique n'avait été pour moi qu'une gymnastique maladroite et somme toute inutile, sinon à la reproduction. La première étreinte avec lui fut une découverte absolue. J'en étais au point où je n'avais jamais vraiment compris ce qu'était une femme. Il y avait eu les maternités et cela seul à mes yeux justifiait l'existence des sexes. Tout à coup, la cinquantaine passée, alors que j'avais laissé mon corps s'alourdir et que je négligeais mon apparence en dehors des moments officiels, je devenais, par le seul effet d'un regard de désir porté sur moi, une femme.

Vous êtes en droit de vous dire que je vous présente là un cas bien banal de bovarysme. Un homme jeune, une femme mûre, la chair, les ingrédients désormais classiques de bien des romans. Permettez-moi de vous dire que c'est un petit peu plus compliqué que cela.

Parce que désormais nous faisions l'amour, et avec quelle passion, nous n'avions pas pour autant quitté nos rôles de patient et de thérapeute. La chose peut paraître étonnante, voire ridicule, mais, sur les lieux mêmes où nous venions de nous étreindre, parfois sans avoir pris le temps de nous vêtir, nous poursuivions nos ébats par ce qu'il appelait toujours avec gravité une « séance ». Or, je vous le dis, si l'envie vous prenait un jour, cher Aurel, d'essayer cette méthode, elle fonctionne.

Mon moi, mon petit moi, brisé par l'irruption brutale, en plein milieu de mon enfance, d'un destin inattendu de souveraine sortait des décombres de mon passé et reprenait vie.

Je faisais remonter de ma mémoire des pans entiers de mon enfance. Les souvenirs revenaient en masse et lorsque je n'étais pas à Paris pour ces séances, je les vérifiais en allant voir sur place en Tunisie, au Liban, les lieux qui servaient de décor à ces scènes ressuscitées.

Peu à peu, le tableau de mes origines se complétait. Il était absolument clair que ma mère avait vécu dans le péché et même dans le crime, d'après mes catégories de pensée en tant que princesse. Cependant tous les souvenirs que j'avais de la vie avec elle étaient heureux. Pendant mes sept premières années, j'avais été bien plus que sa fille, sa complice.

Par des documents que je retrouvai à l'occasion de mes voyages, je reconstituai son parcours. Elle appartenait à une famille juive de Salonique qui avait fui juste avant la guerre. Sa famille avait compté s'établir en Amérique du Sud mais elle s'était retrouvée bloquée en Tunisie. Ses deux parents étaient morts jeunes. C'est alors qu'elle avait pris une décision : elle ne vivrait pas dans la misère et tous les moyens lui seraient bons pour éviter d'y tomber.

Elle avait appris la guitare et le chant. Elle joua dans les cabarets et entretint avec divers amants des relations dont le moins que l'on puisse dire est qu'elles n'étaient pas désintéressées. C'est à la faveur d'une de ces liaisons que je suis née.

Nous étions pauvres, si j'en juge avec mon regard d'adulte. Mais la vie avec ma mère était extrêmement gaie. Il y avait en permanence autour de nous des musiciens et des chanteurs. Elle était invitée à des fêtes qui n'étaient vraiment pas destinées aux enfants où, pourtant, faute d'avoir quelqu'un pour me garder, elle m'emmenait. Souvent, j'étais chargée par elle de missions scabreuses : aller dire à un logeur qu'elle ne pouvait le payer mais qu'elle était toute disposée à le dédommager par d'autres moyens, ou bien remettre à un amant une lettre lui laissant croire qu'elle était malade quand elle souhaitait seulement se libérer pour en recevoir un autre.

Tout cela, je l'avais instantanément oublié le jour où mon père m'avait fait revenir à Starkenbach. Ce que je retrouvais avec Philippe, ce n'était pas seulement le souvenir de ces moments, mais le plaisir que j'avais eu à les vivre.

En somme, je laissais réapparaître en moi le goût du mensonge, le plaisir des situations troubles, la volupté de jouer de mauvais tours aux naïfs et aux puissants.

J'avais d'autant moins de scrupules à accepter cette nouvelle part de moi que celui grâce à qui ces images remontaient se révélait lui-même un peu filou. À mesure que notre intimité progressait, je découvrais en lui des mensonges et des affabulations qui me le rendaient d'autant plus aimable.

Il avait d'abord prétendu que son père était architecte à Paris et sa mère, une brillante avocate. Au fil des versions, il avait fait de son père un notaire à La Rochelle puis un banquier d'affaires. Mais je ne tardai pas à me persuader qu'aucune de ces versions ne correspondait à la réalité et qu'il venait certainement d'un milieu très modeste. En réalité, tout était impossible à vérifier chez lui. Je ne suis même pas sûre qu'il m'ait donné son nom véritable. Je n'ai trouvé de Philippe Ronblitz dans aucun annuaire de France. Pas trace non plus de lui sur les réseaux sociaux. Je me suis vite convaincue qu'il n'était titulaire d'aucun diplôme de psychologie. Cela m'était égal. J'admirais encore plus ses talents s'ils étaient ceux d'un autodidacte. À certains détails qu'il connaissait de ma vie et que j'étais certaine de ne pas lui avoir livrés, je compris aussi qu'il avait préparé notre première rencontre en s'informant soigneusement sur moi. Ce que j'avais pris pour une miraculeuse intuition, cette manière qu'il avait eue de me guider vers mon enfance dès la première séance, était en réalité le fruit d'une préparation méthodique. Il m'avait mise sur la voie en sachant à l'avance où il voulait me conduire. Par la suite, il avait retiré ces échafaudages et laissé s'installer en moi l'idée qu'il possédait des pouvoirs psychiques exceptionnels.

Ce petit parfum d'escroquerie me plaisait terriblement, à l'heure où je redécouvrais mes origines. Cela nous amusait beaucoup. Nous étions comme deux malfrats qui savent à quoi s'en tenir l'un sur l'autre et comptent leur butin en riant.

Quand il a commencé à me demander de l'argent, je n'ai pas été surprise. Je payais déjà largement ses services de psychothérapeute. Il y ajouta des exigences diverses, toujours justifiées par des mensonges qui nous faisaient rire.

Je savais qu'il me volait. Mais en me donnant autant de plaisir et de bonheur, il me paraissait mériter bien plus que ce qu'il était en droit d'exiger comme thérapeute. En quelque sorte, je le volais moi aussi car ce que je prenais de lui n'avait pas de prix. Étais-je amoureuse ? Sans aucun doute, mais c'était un amour d'une espèce que je n'avais jamais connue. Il était aux antipodes de ces unions que je voyais se nouer parmi les jeunes, à commencer par mes enfants. Ils se choisissent avec le projet de partager leur existence, en pesant les qualités et les défauts de l'autre pour en faire le partenaire de toute une vie. Mon amour pour Philippe ressemblait plus à celui que ma mère, je crois, porta à nombre d'hommes qui passèrent dans sa vie. Cela tient de la reconnaissance, de la complicité, de l'admiration, mais pour des actes inavouables ou des qualités mises au service de buts immoraux.

J'ai souvent pensé ces derniers mois à la princesse Charlotte de Monaco, duchesse de Valentinois. Je ne sais pas si vous connaissez son histoire. C'est la mère du prince Rainier. Sa vie, à bien des égards, ressemble à la mienne. Elle était née en Algérie. Sa mère était blanchisseuse dans la garnison où servait son père, le prince héritier de Monaco. Elle aussi fut tirée de la misère pour assurer, dans le cas où son père viendrait à disparaître, la continuité dynastique. Elle n'est finalement jamais montée sur le trône car, le moment venu, son fils était en âge de le faire et elle lui a volontiers laissé cette charge.

Cette femme est restée dans l'Histoire entourée d'un parfum de scandale. Délivrée de toute fonction dans sa Principauté, elle s'est laissé aller à ses instincts. Elle a rencontré, en visitant des prisons, un grand malfrat, membre d'un gang de détrousseurs de banques, plusieurs fois évadé des prisons françaises. Quand ce Roger la Canne a été remis en liberté, elle en a fait son chauffeur – quoiqu'il n'eût pas le permis de conduire – et peut-être aussi son amant.

Voilà qu'avec Philippe je me découvrais tout à coup une troublante parenté avec cette princesse attirée par le crime. Elle aussi, quittant les cours princières où le destin l'avait jetée par caprice, était revenue vers la simplicité de ses origines et avait retrouvé le monde d'une mère qui venait du peuple et peut-être même du Milieu.

Le fait est que pendant ces deux années, j'ai connu un bonheur inattendu. Nous nous voyions chaque semaine à Paris. J'ai suivi un régime pour maigrir, veillé à m'entretenir physiquement. Les devoirs de ma charge de souveraine n'en ont pas pâti, au contraire, car je les ai accomplis avec plus d'humanité, moins de raideur, en prenant les événements avec une indifférence souriante qui désarmait les plus malintentionnés.

J'ai orienté de plus en plus mon mécénat vers l'humanitaire pour avoir le bonheur de rencontrer des êtres en souffrance dont je comprenais désormais mieux les attentes.

Et puis un jour, cette horrible Première ministre est arrivée au pouvoir, C'est la fille d'un ancien bibliothécaire du palais. Elle n'est pas antimonarchiste par idéologie, comme les communistes ou les francs-maçons. C'est une monarchiste déçue qui juge que la Couronne a été souillée par mon arrivée sur le trône. Elle me voue une haine personnelle. Devant cette femme prête à tout pour me nuire, je n'ai pas écouté les conseils de prudence et de discrétion de mon cabinet.

En en parlant avec Philippe, je me suis convaincue que je devais au contraire exister plus que jamais et frapper un grand coup. Je ne me rappelle plus si l'idée d'une conférence internationale sur les enfants victimes de guerre est venue de lui ou de moi. Quoi qu'il en soit, je l'ai adoptée avec enthousiasme.

Comprenez bien ceci : dans notre Constitution, le rôle du souverain est extrêmement encadré. Convoquer, comme je souhaitais le faire, des chefs d'État, des représentants de groupes rebelles, des organisations internationales, des ONG, pour trois jours de session devant la presse internationale, est une initiative très limite. En pure application du droit, la Première ministre aurait pu me l'interdire, mais l'adhésion populaire, la noblesse de la cause, la publicité que je lui donnais rendaient difficile d'assumer une telle décision.

C'est ainsi que nous avons lancé le projet avec Shayna – mon Dieu, vraiment, comme elle me manque !

Parmi les avantages personnels que je voyais à cette conférence, il y avait la justification de voyages plus fréquents à Paris. Je rencontrais Philippe deux ou trois fois par semaine. Et surtout, cet événement décidé en commun devenait en quelque sorte notre enfant. Je le chargeai d'ailleurs de fonctions dans l'organisation. Il me conseillait sur le programme scientifique et, de façon informelle, tâchait de prospecter des financements.

Car tout cela coûtait très cher et le gouvernement de la Principauté se refusait bien sûr à nous aider.

La conférence, comme vous le savez, doit se tenir à la fin de l'année. À mesure qu'elle approchait, il me paraissait plus évident qu'elle constituerait une sorte de point d'orgue de mon règne. Je n'envisageais pas ensuite de renouer avec le train-train des cérémonies et de la vie ordinaire. Mon fils Helmut est en âge de prendre le relais. Il en a la capacité et l'envie. Il a été élevé dans ce monde et il ne s'y sentira pas décalé.

C'est ainsi que nous avons commencé à réfléchir avec Philippe à la vie d'après. Il a suggéré que nous quittions l'Europe, que nous repartions à zéro. Sa préférence allait au Brésil. Il aimait l'idée de construire une maison à Recife, une ville où il avait voyagé quelques années plus tôt. Il disait que je devais avoir un palais et je voyais cela comme une attention touchante de sa part. En ce qui me concerne, j'ai eu mon compte de palais mais je le laissais dire. Après tout, c'était peut-être plutôt l'inverse : vivre dans un palais était sans doute son rêve d'enfant pauvre et je ne voulais pas l'en priver.

Il s'est mis à consulter des agences et très vite il a vu un terrain qui lui semblait convenir. J'ai trouvé cela un peu prématuré mais je ne voulais pas l'empêcher de rêver. Quand il m'a dit qu'il suffisait d'une faible somme pour poser une option d'achat, j'ai accepté de la lui donner. Et je n'en ai plus entendu parler jusqu'au début du mois dernier.

Voilà, conclut la princesse en se levant. Vous en savez assez pour que je vous expose maintenant l'affreuse situation dans laquelle je me trouve aujourd'hui.

XIV

— Rentrons, dit la princesse. C'est le plus dur qu'il me reste à vous raconter et j'ai la gorge terriblement sèche.

Aurel le comprenait bien : un vent tiède qui montait de la vallée desséchait tout et il avait soif. Ils se levèrent et reprirent le chemin qu'ils avaient emprunté à l'aller. Le sol couvert d'aiguilles de pin craquait doucement sous leurs pas. Ils longèrent des bergeries au toit effondré qu'Aurel n'avait pas remarquées. La princesse, au passage, emplit son panier des champignons qu'ils avaient repérés.

La maison parut minuscule quand ils la découvrirent au détour d'un virage du sentier. Sous le plein soleil, les tuiles romaines de sa toiture étaient piquetées de lichens multicolores.

Ils s'installèrent de nouveau sous la treille. La princesse apporta des fromages sur une planche et une grosse miche de pain moelleux. Elle avait mis le vin blanc au frais et, quand elle servit

Aurel, une buée se déposa sur le haut du verre. Pour elle-même, elle préféra chercher une bonbonne entourée d'osier, d'où elle tira un vin presque violet.

— C'est un voisin qui le produit.

Elle montra, loin en contrebas, une vieille ferme qui dépassait à peine dans le maquis.

— Il râpe un peu, son vin, mais tant mieux. Il va me donner du courage pour vous décrire le piège dans lequel je suis tombée.

Aurel détacha quelques feuilles d'un rouleau d'essuie-tout posé sur la table et s'épongea le front.

— Il faut que je revienne d'abord au financement de la conférence. Vous savez que, faute de pouvoir l'interdire, c'est là-dessus que la Première ministre cherche à me coincer.

— J'ai cru comprendre qu'une commission parlementaire a été diligentée sur cette affaire.

— C'est une manœuvre habile des antimonarchistes. Ils ont compris que sur l'objet de la conférence, j'avais l'opinion publique pour moi. Alors ils attaquent sur la question de l'argent.

Une mouche agonisante vibrait sur un ruban de papier glu qui pendait au milieu de la treille.

Pour financer cet événement, j'ai fait appel aux investisseurs qui sont présents au Starkenbach. Vous n'ignorez sans doute pas que de nombreuses sociétés étrangères basent leur holding chez nous car la fiscalité d'entreprise y est très favorable.

— Ils ont répondu présent, j'imagine.

— Pas autant que vous pourriez le croire. Les hommes d'affaires sont toujours prudents à l'égard du pouvoir politique. Ils ont bien compris que j'étais en conflit avec la Première ministre et je suppose que celle-ci ne s'est pas privée de les menacer s'ils m'étaient trop favorables. Ils ont pour la plupart apporté une contribution symbolique. Rien qui me permette de couvrir les frais d'un événement de cette importance.

Tout en parlant, Hilda avait découpé du fromage en fines tranches et les présentait à Aurel.

— Philippe était au courant de mes difficultés. Un jour que nous nous rencontrions à Paris, il y a six mois environ, il m'a parlé d'un businessman qu'il connaissait. J'ai supposé qu'il s'agissait d'un de ses anciens patients. C'était un Kosovar d'une cinquantaine d'années qui avait fait fortune en France en montant des sociétés de mandataire automobile. Il avait, selon Philippe, une histoire personnelle dramatique. Sa famille avait été massacrée par les Serbes pendant la guerre du Kosovo. Lui-même avait dû prendre les armes à seize ans et se battre dans les milices albanaises. Le thème des enfants-soldats et des victimes civiles dans les conflits lui tenait à cœur.

La princesse se tut un instant pour avaler le petit bout de fromage qu'elle avait posé sur une tranche de pain. Des grillons, au voisinage de la terrasse, lançaient leur stridulence dans l'air chaud.

— J'avoue que j'ai hésité longuement. Ce n'était pas le fait que ce fût un étranger. La plupart des investisseurs présents chez nous le sont. Il y avait, certes, ces rumeurs qui s'attachaient aux Albanais et que j'avais entendu le ministre de l'Intérieur évoquer. Après tout, même s'il existait dans cette communauté des gens peu recommandables, ce n'était pas une raison pour condamner tous les Kosovars. À vrai dire, je n'aurais pas su expliquer ma réticence. Elle procédait d'une simple intuition. Le fait que ce soit quelqu'un qui m'était inconnu… Ou peut-être le pressentiment inconscient de ce qui allait se produire.

Un chat tigré, qui devait dormir dans la maison, apparut sur le seuil, sauta sur la chaise à côté de la princesse. Elle le prit sur ses genoux et le caressa. L'animal n'avait rien à voir avec les bêtes bien soignées qu'on voyait au palais de Starkenbach. Il était sale et avait un œil crevé.

— Mais Philippe insistait. Il semblait y tenir beaucoup. À cette époque, il y avait déjà longtemps que je ne pouvais plus lui refuser grand-chose. Il suffisait qu'il annule un de nos rendez-vous et j'étais désespérée, prête à céder. Je ne sais pas si vous avez déjà vécu des passions semblables, cher Aurel… ?

Aucune question n'aurait pu le mettre plus mal à l'aise. Car des passions partagées, il n'en avait guère connu, mais à vrai dire il vivait presque en permanence dans l'idolâtrie muette et sans espoir de femmes qu'il admirait éperdument. Il eut une pensée pour Shayna puis secoua la tête.

— Philippe a finalement organisé une rencontre avec ce Kosovar dans un café. J'ai trouvé l'homme correct. Un athlète avec des mains énormes mais des gestes délicats. Son regard, direct et franc, m'a paru hypnotique. Son amitié avec Philippe était visible et cela a achevé de me convaincre.

— Il a proposé une grosse somme ?

— Presque autant à lui seul que tous les autres contributeurs. La moitié du budget total environ. Bien sûr, à l'échelle de ses affaires, ce n'était sans doute pas considérable, et il en avait défiscalisé une partie car il possède une société au Starkenbach.

— À combien se montait sa contribution ?

— J'avoue que je ne suis pas familière des questions d'argent. Je dirais à peu près deux cent mille euros. En comparaison de ce qui allait suivre, cela ne représente évidemment rien.

La princesse but son verre en entier. Fut-ce l'amertume du vin ou une émotion d'une autre nature ? Le fait est qu'elle se troubla et qu'elle se retira un instant à l'intérieur de la maison.

Quand elle revint, elle avait repris son calme mais ses cils restaient humides.

— Donc, je vous disais qu'Hadjiçi s'était engagé devant moi à nous apporter cette contribution.

— Avait-il déjà versé tout ou partie de la somme ?

— Rien du tout, et quinze jours après notre rencontre, le compte de l'association que j'ai créée pour organiser la conférence n'avait pas encore été crédité.

— Vous en avez informé Philippe ?

— Bien sûr, mais j'ai l'impression qu'il le savait déjà. Il m'a servi un discours tout préparé sur les mœurs orientales, la nécessité quand on reçoit un cadeau (et Hadjiçi nous faisait un cadeau) d'offrir quelque chose en échange, sauf à humilier le donateur.

— Et que voulait-il que vous offriez ?

— Il m'a dit que le rêve le plus cher d'Hadjiçi depuis toujours était de posséder une nationalité solide. Il avait pour le Starkenbach une immense admiration et aurait été comblé d'être connu comme un de mes sujets.

— Il voulait que vous lui octroyiez la nationalité, en somme.

— C'était ce qu'il suggérait. Je lui ai tout de suite répondu qu'il n'était pas question pour moi de naturaliser quelqu'un dans un tel contexte, surtout en usant de mes privilèges de souveraine.

— Il l'a compris ?

— Il a protesté de son innocence, joué même le numéro de l'amant outragé. Il m'a dit qu'il cherchait seulement à m'aider, qu'il n'était pas question d'exaucer les vœux du Kosovar mais qu'il serait simplement habile de lui laisser un espoir.

— Vous avez cédé ?

— Oui.

Elle avait dû se crisper en formulant cette réponse car le chat qu'elle tenait sur les genoux poussa un cri et bondit sur le sol.

— J'ai écrit une lettre manuscrite à Hadjiçi dans laquelle je le remerciais pour le soutien qu'il avait promis d'accorder à ma conférence. À la fin, j'indiquais qu'on m'avait rapporté son intérêt pour la Principauté et je m'en félicitais. Sur les conseils insistants de Philippe, j'ajoutai que je serais heureuse de le compter un jour parmi mes sujets. Et je conclus en écrivant que s'il déposait une demande de naturalisation, elle serait examinée avec la plus grande bienveillance. Nous avions bataillé, Philippe et moi, sur cette dernière formule, pour arriver finalement à cette rédaction qui me paraissait encore trop imprudente mais que j'avais acceptée de guerre lasse.

Elle porta le verre de vin à ses lèvres et grimaça sous son amertume.

— La lettre partit un mardi. Le jeudi l'argent

arrivait sur le compte. J'oubliai l'incident. La vie reprit comme avant. Je voyais Philippe plus souvent, sous divers prétextes qui nous étaient fournis par l'organisation de la conférence. Le printemps était beau à Paris…

Soudain, Aurel vit le menton de la princesse trembler et ce qu'il redoutait se produisit. Elle ne bougea pas mais son visage, comme une falaise sous l'effet de l'érosion, s'affaissa d'un coup. Les larmes inondèrent ses joues, des sanglots secouèrent sa poitrine. Cependant, elle se tenait droite, les yeux fixes.

— Jamais… balbutia-t-elle, jamais de toute ma vie je n'ai été heureuse comme ces jours-là.

Les sanglots recommencèrent de plus belle. Aurel, au comble de la gêne, tripotait son verre vide. Petit à petit, heureusement, Hilda reprit le contrôle de son expression. Son regard se fit dur, sa voix nette.

— Il m'a appelée à dix heures du matin le 3 septembre. J'étais dans la maison de Bonifacio. Seule, bien sûr. Vous savez que mon mari n'y vient jamais. J'étais étonnée que Philippe m'appelle et veuille discuter au téléphone. Il était rare que nous utilisions ce moyen pour communiquer, sauf dans le but pratique de fixer nos rendez-vous. Il fallait donc qu'il eût quelque chose d'important à me dire.

Elle se mit debout d'un bloc, s'approcha du rebord de la terrasse, leva un bras et appuya la main sur un des piliers en métal qui soutenaient la treille.

— Il a commencé sur un ton très enjoué. Il avait l'air vraiment heureux. Peut-être l'était-il, après tout ? Je n'arrive pas à croire, malgré tant de preuves du contraire, qu'il n'était pas sincère. Pendant cinq minutes, il n'a pas cessé de me parler de la future maison de Recife, des plans qu'il avait reçus de l'architecte, de la vue que nous aurions sur la mer depuis notre chambre. Je ne comprenais pas bien quelle urgence il y avait à me raconter tout cela. Et j'ai fini par le lui demander.

Le chat avait bondi sur la table et il approchait son museau de l'assiette de fromages. Comme sa maîtresse n'intervenait pas, Aurel n'osa pas chasser l'animal.

— C'est là qu'il m'a annoncé la grande nouvelle. Très simplement, et je n'ai pas compris tout de suite ce que cela impliquait. « Je l'ai achetée », a-t-il dit. Trois mots. Je savais qu'avec mon accord il avait posé une option sur la propriété de Recife, mais nous n'avions versé que quelques milliers d'euros.

— Combien coûtait le terrain en tout ?

— Près de deux millions d'euros. Il y a trois hectares constructibles en bord de mer.

— Sans rien dessus ?

— Non. Le terrain nu. Mais c'est un endroit exceptionnel, très recherché, paraît-il.

— Et la maison ?

— Il m'avait décrit la maison qu'il voulait. Elle compterait une dizaine de pièces, une grande piscine, des terrasses, deux pavillons pour les amis. Des garages. D'après le devis provisoire de l'architecte, il y en avait pour plus de deux millions d'euros.

Un bruit, du côté du chemin, attira son attention. C'était un paysan qui revenait de ses champs. Il portait une faux et un grand râteau à foin sur l'épaule. Elle le salua d'un signe de la main quand il passa.

— J'ai voulu comprendre, reprit-elle en se retournant vers Aurel. J'ai demandé : « Acheté quoi ? » Il m'a répondu sans hésiter : « Tout, le terrain, la maison. J'ai payé l'architecte et j'ai versé une provision qui suffira, je pense, pour les travaux. » Comme je ne répondais rien, il a ajouté : « Le chantier va commencer au plus tard dans un mois. »

— Avec quel argent a-t-il payé ? Vous lui aviez donné accès à vos comptes ?

— Évidemment pas. Vous savez, notre train de vie est extrêmement surveillé. Chaque année, le Parlement vote une liste civile pour la maison princière. Il faut la négocier et, croyez-moi, avant même l'actuelle Première ministre, tous les gouvernements essaient de raboter nos dépenses.

— Vous n'avez pas de fortune personnelle ?

— Si. Nous possédons quelques bâtiments en

propre, comme Himmelberg ou la maison de Bonifacio. Mais ce sont des actifs à entretenir et les quelques valeurs que nous avons placées servent à cela. Nous avons de l'or aussi, qui m'est venu en héritage. Mais c'est depuis toujours mon mari qui gère ces réserves.

— Comment Philippe a-t-il payé, alors ?

— Voilà ce que je lui ai évidemment demandé. Et sa réponse, toujours sur un ton joyeux, m'a consternée.

Elle revint s'asseoir, bien en face d'Aurel et, du ton grave qu'elle devait employer pour présenter ses vœux à la nation, elle annonça la nouvelle.

— Le même Hadjiçi, en geste d'amitié et – je cite – de confiance, lui avait avancé les fonds nécessaires. À charge pour nous de le rembourser dans un délai qu'il a qualifié de « confortable ».

— C'est-à-dire ?

— Deux mois.

— Vous… vous allez le faire ?

— Cinq millions ! s'écria-t-elle en frappant sur la table.

Un verre tomba et se brisa. Le chat s'enfuit.

— Comment voulez-vous que je trouve cette somme ? C'est absolument impossible.

— Il le sait ?

— Bien sûr. Et c'est parce qu'il le sait qu'il a ajouté presque immédiatement : « Hadjiçi est prêt à annuler sa créance si vous ne pouvez pas l'honorer. » Je lui ai demandé ce qu'il voulait dire. « Il va vous adresser cette semaine sa demande de naturalisation. Deux mois suffisent largement pour que vous publiiez un acte princier en sa faveur. Dès qu'il sera assuré de recevoir la nationalité, il déchirera la reconnaissance de dette. »

— Il y tient vraiment, dites donc, à son passeport starkenbachois, ce Hadjiçi !

— Ce n'est pas étonnant. Vous n'imaginez pas combien de gens dans le monde sont prêts à payer d'énormes sommes pour acquérir une nationalité comme la nôtre.

— Et si vous refusez ?

— J'ai refusé. Tout de suite. Je n'ai laissé aucun espoir à Philippe. Il est impossible que je réunisse cette somme et il est tout aussi impossible que je naturalise un inconnu qui, de surcroît, vient de contribuer officiellement au financement de ma conférence.

Aurel regardait cette femme bouleversée, vulnérable, vêtue à la diable dans cette masure. Il devait faire un effort pour se convaincre qu'il avait devant lui une souveraine dont le portrait en majesté ornait les lieux publics de tout un pays.

— Il m'a semblé, reprit-elle d'une voix lasse d'où toute autorité avait disparu, qu'il s'attendait à ma réponse. C'était comme s'il m'avait laissée charger sabre au clair en tenue d'apparat pour mieux m'atteindre d'une balle en plein cœur. « Il va pourtant falloir que vous trouviez une solution », m'a-t-il dit très calmement et avec dans la voix ce que j'ai immédiatement perçu comme un accent d'ironie.

— Pourquoi ? s'écria Aurel qui s'était à ce point identifié à la princesse qu'il lui semblait poser la question à Philippe lui-même.

— Oui, reprit-elle tristement, pourquoi ?

Elle haussa les épaules.

— Il me l'a expliqué très calmement. M. Hadjiçi est un homme très bon mais très fier. S'il a le sentiment qu'on le méprise ou simplement qu'on lui résiste, il est capable de tout. La commission parlementaire doit l'auditionner en tant que contributeur à la conférence. Qui sait ce qu'il pourra dire pendant cet interrogatoire ? Il possède une lettre de ma main lui laissant espérer sa naturalisation et n'aura pas de mal à convaincre des députés malintentionnés que son soutien a été obtenu à ce prix. Et s'il est vraiment très fâché, il lui serait même possible d'en révéler beaucoup plus. La liaison avec Philippe, le projet d'achat au Brésil, le prêt de cinq millions non remboursé… Allez savoir de quoi sont capables des gens qui n'ont rien à perdre ?

Aurel et la princesse se tenaient, silencieux, de chaque côté de la table en désordre. La campagne alentour baignait dans une chaleur que le vent brûlant attisait comme un gigantesque soufflet de forge.

— J'ai été incapable de prononcer un mot, reprit-elle, et il a fini par raccrocher. Pendant deux jours, je n'ai pas quitté ma chambre, à Bonifacio. J'ai tourné cette terrible nouvelle dans ma tête sans parvenir à apercevoir autre chose que le déshonneur. J'ai cherché tous les moyens d'éviter la catastrophe mais je n'en ai trouvé aucun. Je voyais à quoi tout cela allait aboutir. Perdre le pouvoir m'était égal mais faire tomber l'opprobre sur moi, abattre la monarchie dont j'ai le devoir de transmettre la charge… priver mon fils de son trône… faire retomber sur ma famille le poids de ma trahison… humilier un mari de qui je n'ai jamais reçu que des bontés… tout cela était horrible. Mais, voulez-vous que je vous dise, Aurel, ce n'était pas le pire.

Il la laissa se reprendre car l'aveu qu'elle avait à lui faire semblait exiger une énergie qu'elle ne pouvait puiser qu'au fond d'elle-même.

— Le pire, malgré cette ignominie, c'est que j'aimais toujours Philippe et que, si je refusais, j'allais le perdre.

XV

Le soir même, ils étaient rentrés à Bonifacio. Ange, le jardinier, était venu les chercher. Comme ils voyageaient très officiellement cette fois, il avait emprunté la voiture de la princesse et Aurel n'eut pas à craindre de se retrouver allongé à chaque coup de freins.

Ils avaient assisté au coucher du soleil sur la baie en descendant les dernières pentes du massif. Le ciel, comme s'il avait voulu se mettre à l'unisson du drame, avait fait se combattre jusqu'au dernier instant les forces du bleu et l'armée des rouges. Sur la scène plate de la mer, des bataillons de nuages, effilés comme des lanciers, couverts d'or et de sang, avaient tenté en vain de percer la muraille indigo de l'horizon. De cette mêlée, comme un dernier cri, était monté un rayon couleur d'émeraude, avant qu'une nuit sans lune n'engloutisse tout.

Aurel et la princesse étaient restés silencieux, enfermés dans leurs pensées. Leur dernier échange avant de quitter la maison du village avait été pour parler de Shayna.

— Je voudrais qu'elle vienne m'aider, avait dit Aurel.

— Oui ! Faites-la descendre. Elle me manque.

Ils l'avaient appelée. Par bonheur, elle était à Paris et avait juste le temps d'attraper le dernier vol pour Figari. Elle les rejoindrait dans la soirée.

La princesse avait accepté de rentrer à Bonifacio car Aurel entendait en faire une base pour les recherches qu'ils allaient mener. Là-bas, il disposerait d'un wi-fi, de liaisons téléphoniques convenables et… d'un piano.

Aurel avait dû promettre à la princesse que son retour à la maison de Bonifacio resterait secret. Elle ne pouvait supporter l'idée d'avoir à donner des explications à propos de sa longue absence, et encore moins de rentrer au Starkenbach avant d'avoir desserré l'étau dans lequel Philippe la tenait. Elle s'assura du silence des gardiens en les rétribuant généreusement et fit jurer à Aurel qu'il ne révélerait sa présence à personne, sauf à Shayna, bien entendu.

Au cours du trajet, elle avait posé une question qui l'avait un peu inquiété.

— Que comptez-vous faire avec Philippe ? lui avait-elle demandé.

Ce n'était pas seulement l'expression d'une curiosité légitime. Perçait derrière ces mots une inquiétude plus douloureuse.

— Nous allons essayer de trouver une solution, dit Aurel en prenant son ton de consul.

Cette phrase est assez inquiétante lorsque les diplomates l'emploient. Elle signifie tout à la fois « on s'en occupe » et « on ne va rien faire du tout ». Tout le monde pense y trouver son compte. Hélas, à la fin, c'est le mot du président Queuille qui s'applique : « Il n'y a pas de problème qu'une absence de solution ne puisse résoudre. »

La princesse ne connaissait pas suffisamment Aurel pour savoir que ce n'était pas sa manière d'agir quand il se chargeait d'une enquête. Elle dut avoir quand même un léger soupçon car elle ajouta d'une voix sourde :

— Je ne voudrais pas qu'on lui fasse du mal.

Il allait décidément falloir la surveiller et ne pas trop lui en dire tant qu'ils n'auraient pas mis la main sur le dénommé Philippe. À l'évidence, elle n'avait pas renoncé à le protéger.

Arrivés à Bonifacio, ils se retirèrent dans leur chambre et se retrouvèrent dans le salon avant le dîner.

— Je ne veux pas avoir à vous déranger sans cesse, dit Aurel quand il vit paraître la princesse. Pouvez-vous donner des instructions pour que vos employés fassent ce que je leur demande ?

Il avait en effet constaté que le chauffeur et la cuisinière semblaient ne pas entendre quand il s'adressait à eux, mais qu'ils s'empressaient dès que la princesse exprimait le moindre désir.

— Bien sûr !

Elle appela la cuisinière et l'entraîna vers l'office. Quand elles reparurent, la femme adressa à Aurel un sourire de commande, en lui demandant ce qu'il désirait boire.

— Un verre de blanc frais, lâcha-t-il en se donnant le plaisir de prendre un ton princier. Et faites-m'en déposer une bouteille dans mon appartement, je vous prie.

La cuisinière salua bien bas et se retira avec la mine d'un chef de tribu vaincu qu'on vient mener en esclavage.

— Puis-je vous poser quelques questions, Altesse ?

— Laissez tomber les titres. D'ailleurs vous ne les connaissez pas. Appelez-moi Hilda.

Aurel rougit un peu et fit un petit signe d'obéissance avec la tête.

— Comme vous voudrez. Hilda. Voilà, avant de me mettre au travail avec Shayna quand elle arrivera, j'aurai besoin de quelques précisions.

— Allez-y.

— Comment joignez-vous Philippe ? Avez-vous des coordonnées pour lui ? Un téléphone, un mail, une adresse postale ?

— C'est drôle que vous me disiez cela. J'y pensais justement dans la voiture et aussi étrange que cela paraisse, je ne m'en étais jamais inquiétée. En fait, non, je n'ai pratiquement aucun moyen de le joindre. C'est toujours lui qui m'appelle ou m'envoie des messages. Puis-je vous avouer que j'aimais cela ? Peut-être ai-je une conception un peu démodée, mais je considère que l'attente est une composante du plaisir féminin. En tout cas, je l'ai découvert avec lui. Depuis que je le connais, j'ai toujours éprouvé une volupté un peu douloureuse mais finalement très agréable à espérer ses appels, à penser à lui, à vivre dans une forme d'inconnu ouvert à ses désirs, au moment où il déciderait de les formuler.

— Vous n'aviez absolument aucun moyen de le joindre s'il ne se manifestait pas ?

— Un numéro de portable. C'est mon mari qui me l'avait donné pour que je prenne le premier rendez-vous. Il le tenait lui-même de sa psychothérapeute. Ce numéro ne répond jamais et il est impossible de laisser un message. Je suppose que Philippe consulte seulement le journal d'appels pour savoir qui a essayé de l'atteindre. Et, selon son humeur, il rappelle. Plus ou moins vite.

— Il ne vous a jamais dit où il vivait ?

— Je sais que c'est à Paris, mais j'ignore absolument où. À l'adresse que m'avait donnée mon mari, il était inconnu.

Aurel comprit qu'Hilda avait dû faire le détour elle aussi par la rue des Écluses-Saint-Martin et que Mme Galmiche lui avait certainement réservé le même accueil.

— Je vous l'ai dit : il me semble plus que probable que son nom même était faux.

— N'avez-vous pas cherché à savoir ce qu'il pouvait cacher ?

— Au risque de me répéter, je vous dirais que ce parfum de mystère me plaisait. Il le plaçait dans le monde fascinant des irréguliers, bien loin du milieu de cour que je connaissais, où chacun est doté de titres précis.

— Lorsqu'il vous rejoignait ici, qui prenait les billets d'avion ?

— Lui. Et je les lui remboursais.

— Vous ne savez donc pas quel nom il donnait pour voyager ?

— Je n'ai jamais vu ses cartes d'embarquement. Elles étaient sans doute sur son téléphone.

— Et vous n'avez connu personne à travers lui, quelqu'un que nous pourrions interroger ?

— Personne, à part ce M. Hadjiçi. Mais je pense qu'il serait imprudent de s'adresser à lui sans en savoir plus.

Ils en étaient là quand la porte d'entrée s'ouvrit. Dans un grand fracas de valise jetée par terre et de talons piétinant lourdement le sol de pierre, ils virent apparaître Shayna, essoufflée et en sueur.

Les deux femmes s'étreignirent. La princesse, qui paraissait soudain toute petite, disparut derrière le large dos de Shayna qui la serra contre sa poitrine au point qu'elle faillit manquer d'air.

— Ça me fait tellement plaisir de vous retrouver, Shayna, dit-elle quand elle eut repris son souffle.

— Et moi, tout pareil.

La cuisinière vint prévenir Madame que le dîner était servi. Ils s'assirent tous les trois à table et la princesse garda Shayna près d'elle. Il fallait d'abord la mettre au courant de toute l'affaire. Elle préféra laisser à Aurel le soin de résumer les faits. Il le fit en édulcorant les aspects les plus sentimentaux. Shayna était assez intuitive pour comprendre toute seule ce qu'avait pu ressentir la princesse.

Le froid compte-rendu d'Aurel eut l'avantage de les placer directement sur le terrain de l'action. Shayna, quand il eut terminé, posa une question évidente que ni l'un ni l'autre n'avait pourtant formulée.

— Quand lui doit rappeler vous ?

— Je n'en sais rien, en fait...

— Vous pensez qu'il le fera de lui-même ? demanda Aurel. Ou attendra-t-il que vous cherchiez à le joindre ?

L'idée de cette nouvelle conversation fit perdre à la princesse la sérénité qu'elle avait retrouvée avec l'arrivée de Shayna.

— Maintenant que vous me le demandez, je dirais que je pense, je crains, qu'il ne me relance assez vite avec de nouvelles exigences. C'est ainsi qu'il procède d'habitude quand il veut obtenir quelque chose de moi.

— Donc, il faut attendre. Il appelle avec le numéro que vous connaissez ?

— Non. En appel masqué.

— Vous avoir enceintes Bluetooth ? demanda Shayna.

— Dans la bibliothèque.

— Nous régler téléphone dessus.

— Quel téléphone ? Le mien ?

— Oui.

— Pour quoi faire ?

— Pour entendre tous conversation.

La princesse semblait un peu effrayée à l'idée que son dialogue avec Philippe pût se dérouler devant des témoins.

— Évidemment, concéda-t-elle. C'est nécessaire. Je comprends.

— Et s'il appelle en pleine nuit… intervint Aurel. Ou quand nous ne sommes pas là ?

— Vous avoir dictaphone, je sais, intervint Shayna. Apporté ici ?

— Oui.

— Alors, si vous seule, mettre haut-parleur et enregistrer tout.

Il était neuf heures et demie quand ils sortirent de table. La princesse annonça qu'elle était épuisée et se retira.

C'est au moment où ils furent seuls dans

l'immense salon qu'Aurel prit conscience qu'il était toujours dans son short de gymnastique. D'ailleurs, il commençait à faire froid et il avait la chair de poule sur les cuisses.

— Il faut… que j'aille me changer.

Shayna haussa les épaules et lui tendit un plaid qui traînait sur le canapé.

— Mettre ça si vous avoir froid. Mais pas dormir tout de suite. Encore beaucoup choses à faire.

Aurel s'enroula dans la couverture écossaise. Shayna se laissa tomber dans un fauteuil qui émit le bruit d'un boxeur terrassé par un coup au foie. Aurel se mit à faire les cent pas. On aurait dit un rescapé errant dans les ruines d'un tremblement de terre.

— Appeler prince maintenant.

— Quoi ? Mais ce serait trahir les volontés d'Hilda ! Elle est venue ici à condition que personne ne le sache.

— Moi savoir quoi elle vouloir. Croire moi. Bien sûr, pas prévenir la cour. Mais rassurer mari, elle d'accord.

Shayna avait attrapé son sac et sorti son portable. Elle composait déjà le numéro. Aurel s'emmitoufla dans sa couverture comme pour se protéger d'une éventuelle explosion.

— Allô ! Prince Rupert ? C'est moi.

Elle éloigna le téléphone et alluma le haut-parleur.

— Vous l'avez retrouvée ?

— Écouter moi, Rupert. Oui. C'est Aurel. Il a trouvé princesse…

— Ah ! Bravo. J'étais sûr qu'il y arriverait. Comment va-t-elle ?

— Ça va.

— Vous rentrez demain ?

Aurel fit une grimace. Les complications commençaient. Mais Shayna n'était pas du genre à se démonter.

— Non. Pas tout de suite. Elle vouloir que personne savoir pour le moment. Personne, c'est vraiment personne. Vous comprendre, prince ?

— Mais…

— Nous expliquer tout après. Juste vous savoir tout va bien.

— Vous voulez que je vienne ?

— Non ! Non ! Non ! Vous faire tourner Principauté. Gros boulot, ça.

— Il y a la fête nationale la semaine prochaine.

— Pas grave. Peut-être elle rentrée.

— Peut-être ! Mais ce serait une catastrophe si…

— Pas de problème. Tout ça va. Compris ? Vous calmer ? Promettre calmer ?

Avec sa voix grave et son ton d'autorité, Shayna était visiblement capable de contrôler les émotions du prince. Aurel entendit à sa voix qu'il était résigné et qu'il ferait ce que Shayna lui demandait.

— Bon. D'accord. Je garde tout cela pour moi et j'attends.

— Merci. Vous avoir raison. Nous tenir vous au courant.

— Attends, s'écria Aurel en approchant du téléphone. J'ai une question. Bonsoir, prince.

— Bonsoir, Aurel. Bravo ! Vraiment vous avez fait un travail formidable.

— Merci, merci. Juste un mot. À propos de cette psychothérapeute. Celle qui est morte.

— Oui.

— Comment s'appelait-elle ?

— Élodie Goutard.

— Vous la voyiez chez elle ?

— Dans un cabinet. Elle était associée avec d'autres praticiens. Près de la place Victor-Hugo, à Paris.

— Donc elle n'habitait pas sur place ?

— Non. C'étaient des bureaux, une sorte de dispensaire de luxe. Elle logeait certainement ailleurs mais j'ignore où.

— Dernier point : de quoi est-elle morte ? Elle semblait assez jeune.

— Oui. C'est terrible. Elle avait à peine quarante ans. D'après ce que je sais, elle a été victime d'un accident en montagne. C'était une femme très sportive. Autre chose ?

— Merci. Ça ira.

— Alors, prince, à bientôt, conclut Shayna, et elle raccrocha.

— Pourquoi toi poser questions comme ça ?

— Je ne sais pas. Un truc qui me tourne dans la tête. Écoute, Shayna, tout est encore bien confus. Il s'est passé tellement de choses aujourd'hui. J'ai besoin de laisser décanter tout cela. Le mieux, c'est d'aller dormir.

Ils descendirent à travers le jardin jusqu'aux deux pavillons d'amis qui se faisaient face. Dans la fraîcheur du soir montaient des odeurs de romarin et de résine. Au moment d'entrer dans sa chambre, Shayna s'approcha d'Aurel.

— Bravo ! dit-elle en lui posant la main sur l'épaule.

Il rentra dans son appartement en gardant l'empreinte de cette grosse patte, qui l'avait presque autant troublé qu'un baiser.

XVI

Les deux pavillons d'amis étaient construits à l'identique. Chacun comportait un salon et une chambre. Devant le salon, du côté de la piscine, s'ouvrait une petite terrasse. On aurait dit une minuscule clairière encerclée par des amandiers et des tamaris. Shayna s'y était fait servir son petit-déjeuner. Elle allait porter sa tasse de café à la bouche quand Aurel sortit des fourrés et bondit vers elle. Il était vêtu de deux serviettes de bain blanches, une enroulée autour de la taille et l'autre jetée sur les épaules.

— J'ai trouvé, s'écria-t-il à la vue de Shayna.

Elle sursauta et faillit se brûler avec son café.

— Toi ressembler Gandhi comme ça !

— Où est ton téléphone ?

Elle l'avait laissé dans la chambre. Aurel, sans se demander s'il pouvait être indiscret, s'engouffra dans l'appartement, revint avec l'appareil et le tendit à Shayna.

— Appelle les renseignements. Demande le

numéro de la gardienne de l'immeuble de la rue des Écluses-Saint-Martin.

— Fini « demoiselles du téléphone », Aurel ! Pages jaunes maintenant. Internet. Heureusement moi prendre code wi-fi hier soir.

— Peu importe. Regarde où tu veux mais vite...

— Attendre ! D'abord appeler cuisinière pour elle descendre petit-déjeuner. Café au lait pour toi ?

Aurel se calma un peu et s'assit. Shayna était vêtue d'un peignoir en soie noire avec des figures de dragons rouges et jaunes. Ses jambes nues s'échappaient du peignoir et elle les avait croisées. Aurel ne se préoccupa ni de ses chevilles épaisses ni du galbe adipeux de ses genoux. Il était ému et même fasciné par cette peau de femme qu'il entrevoyait sur ces fortes cuisses. Il avait l'impression d'en éprouver le moelleux en la caressant des yeux. De crainte que son émotion n'apparût trop nettement sous la serviette qui ceignait ses reins, il détourna le regard vers la panière de viennoiseries et se saisit d'un pain au chocolat doré à souhait.

Shayna avait ouvert Internet sur son téléphone et elle pianotait dessus avec ses doigts épais aux ongles ras.

— Toi souvenir comment s'appeler concierge ?

— Donne-moi des noms. Ça me reviendra.

— Devernois… Hamidou… Faure… Galmiche…

— Galmiche ! C'est ça. Mme Galmiche.

— Bon, voilà, numéro fixe.

— Ça doit suffire. Je ne pense pas qu'elle sorte beaucoup de chez elle. Appelle-la et passe-la-moi.

Shayna forma le numéro et tendit l'appareil à Aurel. Au bout de deux sonneries, la gardienne décrocha.

— Qui c'est qui m'appelle si tôt ?

— Bonjour, madame Galmiche, cria Aurel car il se souvenait que la vieille femme était un peu sourde. Je suis passé vous voir la semaine dernière. Je suis le consul de France avec un gros accent.

— Oui, j'entends que vous avez un accent. Et alors ?

— Alors, je cherchais un M. Ronblitz. Vous m'avez dit que vous ne le connaissiez pas.

— Si je vous l'ai dit, c'est que c'est vrai.

— Je sais. Je sais. Mais après vous m'avez parlé des occupants de l'immeuble…

— Ah ! Oui, je me souviens maintenant.

— À la bonne heure. J'ai une question que j'avais oublié de vous poser sur le moment.

— Allez-y mais dépêchez-vous. Je n'ai pas encore fait ma toilette et après je n'entendrai pas le facteur.

— Au deuxième étage, vous m'avez parlé d'une femme qui est morte.

— Oui, la pauvre.

— Il y a combien de temps ?

— Deux ans à peu près.

— Elle était jeune ?

— Je dirais la quarantaine. À peine, et elle faisait beaucoup moins quand elle se maquillait.

— De quoi est-elle décédée ?

— D'un accident de montagne, paraît-il. Même qu'il y a eu une enquête. Les policiers sont venus et je leur ai ouvert l'appartement puisque j'avais les clefs pour faire le ménage.

— Elle travaillait ?

— Beaucoup. Le matin, elle partait tôt. Une fois, elle m'avait dit qu'elle avait Paris à traverser pour arriver à son bureau.

— Que faisait-elle ?

— Ça, je n'en sais rien. Un genre de médecin je crois. Parfois, sur le courrier pour elle, c'était écrit Docteur Truc.

— Docteur comment d'ailleurs ?

— Goutard. Élodie Goutard. La pauvre, quand j'y pense.

— Elle était mariée ?

— Oui. Un bel homme. Il n'était pas toujours là, surtout les derniers mois avant sa mort. J'ai l'impression qu'il voyageait beaucoup.

— Vous savez comment il s'appelait ?

— Comme elle. Denis Goutard.

— Donc Goutard est son nom de femme mariée.

— Oui. Elle m'avait laissé son nom de jeune fille, des fois que je recevrais des lettres à ce nom-là. Mais je ne m'en souviens plus.

— Vous avez rencontré le mari dans l'immeuble depuis la mort de sa femme ?

— Quatre ou cinq fois. Il est passé prendre des affaires. Mais ça fait longtemps que je ne l'ai pas vu.

— L'appartement était un bien commun ?

— Non, c'était à elle seulement.

— Une dernière chose : pourquoi n'est-il pas vendu ?

— Les parents sont âgés et je crois que ce sont des gens très riches. Ils ont confié ça à une agence qui ne s'en occupe pas beaucoup. De toute façon, en ce moment, dans le quartier…

Aurel remercia chaleureusement Mme Galmiche mais dut raccrocher sans attendre qu'elle ait fini de parler. Elle était lancée et débitait d'autres anecdotes sur le prix de l'immobilier aux alentours…

— Tu as compris ? demanda-t-il à Shayna, les yeux brillants d'excitation.

— Pas du tout.

— Notre homme s'appelle Denis Goutard. La princesse avait raison. Il ne lui avait pas donné son nom. Sa femme était la thérapeute du prince et c'est elle qui l'a recommandé pour soigner Hilda. Son propre mari.

— Mais avec autre nom… Pourquoi ?

— Peut-être pour ne pas être suspectée d'être de mèche avec lui. Pour paraître plus professionnelle. Recommander un confrère.

— Oui, parce que lui pas déclaré. Pas psychologue vraiment.

— C'est possible aussi. D'ailleurs, la princesse n'a jamais vu trace de lui sur les listes de praticiens agréés.

— Elle pas trouver ça bizarre ?

— Si, mais c'est une profession assez peu contrôlée. D'après ce que j'ai compris, tout le monde peut se déclarer thérapeute, même sans diplôme.

La cuisinière arriva avec le plateau d'Aurel, silencieuse et l'air revêche. Elle tourna aussitôt les talons.

— L'essentiel, c'est qu'on a son nom. On va pouvoir commencer à travailler. Je vais me renseigner sur les antécédents de ce Philippe qui ne s'appelle pas Philippe mais que je préfère continuer à appeler Philippe.

— Toi consul ? demanda Shayna avec une intonation admirative qui plut beaucoup à Aurel.

— En effet.

— Consul pouvoir tout savoir sur tout le monde ?

— N'exagérons rien, se rengorgea-t-il. Mais disons, ça donne des contacts. J'ai connu un commissaire de police dans un de mes postes à l'étranger et je vais lui demander de m'aider.

Il s'appelle Dupertuis. On était ensemble à Conakry. Je lui ai envoyé un mail en lui demandant de me rappeler sur ton numéro.

Shayna prit un croissant sur le plateau d'Aurel et le dévora goulûment.

— En attendant qu'il réponde, il va nous falloir enquêter sur place.

— Nous aller Paris, c'est ça ?

— Dès aujourd'hui.

— Et princesse ?

— Elle reste ici. Elle nous appellera si le prétendu Philippe se manifeste. Va chercher un papier et un crayon. On va faire un plan de bataille et on va se répartir le boulot.

Par-dessus le plateau-repas, Shayna saisit le frêle poignet d'Aurel et il tressaillit à ce contact.

— Bravo. Toi très fort.

Aurel avait la gorge si serrée qu'il fut incapable de répondre. Quand il se leva pour aller s'habiller, la tête lui tournait un peu.

*

L'agence de voyages de la Principauté, contactée par mail, leur avait réservé deux places dans le Figari-Paris de 15 h 15. En attendant, ils travaillèrent jusqu'au déjeuner dans le salon de Shayna, transformé en quartier général.

Ils montèrent rejoindre la princesse avec leurs valises. Ils la trouvèrent reposée mais peu loquace. La cuisinière servit le repas sur la grande terrasse. Hilda leur parla longuement du panorama. Le temps était clair et on apercevait au loin le golfe de Santa Teresa di Gallura, en Sardaigne. Elle leur parla du petit archipel des Lavezzi, amas de cailloux bistres baignés d'une eau turquoise. Puis elle leur décrivit le terrain où était construite la maison quand elle l'avait découverte. Ce n'était qu'un maquis dense semé de bergeries en ruine. Il avait fallu tout concevoir, tout dégager.

Aurel n'avait pas trop la tête à suivre ces explications. La décontraction de la princesse l'inquiétait. Car, après tout, rien n'avait changé depuis la veille, à moins que le simple fait de savoir que Shayna et lui prenaient les choses en main ait suffi à la rassurer. Cela paraissait tout de même peu probable. Le terrible piège dans lequel elle était tombée n'avait pas disparu. Se pouvait-il que, dans son aveuglement de femme amoureuse, elle ait pris la décision de céder à son amant sans oser l'avouer à ceux qui se démenaient pour la sauver ?

— Vous n'avez pas reçu d'appel cette nuit ? demanda Aurel, au risque de contrarier la présentation touristique que poursuivait la princesse.

Elle en était à leur parler du fort de Bonifacio dont elle conseillait la visite avant qu'ils ne partent.

— Non. Aucun appel. Je vous l'aurais dit.

C'était ce qu'Aurel voulait entendre.

— J'insiste sur la nécessité de nous prévenir immédiatement si Philippe vous appelle. Quelle que soit l'heure.

La princesse baissa les yeux vers son assiette et mit un peu de temps à répondre :

— Naturellement.

— Au fait, il ne s'appelle pas Philippe, vous aviez raison.

Hilda sursauta.

— Vous connaissez son nom ?

— Il vous a bel et bien donné un pseudonyme. Son véritable état civil est Denis Goutard. Et il est marié.

La princesse mit un instant à reprendre contenance.

— Ou plutôt il l'était, poursuivit Aurel qui se battait en même temps contre une langoustine coriace. Avec la psychothérapeute de votre mari.

— Celle qui…

— Est morte. Oui.

Aurel n'était pas mécontent que la révélation de ce mensonge ajoutât un peu à la désillusion de la princesse. Tout ce qui pouvait la remonter contre « Philippe » au moment où il l'appellerait était la garantie – quoique toujours fragile – qu'elle ne retomberait pas dans ses filets.

Ils en restèrent là sur le sujet. Ensuite, Hilda leur fit quelques recommandations à propos de l'appartement de la rue de Bourgogne où elle les avait autorisés à s'installer pour mener l'enquête à Paris.

— Ne vous en faites pas pour le personnel. Donnez un gros billet à la femme de ménage et dites-lui de vous laisser tranquilles. Elle le fera et préviendra les autres.

Ils quittèrent la princesse en lui renouvelant leurs recommandations de fermeté. Ange les déposa en avance à l'aérogare. Ils passèrent des coups de fil et envoyèrent des messages jusqu'à l'embarquement.

Pendant le vol, Shayna s'endormit. Elle remplissait tout son siège et même débordait sur celui d'Aurel. Il sentait le bras de sa voisine peser sur sa poitrine et n'osait pas bouger. Elle finit par appuyer carrément sa tête contre la sienne. Tenir la position était très pénible. Heureusement, une turbulence fit sursauter Shayna. Elle poussa une sorte de grognement et se déplaça sur l'autre côté. Le petit jeu dura tout le vol et Aurel, malgré le plaisir qu'il éprouvait à sentir la jeune femme tout contre lui, fut soulagé quand l'hôtesse annonça le début de la descente.

Aussitôt qu'ils eurent atterri, Shayna ralluma son portable et écouta les messages.

— Commissaire demande tu rappeler.

— À quelle heure ?

— Quand tu vouloir. Même tard. Lui laisser pour toi numéro perso.

Elle fit défiler d'autres appels et en arrêta un.

— Les parents d'Élodie.

— Élodie ?

— La psy. La femme Philippe morte. Parents de elle attendre nous dix-huit heures trente. Palaiseau. Tu connaître ?

— Ce n'est pas loin d'Orly. On va y aller directement. Rien d'autre ?

— Si. Éditeur poèmes Philippe. Pas aimable. Passer boutique. Seulement ouvert après-midi.

Ils durent attendre la livraison des bagages car la valise d'Aurel était trop volumineuse pour tenir en cabine. Il laissa Shayna autour du carrousel et s'éloigna un peu en lui empruntant son téléphone pour rappeler le commissaire Dupertuis.

— Allô ! Commissaire.

— C'est vous, Aurel… Ah ! Je reconnais votre voix à tous les coups. Ça me fait plaisir de vous entendre.

— Moi aussi, commissaire. Conakry, c'était il y a trois ans déjà.

— Conakry ! On a fait du bon boulot là-bas, ensemble. Qu'est-ce que vous êtes devenu depuis ?

— Toujours pareil. Un petit consul à droite à gauche.

— Je vous l'ai toujours dit : vous ne savez pas vous vendre. Moi, vous me connaissez, je n'aime pas me vanter. Mais il faut reconnaître que pour ce qui est de mener sa barque, je me pose là…

— C'est bien vrai, confirma Aurel, qui n'avait survécu auprès du policier qu'en se faisant passer pour un idiot. Et où êtes-vous, maintenant ?

— Eh bien… commença le commissaire avec lenteur, pour ménager son effet. Je dirige la Police de l'air et des frontières.

— Bravo ! C'est un énorme poste.

— Énorme. Mais vous me connaissez, Aurel, j'ai toujours eu de l'ambition. Et sans vouloir me pousser du col, je dirais que je ne compte pas m'arrêter là.

— Vous avez raison. Quand on est un bon, on va loin.

« Un bon » était l'expression favorite du commissaire, le grade suprême d'une hiérarchie qui se composait ensuite, en ordre décroissant, des « malins », des « médiocres » et enfin de la vaste troupe des « incapables ». Aurel, vis-à-vis du commissaire, avait réussi à se placer hors cadre, dans la catégorie humanitaire des « minables ».

— Ce n'est pas le tout, cher Aurel. Que puis-je faire pour vous ?

— Voilà, en deux mots. J'ai été chargé d'une mission au Starkenbach…

— La Principauté ?

— Exactement. Vous êtes incollable, commissaire.

— Je n'étale pas ma science, vous me connaissez. Mais pour me coincer en culture générale, il faut se lever matin... Donc au Starkenbach. Et alors ?

— Alors, il y a des Français qui interviennent là-bas et qui ne sont pas toujours recommandables.

— Je m'en doute. Un paradis fiscal, ça n'attire pas les enfants de chœur.

Aurel fit signe de la main à Shayna qu'il la rejoignait tout de suite. Elle avait récupéré sa valise.

— Rassurez-vous, je ne vais pas vous embêter avec tous les fraudeurs fiscaux. C'est une seule personne qui m'intéresse. J'aurais besoin de son dossier judiciaire, l'historique de ses éventuelles condamnations.

— Cela s'appelle le fichier TAJ, mon ami, fit doctement le commissaire. Nous y entrons avec une carte et des codes. Selon notre place dans la hiérarchie, nous accédons à plus ou moins de données. Vous me connaissez, je n'aime pas le crier sur les toits. Mais je suis au maximum. Je peux *tout* savoir.

— C'est extraordinaire, commissaire, le pouvoir, tout de même ! Voilà bien quelque chose de fascinant.

— Fascinant pour les autres, soupira le policier. Pour moi, c'est seulement le poids ordinaire de mes responsabilités.

Aurel se souvenait assez de lui pour l'imaginer, à cet instant, élever le regard vers les lointains.

— Comment se nomme votre client ?

— Denis Goutard.

— Date et lieu de naissance ?

— Je l'ignore.

— Adresse ?

— La seule que je connaisse était rue des Écluses-Saint-Martin, dans le Xe.

— À Paris ? Je croyais que c'était au Starkenbach…

— Non, l'affaire se déroule au Starkenbach, mais lui, il habite à Paris.

— Mouais ! Toujours aussi confus dans votre tête, mon pauvre Aurel. Enfin, c'est ce qui fait votre charme. Bon, j'ai une réunion d'ici peu. Mais je vous promets de vous envoyer ça ce soir, ou demain au plus tard.

— Mille mercis, commissaire. Encore une chose.

— Oui ?

— Un autre homme…

— Allons bon ! Vous me parlez d'un homme et il y en a deux, maintenant…

— C'est que celui-ci n'est pas français, mais vous avez peut-être des renseignements judiciaires sur lui. Un certain Hadjiçi.

— D'où sort-il ?

— C'est un Kosovar.

— Aïe ! Compliqué avec ces gars-là. Ils ont

souvent toutes sortes de nationalités, et parfois seulement le statut de réfugié. Son prénom ?

— Mehmet. Avec un « t ».

— Bon, je regarde. Mais je ne vous garantis rien.

Suivirent plusieurs questions sur la vie privée d'Aurel. « Toujours pas casé, hein ? » et une assez longue description du premier petit-fils du commissaire, né un mois plus tôt. Shayna, de loin, levait le poignet et montrait l'heure. Aurel la rejoignit sans avoir pu se débarrasser de Dupertuis. Il ne parvint à raccrocher qu'une fois installé dans le taxi.

— Ouf, dit-il.

— Avenue Maréchal-Foch, Palaiseau, commanda Shayna, une fois qu'elle eut récupéré son téléphone et relu le message des parents d'Élodie.

XVII

À l'adresse des parents d'Élodie Goutard, ils se trouvèrent en face d'un grand portail en fer forgé qui donnait sur un parc. Le taxi les déposa et, chacun d'un côté de la grille, ils se mirent à chercher ce qui pouvait ressembler à une sonnette.

— Gagné ! cria Shayna qui avait découvert un petit boîtier gris sur lequel était écrit « Léonetti ».

Elle sonna. Ils attendirent en contemplant l'allée qui menait à la maison. Elle était bordée de chênes et de platanes si anciens que leurs racines soulevaient le gravier par endroits. Des feuilles mortes en quantité jonchaient le sol et y dessinaient comme un pavage multicolore. Enfin, en grinçant, les deux montants du portail s'écartèrent avec majesté. Ils remontèrent l'allée et au détour d'un virage débouchèrent sur la propriété. C'était une sorte de manoir en pierre de taille, inspiré de l'architecture du

Grand-Siècle mais qui avait été construit récemment. Un alignement de portes-fenêtres à petits carreaux ouvrait sur une terrasse. Elle dominait de trois marches l'espace ovale d'une pelouse rase. Au-dessus d'un étage de fenêtres symétriques, un toit d'ardoises à la Mansart alignait d'élégants chiens-assis.

La banlieue sud de Paris est semée de constructions bourgeoises de ce type, élevées pendant les Trente Glorieuses par des parvenus. Dans le genre, celle-ci était particulièrement vaste et bien entretenue.

Une femme se tenait sur la terrasse et les accueillit. Elle était coiffée d'une sorte de chignon blond gonflé par des soins quotidiens et immobilisé par la laque. Son visage avait subi bien des interventions pour repousser les effets de l'âge. Elle semblait figée dans une apparence de jeunesse qui évoquait plutôt l'éternité.

Autour de son cou, un collier de trois rangs de perles couronnait l'édifice rigoureux d'une robe en cachemire beige, serrée à la taille par une fine ceinture de cuir.

Elle conduisit ses hôtes jusqu'à un immense salon dans lequel s'ébattait un joyeux troupeau de fauteuils et de guéridons Louis XV, capturés chez des antiquaires et faux pour la plupart. Ils s'assirent près d'une cheminée. Elle était construite tout exprès pour supporter deux candélabres en bronze et une pendule, mais certainement pas pour faire du feu. La femme se plaça dos à la fenêtre, ce qui donnait à ses traits un flou bienvenu.

— Ainsi, vous êtes chargés d'enquêter au sujet d'Élodie ?

— Oui, madame, commença Aurel. Nous appartenons à la Sécurité du Starkenbach.

— Oui, je sais que ma fille a eu pour patient votre prince, il y a quelques années...

— C'est exact, madame. Cependant, ce n'est pas à propos de votre fille que nous voudrions vous interroger, mais plutôt au sujet de son mari.

— Au fait, dit la femme, ne vous étonnez pas de l'absence de mon époux. Sa maladie a beaucoup progressé ces derniers mois. Il nous reconnaît à peine... Donc, vous disiez, le mari de ma fille. Qu'a-t-il fait encore, celui-là ?

— Ce serait trop long à expliquer, et d'ailleurs sans intérêt. Disons que nous aimerions l'entendre à propos de certaines affaires fiscales.

La femme poussa un soupir excédé.

— Je ne suis pas étonnée.

Elle s'interrompit, toucha son chignon comme pour s'assurer qu'il ne s'était pas effondré, puis reprit :

— Autant vous le dire tout de suite, nous n'avons jamais eu la moindre indulgence pour ce personnage. Et je crains de ne pouvoir vous être très utile car je ne l'ai pas revu, Dieu merci, depuis la mort de ma fille.

— Rassurez-vous, madame, dit Aurel, nos questions porteront sur sa personnalité et son mariage. Pour les faits récents, nous avons d'autres sources.

Comme saisie par une idée soudaine, la femme se leva et alla jusqu'à une commode en marqueterie chargée de verres et de bouteilles.

— Que puis-je vous servir ?

Shayna demanda un whisky. Aurel n'eut pas le cœur de faire courir cette pauvre femme jusqu'à sa cave et, faute de vin blanc, se rabattit sur un cognac.

— Voilà, poursuivit-il quand ils furent servis, nous voudrions comprendre comment votre gendre…

— Ah, s'il vous plaît ! N'utilisez pas ce mot.

— Disons le mari de feu votre fille, en est venu à intervenir comme psychothérapeute auprès de la princesse de Starkenbach.

— Pour vous répondre, il faut d'abord que je vous dise deux mots de ma fille.

Elle jeta un coup d'œil vers un petit bureau sur lequel étaient disposés des cadres en argent. Dans plusieurs d'entre eux, on apercevait un visage féminin à différents âges.

— C'était notre fille unique. Un être magnifique. Gaie, curieuse de tout, ravissante. Enfin ravissante pour nous, ses parents, même si, au regard des critères de la mode, elle n'était pas exempte de quelques défauts. Vous me comprenez sans doute, madame.

— Vous excuserez ma collègue : elle ne parle que le Starkenbachois.

Shayna fit un signe de tête aimable et contrit. Il était convenu qu'Aurel mènerait seul l'entretien.

— En même temps, un caractère ! poursuivit Mme Léonetti. Vous n'imaginez pas comme elle était indépendante et concernée depuis toujours par toutes les belles causes : les pauvres, l'environnement, les animaux abandonnés. Tout.

Elle but une grande gorgée du martini qu'elle s'était servi et reprit :

— Elle n'a jamais été très à l'aise avec le fait d'être une héritière. Oh ! Nous n'avons pas une fortune immense. Mais mon mari a créé un groupe d'immobilier de bureau qui a pris beaucoup d'essor dans les années 70. Quand il l'a vendu, nous nous sommes trouvés à la tête d'un patrimoine conséquent. Et avec de bons placements…

— Votre… enfin, le mari de votre fille le savait ?

— Probablement pas tout de suite. Il l'a découvert après. Car ma fille ne voulait pas laisser paraître ses origines. Elle refusait que nous lui donnions de l'argent. Elle vivait de ses revenus de psychologue. C'étaient les études qu'elle avait choisies, contre l'avis de son père, d'ailleurs, qui la voyait plutôt dans une école de commerce.

— Elle avait une belle clientèle, j'imagine, puisque le prince...

— Pas vraiment. Votre prince a atterri chez elle par hasard. On l'avait d'abord adressé à une de ses collègues dans le même cabinet. Cette personne était enceinte. Elle a dû s'arrêter et ma fille l'a remplacée. D'habitude, sa clientèle était beaucoup plus modeste. C'était ce qu'elle voulait. Je vous l'ai dit : les pauvres, les cas sociaux, les marginaux, voilà ce qui la passionnait.

— Comment a-t-elle rencontré son mari ?

— Justement. C'est un de ses anciens patients.

— Pour quels troubles ?

— Ma fille, toujours dévouée pour les causes perdues, acceptait les patients adressés pour obligation de soins par la justice.

— Philippe... je veux dire Denis Goutard était dans ce cas ?

— Oui, et je ne suis pas fière de l'avouer. Il avait été arrêté dans le cadre d'un coup de filet assez vaste pour consultation d'images pornographiques.

— Ce n'est pas un délit...

— Si. Quand ce sont des enfants.

Aurel rougit et se donna du courage en avalant son verre de cognac.

— Il a été condamné ?

— Non, parce qu'il n'avait pas commis d'acte physique. Seulement des échanges d'images. Il a dû suivre des soins et s'est retrouvé chez ma fille.

— Et elle est tombée amoureuse de lui ?

— Disons qu'elle s'est laissée prendre à son charme. D'ailleurs, moi aussi, au début, je m'y suis trompée. Il n'a rien d'exceptionnel quand on y songe. Mais il dégage quelque chose, sa voix, son regard sans doute, qui touche les femmes et les attire.

— Tout de même, il y avait ces antécédents.

Ma fille avait une conception, comment dire… rédemptrice, de la psychologie. Elle expliquait tout et pardonnait tout. Quand elle parlait de lui, elle disait qu'il avait été élevé par une mère autoritaire qui lui passait tous ses caprices. À la fois il en avait peur et il en attendait tout. Le père était absent et n'avait aucune autorité. Bref, Denis était immature mais elle pensait que grâce à ses soins, il avait pris conscience de ses troubles et avait beaucoup progressé.

Elle haussa les épaules pour montrer le peu de crédit qu'elle accordait à ces balivernes.

— Vous pensez que c'est elle qui l'a demandé en mariage ?

— Certainement pas. Elle était très professionnelle et ne mélangeait pas travail et vie privée. C'est lui qui a brisé cette barrière et il a fallu du temps. Il a dû se renseigner sur elle, savoir qu'à cette époque elle avait un copain et qu'il venait de la quitter. Il a sûrement appris aussi qu'elle était notre fille et serait donc, un jour, notre héritière. Petit à petit, il a réussi à inverser leurs rapports. Il obtenait d'elle ce qu'il voulait, avec une sorte de chantage affectif. Elle a accepté des invitations à dîner, des sorties. Ensuite, elle nous l'a présenté.

— Vous dites qu'il vous a plu...

— Pas du tout. Il a ce fluide, cette séduction bizarre. Mais je l'ai trouvé triste, sérieux, ennuyeux même. Et mon mari a tout de suite détecté sa paresse.

— De quoi vivait-il à l'époque ?

— Impossible à dire. Il semblait avoir un peu d'argent, mais nous ne l'avons jamais entendu parler de travail. Si bien que, quand il a poussé Élodie au mariage, nous l'avons mise en garde. Mon mari était persuadé qu'il voulait vivre à ses crochets. Et c'est ce qui s'est passé.

— Après le mariage, il ne travaillait toujours pas ?

— Non, et Dieu sait ce qu'il faisait de ses journées.

— Il a étudié la psychologie, tout de même ?

— En autodidacte. Dans les livres d'Élodie. Et un jour, il a décidé qu'il pouvait se lancer. Entre ce qu'il avait lu et son expérience personnelle de patient, il pensait en savoir assez.

— Elle s'est laissé convaincre ?

— Je vous ai dit, il ne la lâchait pas quand il

voulait quelque chose. Elle était sous influence, en quelque sorte.

— Et… la princesse de Starkenbach. D'où cela est-il venu ?

— C'est le plus fou de tout. Figurez-vous qu'il s'est persuadé que pour démarrer son activité, puisqu'il n'avait pas de diplôme, il lui fallait un ou deux clients prestigieux avec lesquels il ferait, comme il disait, du « sur-mesure ». Il a fait parler Élodie du prince et s'est mis en tête de soigner sa femme. Je ne sais pas quel chantage il lui a fait mais Élodie a fini par accepter.

Elle s'interrompit, considéra ses mains et, relevant brusquement la tête, elle dit, en fixant Aurel :

— Deux mois plus tard, elle était morte.

Aurel et Shayna échangèrent un regard.

— Vous pensez qu'il y a un lien ?

— Demandez cela aux policiers. Ce sont eux qui ont mené l'enquête et conclu que cet individu était innocent. Il a prétendu qu'il n'était pas avec elle au moment de l'accident mais j'ai toujours eu un doute.

Des larmes perlaient au bord de ses paupières et son menton tremblait. La femme se leva d'un coup.

— Excusez-moi. Il faut que j'aille donner des soins à mon mari. J'espère vous avoir été utile.

Ils redescendirent l'allée en silence. Il faisait

déjà nuit. Ils marchèrent jusqu'au centre-ville en suivant les réverbères pour trouver un taxi.

*

La conversation avec la belle-mère de Philippe avait fait beaucoup progresser l'enquête d'Aurel. Elle aurait dû susciter en lui mille réflexions. Pourtant, pendant qu'il regardait défiler les magasins à travers les vitres du taxi, il pensait à tout autre chose. Il sentait Shayna à côté de lui et se disait qu'ils allaient se retrouver seuls dans l'appartement de la rue de Bourgogne ce soir. Il était embarrassé. La jeune femme le troublait toujours autant mais plus la perspective de se rapprocher d'elle devenait concrète, plus il ressentait une peur panique à cette idée. Pour ne rien arranger, à peine passé la porte d'Orléans, elle lui prit la main et la posa sur l'accoudoir qui les séparait. Il se tourna vers elle. Elle lui serrait la main très fort et la tapotait sur le faux cuir.

— Fière de toi ! Très fière, Aurel. Toi vraiment bon avec princesse. Elle aussi t'aimer beaucoup. Et toi merveilleux policier.

Elle prononçait « merveilleux » comme une femme du monde. Sans doute avait-elle appris ça en fréquentant la cour. Il aurait voulu lui dire que ces manières affectées ne cadraient pas avec son physique de guerrière mais en même temps ce contraste produisait sur lui un effet plus que favorable.

— Merci ! Merci ! répéta-t-il les larmes aux yeux.

Elle garda sa main dans la sienne, comme un gros chat qui aurait capturé un oiseau et le garderait vivant sans se décider à le dévorer. Aurel se dit que les choses seraient peut-être plus simples que prévu… Cependant, arrivés devant le portail de la rue de Bourgogne, Shayna lui rendit sa main en soufflant une phrase qu'il ne comprit pas d'abord tant il était loin de l'attendre.

— Je dîner chez bonne amie. Rentrer tard. À demain. Toi tranquille. J'ai clef appartement. Si quelqu'un appeler, je donner numéro fixe appartement. D'accord ?

— Ah ! Une bonne amie… Bien sûr. Bonne nuit.

Le taxi redémarra et Aurel resta planté sur le trottoir à la fois déçu et soulagé.

Puis il entra dans l'immeuble.

La femme de ménage l'attendait. Selon les recommandations de la princesse, il lui colla quatre billets de cinquante euros dans la main et alla poser sa valise pendant qu'elle comptait la somme sans en avoir l'air. La femme se dérida un peu.

— Merci pour tout, chère madame. Vous pouvez rentrer chez vous. Je n'ai besoin de rien. Et dites au cuisinier et aux autres employés s'il y en a que je veux rester seul.

— Comme Monsieur voudra, dit l'employée en s'éclipsant.

La femme de chambre partie, Aurel mit la chaîne de sécurité. Puis il retira ses chaussures et son pantalon qui le serrait un peu trop à la taille et parcourut l'appartement les jambes nues avec une délicieuse impression de liberté. Quand il avait visité les lieux habillé, il n'avait pas eu du tout le sentiment d'être chez lui. Tandis que, les fesses à l'air, il déambulait avec une assurance de propriétaire. Il effleura les porcelaines de Chine, caressa en passant les rideaux de taffetas, frôla le marbre veiné de la table de la salle à manger. Et ces préliminaires, tout doucement, le menèrent jusqu'à la cuisine. Là, sa recherche se fit plus précise. Il découvrit une bouteille de blanc dans le réfrigérateur et, après avoir ouvert quelques placards, finit par trouver un tire-bouchon et un verre à pied en cristal.

Il revint dans le salon et s'affala dans un canapé. Après tout, la sortie de Shayna était providentielle. Il se rendait compte à quel point il avait besoin d'un peu de solitude. Pendant ses séjours diplomatiques, il disposait de ses soirées et se réfugiait chez lui dès qu'il en avait l'occasion. Cette mission était au contraire si intense qu'il n'avait jamais eu une minute à lui depuis son arrivée au Starkenbach.

Il était sur le point de boire son premier verre quand le téléphone sonna avec un bruit de grelot intense. Il chercha l'appareil partout et finit par le trouver dans l'entrée. Heureusement, c'était un téléphone mains-libres et il retourna aussitôt dans son canapé.

— C'est vous, Aurel ? Eh bien, vous avez une amie charmante mais j'avoue que pour comprendre ce qu'elle dit… Enfin, vous me connaissez, j'ai l'ouïe fine heureusement et j'ai réussi à noter tous les chiffres comme il faut.

— Merci, commissaire.

— Bon, dites donc, votre client, là, celui pour lequel vous m'avez appelé, j'espère que ce n'est pas un de vos amis…

— Non ! Rassurez-vous.

— Bon. Parce que le coco est plus que louche. Il a été soumis à une obligation de soins dans le cadre d'une affaire d'images pédopornographiques…

— En effet. Je le savais.

— Vous le saviez ? Pourquoi m'avez-vous dérangé, alors ? Ha ! Ha !

— C'est que…

— Allez, Aurel, je vous fais marcher. En tout cas, le gars n'est pas blanc-bleu. Vous me connaissez : pour moi, chacun fait ce qu'il veut. N'empêche que les pédophiles, je trouve ça ignoble. Si ce n'était que moi, je leur ferais couper tout ce qui dépasse et ensuite, à l'ombre pour le restant de leurs jours !

— Vous pensez que c'est un vrai pédophile ? À part la consultation de photos, il a été impliqué dans des affaires concernant des enfants ?

— Figurez-vous que c'est le contraire !

— Que voulez-vous dire ?

— Eh bien, il ratisse large, le bonhomme. Il s'intéresse aux enfants mais c'est une vieille dame qu'il a détroussée.

— Détroussée !

— Ah ! Quand vous prononcez ça avec votre accent roumain, vous êtes impayable, Aurel. Détrrrrroussée ! Bon : je résume. Il a été condamné une fois à six mois de prison dont deux ferme qu'il a effectués en préventive.

— Quand était-ce ?

— Il y a huit ans. Le corps du délit, si je peux m'exprimer ainsi, c'était une femme de soixante-dix-huit ans, veuve et pleine aux as. Le mari était un banquier d'affaires, propriétaire d'un gros fonds d'investissement. Je ne connais pas le détail de l'affaire. Ce qui est certain, c'est que notre client s'est incrusté auprès de la vieille dame. En quoi faisant ? Je l'ignore. Ça me paraît tout de même impossible qu'il l'ait... enfin, tout arrive, de nos jours. Le fait est qu'elle l'a couvert de cadeaux. Ça a pris de telles proportions que la famille s'est dit qu'il n'allait plus rien rester.

— C'est la famille qui a porté plainte ?

— La fille et le gendre. Pas vraiment dans le besoin non plus. Vous me connaissez, je ne me mêle pas de politique. Je trouve tout de même incroyable que des gens amassent des fortunes pareilles pendant que d'autres… Enfin, ce n'est pas le sujet.

— Il y a eu un procès ?

— Ah ! On voit que vous passez votre vie à l'étranger. Le truc a fait du bruit. Pas les gros titres, bien sûr, mais des reportages dans les journaux à scandale. Donc, il y a eu enquête, témoignage d'une autre femme qui avait été victime des mêmes agissements mais qui l'avait mis à la porte. Votre client a pu se payer un bon baveux et il a limité la casse : une grosse amende – mais bien inférieure à tout ce qu'il avait reçu de la dame – et une peine avec sursis.

— Il a tout de même fait de la préventive.

— Oui, parce que la partie civile craignait qu'il parte à l'étranger. Il avait acheté un terrain au Brésil, et il avait soutiré de l'argent à la victime pour soi-disant faire construire une maison là-bas. Voilà, Aurel. Tout ce que j'ai trouvé. Ça vous va ?

— Vous me rendez un immense service. Je vous en suis très très reconnaissant… Encore un mot : vous n'avez rien vu sur son mariage ?

— Si, j'oubliais ! Mais c'est plus récent.

— Il y a moins de deux ans.

— C'est ça. Sa femme est morte dans un accident en montagne et, vu les antécédents du coco, les collègues ont regardé de près. Mais il avait un alibi solide. Il avait été vu le jour même dans une station-service sur l'autoroute A11 près du Mans et les caméras de surveillance en témoignaient. Donc, non-lieu.

— Merci. C'est un renseignement précieux. Et… l'autre ? Hadjiçi…

— Rien sur celui-là. Il faut dire qu'on est moins bien organisés pour tracer les étrangers.

Aurel renouvela ses remerciements sans avoir peur d'en faire trop. Il connaissait assez le commissaire pour savoir que rien n'éveillait moins ses soupçons que les compliments.

Après avoir raccroché, il alla prendre dans la valise son ordinateur portable. Il avait vu près du téléphone un petit carton avec le code du wi-fi.

L'appartement était très chauffé. Il resta en maillot de corps et s'installa sur la table du salon avec un verre. En surfant sur Internet, il n'eut aucun mal à retrouver les articles sur l'affaire d'abus de faiblesse qui impliquait Philippe. La plupart des journaux illustraient leurs propos avec des photos de la riche veuve. Sur l'un d'entre eux, il découvrit un cliché de l'accusé.

Aurel fit le tour des pièces. Il lui avait semblé remarquer un bureau lors de sa première visite. Il y trouva une imprimante, la connecta et tira la photo de Philippe sur un papier A4.

Il revenait vers le salon avec son trophée quand la sonnerie du téléphone fixe retentit de nouveau.

C'était la princesse.

— Il a appelé, dit-elle d'une voix à peine audible.

XVIII

— Que vous a-t-il dit ?

La princesse attendit pour répondre. Un léger vent venu de la mer soufflait dans son téléphone son haleine soyeuse. Aurel l'imaginait assise dans l'obscurité sur un des fauteuils de la terrasse, les yeux fixés sur l'étendue métallique des eaux, où se reflétait une lune pleine.

— Rien de nouveau, murmura-t-elle. Il voulait connaître ma réponse…

Elle se tut. Aurel attendit. Rien ne vint.

— Quelque chose pourtant vous a troublée…

— Disons qu'il était moins dur que la fois précédente. Et que, malgré moi, j'ai pensé…

Elle devait être en train de fumer. Aurel l'entendit expirer longuement.

— C'est stupide, je le sais, reprit-elle avec plus d'énergie. Mais, voyez-vous, je ne peux pas m'empêcher de penser qu'il est sincère.

— À quel propos ?

— Quand il propose que nous partions tous

les deux, que nous quittions tout cela. Que nous recommencions une vie ailleurs.

— Au Brésil ?

— Oui.

Aurel se demanda un instant s'il devait lui parler des révélations du commissaire. Mais quelque chose lui dit que c'était trop tôt.

— Et le chantage à propos de la conférence ?

— C'est une réaction d'enfant contrarié. Je brise son rêve en refusant de faire ce qu'il me demande. Alors il trépigne et trouve cette menace pour me faire changer d'avis.

— Et finalement… vous avez changé d'avis ?

— Non. Mais j'ai été moins dure, moi aussi.

— Comment s'est conclue la conversation ?

— Nous nous sommes donné du temps. Et nous avons échangé… avec tendresse. Vous me trouvez ridicule, n'est-ce pas ?

Aurel, nu dans son maillot de corps en coton, enfoncé dans le moelleux canapé à ramages, eut un instant l'idée de ce que pouvait vivre ce mystérieux Philippe. Il y a une certaine jouissance à tenir entre ses mains l'existence d'une souveraine et à pouvoir tranquillement, un verre à la main, par le seul pouvoir des mots, administrer le désespoir ou le bonheur à une idole détrônée. Cependant, loin de le réjouir, ce privilège mettait Aurel très mal à l'aise. Il fit tout pour terminer rapidement la conversation, en recommandant à la princesse de ne pas reprendre contact avec son amant et de s'en tenir à ce dernier échange sans rien ajouter.

Il alla dans l'entrée vérifier que la chaîne était bien tirée sur la porte, pour être certain que personne n'entrerait à l'improviste. Puis il se rendit à la cuisine ouvrir une nouvelle bouteille. Il revint et prit le portrait de Philippe qu'il plaça sur le piano. Il commença à jouer en le contemplant.

S'il n'avait rien su du personnage, il aurait dit que c'était un visage quelconque. À part la mèche blanche sur le front qui le rendait reconnaissable, ce jeune homme était d'une banalité totale. C'était d'ailleurs la première impression qu'avait ressentie la princesse. Ni beau ni laid, ni volontaire ni veule, il était sans expression et sans charme. Tout au plus pouvait-on dire qu'il avait un regard triste mais, après tout, les circonstances dans lesquelles avait été prise la photo pouvaient l'expliquer puisqu'il était sur le point de passer devant un tribunal.

Aurel se mit à reprendre, en l'arrangeant, le thème d'un *Nocturne* de Chopin. Ce n'était pas l'heure de la nuit qui l'inspirait. La musique venait du regard de l'homme sur la photo. Plus il s'en imprégnait, plus Aurel y voyait autre chose que de la tristesse. Mais quoi ? Il aurait dit un reproche. Une blessure. Une sorte de gouffre qui appelait la consolation, la réparation. Comme si cet homme avait réussi à se composer une expression qui rende visible ce qu'il avait subi d'injustices, de promesses non tenues, de rêves fabuleux détruits par la vie.

Aurel perdit la notion de l'heure et joua longtemps, vidant une à une trois bouteilles tirées des casiers de la cuisine. À un moment, les images se brouillèrent et au portrait de Philippe se superposa le visage de Shayna. Ils se répondaient et s'opposaient car le regard de la jeune femme était l'exact contraire de celui de l'homme. Il exprimait le bonheur dans l'adversité, le refus absolu de toute aide extérieure et une sorte d'émerveillement devant l'indulgence de la vie malgré sa cruauté. Tout cela finissait par clignoter dans l'esprit d'Aurel et produire sur le clavier de beaux mélanges de classique et de jazz.

Il ne se souvenait pas d'être finalement revenu vers le canapé.

C'est pourtant là que Shayna le découvrit au petit matin. Elle alla chercher une couverture dans la chambre et la posa sur lui. Il émergea vers midi.

— Heureusement, avoir clef de porte de service, ricana-t-elle en le regardant s'étirer et revenir à lui. Sinon, moi dormir paillasson !

Aurel était mortifié de s'être montré ainsi pendant son sommeil. Dieu seul savait ce qu'il avait bien pu raconter en dormant. Et il ronflait comme un porc quand il avait bu. C'était pour cela sans doute que Shayna s'était installée dans le bureau. Il la rejoignit après avoir pris une douche rapide et enfilé à la hâte une salopette. Il mit Shayna au courant des informations que lui avait transmises le commissaire.

— J'ai téléphoné éditeur.

— L'éditeur ? Ah, oui. Les poèmes de Philippe…

— Heureusement lui avoir vieilles dames pour gagner argent. Parce que poèmes, rien vendre.

— Ça ne m'étonne pas. Il a même dû payer pour se faire éditer, je parierais.

— Exact. Éditeur, une seule personne. Très gentil. Lui donner adresse actuelle de Philippe.

— Magnifique. Tu as bien travaillé. Où cela se trouve-t-il ?

— Arts-et-Métiers. Je regarder Internet. Petite rue. Petit immeuble. Pas gardien. Cinq appartements.

— Eh bien, allons-y.

— Voiture princesse dans la cour, dit Shayna en agitant les clefs.

Ils enfilèrent des manteaux et partirent aussitôt. La voiture était une Mini vintage dans laquelle Shayna paraissait ne jamais pouvoir entrer. Mais elle s'y replia avec virtuosité. Aurel eut plus de difficulté à y prendre place.

C'est seulement une fois en chemin que son esprit se désembruma.

— Au fond, demanda-t-il avec une soudaine perplexité, qu'est-ce qu'on va faire là-bas ?

— Cinq appartements ! Facile trouver lui.

— Facile, facile… il faut quand même une raison de sonner à toutes les portes.

— Vendre calendriers. Éboueurs.

— Des calendriers ! Mais on est en octobre.

— Et alors ? Si attendre, tout le monde passer avant : pompiers, poste, Croix-Rouge.

— Admettons. Et quand tu l'auras trouvé, tu lui dis quoi ?

— Rien. Nous attendre dans voiture et suivre lui.

— Encore faut-il qu'il sorte.

— Tout le monde sortir. Juste attendre.

En vérité, Aurel discutait pour le plaisir. Mais il laissait faire Shayna et trouvait délicieux de lui obéir, tassé presque au ras du sol dans cette minuscule voiture.

— Bon, décida-t-elle. Je aller.

Elle ouvrit la portière, se déplia avec souplesse hors de la Mini et marcha vers l'immeuble. Aurel attendit. Il aurait donné n'importe quoi pour boire un verre. Les excès de la nuit précédente lui desséchaient la bouche. Un quart d'heure passa. Il vit revenir Shayna.

— Alors ?

— Cinquième, vieux monsieur. Lui regarder moi. « Impossible vous éboueur », lui dire. « Pourquoi ? » « Pas exister femme éboueur. » Ha ! Ha !

Shayna ne s'était pas démontée. Elle avait sonné aux autres étages.

— Quatrième, troisième. Personne. Deuxième. Sur la sonnette marqué : DG. Lui pas ouvrir mais répondre derrière porte. Donc lui être là.

— Pas mal. Alors, on attend ?

— Oui.

Ils se calèrent dans la voiture sans perdre l'immeuble des yeux.

— Au fait, comment tu as fait pour entrer ? Il doit y avoir un code.

Shayna sortit un trousseau de clefs de sa poche.

— Passe-partout. Moi travailler Poste avant rencontrer princesse.

— Malin, ça !

Ils reprirent leur attente.

— On pourrait aller dans un café. Il y en a un au bout de la rue…

— Pas nécessaire. Regarder, dit-elle en démarrant le moteur.

Une personne était sortie de l'immeuble et attendait. On le voyait mal de loin mais la silhouette était celle d'un homme jeune. Une Mercedes noire arriva. L'inconnu monta dedans. Shayna déboîta et suivit le VTC. Ils empruntèrent les Grands Boulevards, l'avenue de l'Opéra, le boulevard Haussmann et débouchèrent sur les Champs-Élysées. À l'Étoile, ils prirent l'avenue Foch et la Mercedes s'engagea dans la contre-allée. L'homme descendit un peu avant le croisement de l'avenue Malakoff et entra dans un immeuble en composant le code. Shayna ralentit quand ils passèrent devant. Le portail était immense, vitré et, derrière, un lustre brillant de toutes ses ampoules éclairait un hall orné de colonnes.

— Numéro 47, nota Shayna.

Ils repartirent et rentrèrent rue de Bourgogne.

— Tu es certaine que c'était lui ?

— Absolu.

À peine arrivés, Shayna pianota sur sa tablette.

— 47, avenue Foch. Hôtel particulier. Un seul nom. Comte de Lauriston. Tu connaître ?

— Comment veux-tu que je connaisse ?

— Alors, moi chercher.

Elle continua de surfer. Aurel alla se servir un verre à la cuisine. Quand il revint, il en tendit un à Shayna. Elle était tout sourire.

— Comte de Lauriston. Grande fortune. Château dans Bordelais. Chevaux course.

— Et alors ? Il a bien le droit d'avoir des relations, ce Philippe.

— Problème. Comte mort 2012. Lui très vieux. Attendre. Je vérifier quelque chose.

— Il a des héritiers ?

Shayna, radieuse, tourna l'écran vers Aurel. Sur le site du journal *Point de vue* une femme en robe du soir, âgée mais coiffée avec recherche et très maquillée, passait devant le chasseur d'un grand restaurant et souriait au photographe.

— Comtesse de Lauriston.

Aurel leva son verre et trinqua avec Shayna.

Ils restèrent un moment pensifs, à regarder la photo.

— Il a une belle clientèle, vraiment, ce Philippe. Si on montre ça à la princesse, elle va nous répondre que rien ne prouve que ça aille plus loin.

— Toi savoir chose. Comtesse Lauriston très bonne amie princesse.

Ils burent en silence, perdus dans leurs pensées, puis tout à coup, Shayna se leva. Elle alla jusqu'à son sac qu'elle avait laissé dans l'entrée, en tira son portable et composa un numéro.

— Princesse ? C'est moi. Shayna… Oui, tout va bien. Suis avec M. Aurel. Écouter moi. Demain matin, vous prendre avion s'il vous plaît. Venir Paris.

Aurel tressaillit. La voix grave de Shayna donnait à ces derniers mots la tonalité d'un ordre. La princesse dut tenter de résister car Shayna répéta, sur un ton encore plus impérieux :

— Vous venir Paris demain !

Il y eut encore un bref échange, plus aimable, où il fut question d'horaires et de modalités pratiques pour réserver le billet sans passer par l'agence de la Principauté.

— Elle arriver. Demain action.

Sans laisser à Aurel le temps de faire un commentaire, Shayna ajouta :

— Ce soir, tu jouer piano avec moi.

— Tu joues du piano, toi ?

Elle secoua la tête, prit Aurel par la main et le conduisit jusqu'à l'instrument. Il s'assit sur le tabouret et elle resta debout, le coude sur le piano, tournée vers Aurel. Au moment de commencer à jouer, il hésita.

— Qu'est-ce que tu voudrais que je joue ?

— Toi connais Nina Simone ? *How I Feel ?*

— Bien sûr.

De sa carrière de pianiste de bar Aurel avait conservé un immense répertoire de variétés. Il plaqua un accord puis retrouva la mélodie. Elle le laissa jouer quelques phrases musicales. Il allait partir vers l'improvisation quand, à sa grande surprise, Shayna se mit à chanter. Elle avait une voix profonde et puissante. Tout ce qu'il y avait en elle de lourd contribuait comme un instrument massif à produire des sons élégants, riches et modulés qui couvraient trois octaves avec aisance. Quand elle descendait dans les graves, il semblait qu'elle ouvrît les plus noirs secrets de son âme, tandis que dans les aigus elle survolait le monde avec la grâce des anges.

Quand ils eurent terminé le morceau, Aurel était tout secoué de frissons.

— Damas, avant guerre, moi passionnée par blues. Mon modèle : Ella Fitzgerald…

Elle rit bruyamment et, pour se détendre la

gorge, but une longue rasade de blanc. Aurel se tenait coi. C'était comme si on lui avait donné à l'instant la solution d'une énigme sur laquelle il aurait longtemps séché.

Ce qu'il avait vu en Shayna depuis le début et qui l'avait tant séduit venait à l'instant de se dévoiler : elle avait la grâce et la puissance des chanteuses américaines dont il avait, lui aussi, vénéré la voix et les mélodies. Son physique était comme ces silhouettes un peu ridicules tant que l'instrument pour lequel elles sont préparées ne leur est pas attribué : un cycliste sans vélo, un cavalier sans cheval, un pilote de F1 sans son bolide. Muette, Shayna était seulement une grosse femme un peu grossière. Qu'elle se mette à chanter et tout son corps triomphait, s'emplissait de sa voix, devenait nécessaire et parfait.

Elle se tenait toujours appuyée au piano, comme un monument de chair drapé du noir de sa robe. Aurel osait à peine la regarder et d'ailleurs, il n'en avait pas besoin. Dans l'harmonie de leur musique, ils se voyaient, lui penché sur son clavier et elle les yeux dans le vague, la main marquant le rythme en claquant des doigts. Ils ne s'interrompaient que pour ouvrir de nouvelles bouteilles ou rapporter de la cuisine des chips ou du poulet froid.

À une heure avancée de la nuit, elle prit un peu de repos sur le canapé pendant qu'il continuait à jouer. La fatigue le menait vers des morceaux plus calmes. Il laissa revenir sous ses doigts la *Berceuse* de Chopin et les *Gymnopédies.*

Soudain, un bruit de gorge lui fit tourner la tête. Shayna s'était endormie et respirait bruyamment. Ce fut lui, cette fois, qui l'allongea sur le canapé et la recouvrit d'une pièce de mohair. Il la regarda un moment mais se sentit vite indiscret car elle avait relâché ses traits dans le sommeil, la bouche ouverte et les chairs affaissées.

Il alla doucement jusqu'à la chambre et s'étendit tout habillé sur le lit, presque aussitôt conduit vers le lieu mystérieux d'où naissent toutes les mélodies et toutes les amours…

*

L'insupportable grelot du téléphone sonna dans le crâne douloureux d'Aurel. Il se leva et chercha l'appareil en entrouvrant les yeux. Ils n'avaient pas tiré les rideaux la veille et le jour l'aveuglait. Machinalement, il regarda sa montre et vit qu'il était plus de onze heures.

— Allô ! C'est vous, Aurel ?

La voix forte du prince le fit grimacer.

— Oui, Sire.

— Où en êtes-vous ?

— Ça avance.

— Soyez plus précis, mon ami. Les échéances approchent.

— Je pense que j'aurai du nouveau dans la journée.

— N'hésitez pas à me tenir au courant en temps réel. Vous savez, les choses se précipitent ici. La date de la commission d'enquête a été publiée ce matin. Elle aura lieu en milieu de semaine prochaine.

— Je pense que… nous serons prêts.

Aurel se passait la main sur les yeux. Il avait terriblement mal au crâne.

— Et pour vous aussi, les délais se raccourcissent, Aurel.

— Que voulez-vous dire, Majesté ?

— Mon ami de Neuville m'a appelé. Le DRH du Quai d'Orsay s'impatiente. Il paraît qu'ils pensent à vous pour un poste. Le plus terrible, c'est que Neuville est sur le point de se voir proposer une affectation prestigieuse par le ministre. S'il partait pour Washington, vous perdriez son soutien et je ne doute pas que vous soyez obligé de rentrer tout de suite…

— Je vous promets que nous faisons le maximum. Demain au plus tard, je vous donne des nouvelles et je pense qu'elles seront bonnes.

Il raccrocha. En se retournant, il découvrit Shayna, aussi chiffonnée que lui, qui se tenait dans l'entrée pour essayer d'entendre la conversation. Il se rendit compte avec effroi qu'il s'était déshabillé pendant la nuit et qu'il était seulement vêtu d'un caleçon à rayures. Il se faufila jusqu'à la chambre et ferma soigneusement la porte pour se préparer.

XIX

La princesse débarqua rue de Bourgogne vers midi. Elle portait de grosses lunettes de soleil et un chapeau. La nouvelle de sa disparition commençait à agiter la presse au Starkenbach. Des photographes avaient certainement été envoyés un peu partout pour la retrouver. Elle ne voulait pas courir le risque d'être reconnue à Paris, premier endroit où on irait la chercher. Par bonheur, il pleuvait. Elle avait demandé au taxi de la déposer à cent mètres de chez elle et avait marché jusqu'à sa porte dissimulée sous un parapluie noir.

Shayna et Aurel, depuis leur réveil, avaient rangé l'appartement, porté les bouteilles dans le local à ordures de la cour et fait la vaisselle. Ils attendaient la princesse dans le salon. Shayna avait conseillé Aurel sur ses vêtements. À sa grande terreur, elle avait insisté pour passer en revue les tenues qui remplissaient sa valise. La séance commencée par des cris s'était terminée dans un fou rire. Elle avait brandi les chemises, les vestes, les pantalons en hurlant.

— Et ça ! Regarder ça ! Comment tu porter truc pareil. C'est pour clown…

Elle soulevait à bout de bras des chaussettes trouées semées de petits ours, plaquait contre elle des caleçons décolorés par un nombre incalculable de lavages et exécutait avec cette parure grotesque des pas de danse.

— Tout mettre poubelle ! Tout racheter !

Aurel avait d'abord crié avec l'air vexé puis l'avait poursuivie pour lui arracher ses trophées burlesques. Finalement, il avait pris son parti de cette pantalonnade. Il s'était mis au piano et avait accompagné Shayna en musique pendant qu'elle dansait un tango avec un de ses pantalons de golf horriblement troué entre les jambes.

Heureusement, la princesse n'avait pas ses clefs. Elle sonna et provoqua une cavalcade dans l'appartement pour tout remettre en hâte dans la valise.

— Je vous dérange ? dit Hilda quand Shayna, essoufflée, ouvrit la porte.

— Non ! Nous terminer rangement.

Aurel, tout rouge, fit une courbette.

— Sa Majesté.

— Laissez ça, je vous ai déjà dit.

La princesse semblait d'assez mauvaise humeur. Elle retrouvait Paris sans plaisir et avait quitté la Corse ensoleillée avec beaucoup de réticence.

— Pourquoi m'avez-vous fait venir ? Lança-t-elle, en ôtant son chapeau, ses lunettes et son manteau.

— Beaucoup nouvelles.

Hilda entra dans le salon, renifla l'appartement qui n'avait pas été aéré depuis plusieurs jours et tira une des chaises de la salle à manger pour s'y asseoir.

Shayna et Aurel prirent place également autour de la table. Cette disposition donnait un peu à l'entretien l'allure formelle d'une réunion de travail.

— Aurel va raconter. Nous savoir beaucoup choses maintenant. Sur Philippe.

La princesse tressaillit, se redressa, regarda Aurel bien en face.

— Je vous écoute.

Il en voulait à Shayna de lui avoir brutalement refilé la responsabilité de révéler des informations aussi désagréables qu'intimes. Mais il ne pouvait plus se dérober.

— D'abord, commença-t-il, nous avons recueilli à son sujet des renseignements aussi précis qu'incontestables car ils proviennent de la justice.

Et il s'empressa d'ajouter :

— Par des voies discrètes et confidentielles, bien sûr.

Comme la princesse ne bronchait pas, il raconta le mariage de Philippe avec la psychothérapeute du prince ainsi que les circonstances de leur rencontre. Comme il utilisait au sujet de la pédophilie l'expression ridicule « d'images d'enfants tout nus », Shayna claironna avec un accent plus roulant que jamais :

— Du porrrrno.

— Continuez, fit la princesse en clignant des paupières.

Aurel poursuivit en révélant le véritable nom du prétendu Philippe et en évoquant dans ses grandes lignes sa condamnation pour abus de faiblesse.

En même temps qu'il parlait, il se souvenait des confidences de la princesse : elle avait rapidement pris conscience que Philippe était un escroc. Cette idée ne l'avait pas choquée et même, en référence à son propre passé, avait fait écho favorablement en elle. Ce qu'Aurel révélait ne faisait que donner un contour plus précis à ces pressentiments. Sur le fond, il comprenait que ces données n'étaient pas de nature à ébranler sérieusement l'amour qu'à l'évidence elle ressentait toujours pour son amant.

Il ajouta quelques détails gênants, en particulier l'évocation de ce terrain au Brésil qu'il avait déjà fait miroiter à une autre femme comme lieu de retraite amoureuse. Elle ne broncha pas.

Il révéla ensuite que Philippe n'avait aucun diplôme et fit part des soupçons de la police à propos de la mort de sa femme.

— Ont-ils des preuves ? demanda la princesse sèchement.

— Non. Il a un alibi solide.

— Est-ce tout ?

— Non. Nous l'avons vu.

— Vous lui avez parlé ? Que vous a-t-il dit ?

Il y avait dans la précipitation de ces questions un peu plus que de la curiosité, une forme d'avidité à laquelle l'amour prenait encore part.

— Nous ne lui avons pas parlé. Nous l'avons seulement suivi.

— Et alors ?

— Alors il pénétrait dans un hôtel particulier de l'avenue Foch dont il est apparemment familier. Il connaît le code de la porte par cœur et entre sans sonner ni se signaler au gardien.

— En quoi cela est-il répréhensible ?

— Cela ne l'est pas. Cependant, il semble que vous connaissiez la personne chez qui il se rendait.

La princesse se tourna vers Shayna.

— Je la connais ?

— Oui, madame.

Un lourd silence s'étendit dans la pièce. Les rideaux étouffaient les bruits de la rue. Personne ne bougeait. La princesse réfléchissait intensément. Sans doute les mots « avenue Foch » avaient-ils éveillé en elle quelque réminiscence sans qu'elle pût encore y associer un nom.

— Qui est-ce ?

— La comtesse de Lauriston.

— Hortense !

Elle se leva et marcha dans la pièce.

— J'aurais dû m'en douter. C'est la seule à qui je l'ai présenté. Ici même. Il a débarqué par hasard un jour qu'elle était ici.

Elle semblait parler pour elle-même.

— Elle l'a trouvé charmant. Cela m'a fait tellement plaisir. Ce secret me pesait. J'étais heureuse de pouvoir parler de lui à quelqu'un. J'ai vu qu'elle lui plaisait. Elle n'est pas beaucoup plus jeune que moi, mais elle est libre, elle. Il m'a demandé son numéro. Ça ne m'a pas étonnée de lui mais je ne le lui ai pas donné. J'ai pensé qu'il me provoquait, qu'il n'oserait pas.

Elle revint en fureur jusqu'à la table et se rassit.

— Est-ce tout ?

Aurel comprit qu'il avait touché juste. Rien dans le passé trouble de Philippe ne pouvait indigner la princesse qui l'aimait non pas malgré ces défauts, mais peut-être à cause d'eux. En revanche, qu'il la trahisse avec une de ses plus proches amies au moment où il prétendait lui offrir un avenir commun, et ceci en lui imposant de trahir sa famille et son pays, elle ne pouvait le supporter.

— Que proposez-vous ? lança-t-elle en fixant alternativement ses deux interlocuteurs.

— Vous appeler lui, dit Shayna. Laisser message. Dire que vous d'accord pour tout.

— Oui, renchérit Aurel, vous lui dites que vous acceptez ses conditions, que vous avez réuni la somme qu'il demande. Ne parlez que de l'achat de la maison de Recife. N'abordez pas la question de la naturalisation de Hadjiçi.

— Et vous dire attendre lui en Corse.

— Vous voulez que je retourne en Corse pour le rencontrer ? s'indigna la princesse.

— Non ! s'écria Aurel avec un grand sourire. C'est *nous* qui allons le recevoir là-bas.

La princesse se figea. Elle paraissait lutter contre d'ultimes résistances.

— Qu'allez-vous lui faire ?

— Rien de mal, s'empressa Aurel. Le confondre, simplement, et le faire renoncer au chantage qu'il exerce sur vous.

Elle hésita encore un long moment. Sans doute les images des moments heureux vécus avec son amant défilaient-elles dans son esprit.

— Eh bien, allez-y ! conclut-elle enfin.

Shayna, qui était restée silencieuse pendant ces derniers échanges, lâcha une sorte de cri de satisfaction et saisit les mains de la princesse pour les baiser. Mais celle-ci, relâchant d'un coup la tension qui la raidissait depuis son arrivée, tomba dans ses bras. Elle s'abandonna contre la vaste poitrine de la Syrienne et elles pleurèrent toutes les deux.

Aurel assista à ces effusions en se tortillant de gêne sur sa chaise. Finalement, il alla jusqu'au piano et joua doucement *Non, rien de rien, non, je ne regrette rien.*

— Mais vous êtes un virtuose, Aurel, dit la princesse en séchant ses larmes.

Il poursuivit par une improvisation puis vint se rasseoir.

— Il faut bien calculer le temps, prononça-t-il avec sérieux. Nous allons descendre en Corse ce soir. Appelez-le en fin de journée. Il n'arrivera qu'après-demain. Nous aurons eu le temps de préparer son accueil. Il nous restera trois jours pour désamorcer la bombe.

— Pourquoi trois jours ?

— Parce que les auditions devant la commission d'enquête auront lieu dans moins d'une semaine.

— Soit, dit la princesse. Puis, en regardant l'appartement elle ajouta : je vais tourner en rond ici, en attendant. Vous ne voulez pas que…

— Vous venir en Corse ? Certainement pas.

Ils ne s'étaient pas concertés avec Shayna, et Aurel fut heureux de lui entendre exprimer sa propre pensée.

— Place de vous : Starkenbach, maintenant.

— Au Starkenbach ! Vous voulez que je

retourne là-bas ? Que je donne des explications, que je réponde aux questions ?

— Non, dit Aurel. Vous ne répondez à rien. Vous rentrez en souveraine, parce que c'est votre décision. Ce sont les événements qui vous donneront raison et feront taire vos détracteurs.

— À supposer que vous réussissiez… Et à mon mari, que vais-je lui dire ?

— Vous trouverez les mots.

La princesse regarda Shayna, les yeux encore humides, et Aurel, qui affichait un pâle sourire.

— Eh bien, soit.

Sans doute se fût-elle sentie moins soulagée si elle avait su qu'en cet instant ni Aurel ni Shayna ne savaient encore par quel moyen ils s'y prendraient pour inverser le cours du destin…

*

Le véhicule semblait minuscule, loin sur la route qui serpentait le long des gorges rocheuses aux parois sculptées comme des portails de cathédrale. Un maquis serré s'accrochait aux pentes et ne s'écartait que pour laisser passer le ruban d'asphalte. De loin en loin, des troupeaux de chèvres ou des sangliers sauvages reprenaient fièrement leurs droits sur l'étroit espace que les humains avaient eu l'arrogance de s'attribuer.

La voiture était une Land-Rover station-wagon. Elle avait un peu l'aspect d'une bête rustique et nul n'aurait été étonné si elle avait quitté le confort inutile de la route pour rouler au milieu des épineux et des pierrailles. C'est d'ailleurs ce qu'elle fit après avoir passé un col. Un chemin poussiéreux se faufilait entre les bras tendus des ronciers. Les branches couvertes d'épines griffaient la carrosserie. D'énormes ornières, creusées par les pluies de la mauvaise saison, la faisaient brinquebaler. À un moment, le chemin devint si raide que le chauffeur dut bloquer la transmission et enclencher bruyamment le 4 × 4. Après quatre virages franchis au pas dans une agonie de pierres et de pneus, la Land-Rover entra dans une minuscule clairière qu'occupait une bergerie presque en ruine. Sa toiture de guingois tenait grâce à de grosses pierres posées sur des tôles. Quant à ses murs, penchés au point que des étais de bois les soutenaient par endroits, ils se disposaient à traverser autant de siècles qu'ils en avaient déjà connu.

Aurel, vêtu d'une saharienne blanche que Shayna lui avait fait acheter à Paris avant de partir, se sentait élégant comme un officier de marine. Il se tenait bien droit et avait presque envie de se mettre au garde-à-vous.

Shayna, elle, avait carrément revêtu un treillis. Elle le tenait, disait-elle, d'un de ses cousins militaire en Syrie. Il avait été tué par l'armée d'Assad pendant les premiers jours du soulèvement contre le régime. Ainsi vêtue, elle avait tout à fait l'air d'une femme-officier car des galons et des décorations étaient encore cousus sur la toile. Elle avait d'ailleurs pris la direction de l'opération avec une autorité de chef de guerre. Sa seule troupe étant composée d'Aurel, elle n'avait pas de mal à être obéie.

Pour l'intendance, elle avait recruté Ange, qui ne pouvait rien refuser à la princesse. Elle l'avait jadis recueilli quand il était resté orphelin après un attentat dans lequel son père, sa mère et sa jeune sœur avaient trouvé la mort. C'était grâce à lui qu'ils avaient pu disposer de la bergerie. C'était lui encore qui était allé chercher Philippe à l'aéroport. Et maintenant, comme le passager descendait avec précaution de la Land-Rover, encore tout vibrant et assourdi, Ange sortit son bagage du coffre puis alla se garer à l'entrée du chemin.

Le moteur éteint, le silence ouaté du maquis reprit ses droits.

Philippe tenait sa valise à la main et restait debout au milieu de la clairière. Shayna s'était glissée derrière lui jusqu'au débouché du chemin au cas, bien improbable, où il aurait tenté de s'enfuir. L'idée lui traversa peut-être l'esprit mais, en regardant ses mocassins en chevreau à fine semelle, il l'écarta aussitôt.

D'ailleurs, il avait l'air de tout sauf d'un combattant. Il était d'une taille plutôt inférieure à la moyenne et très fluet. Ses épaules étaient larges mais, comme on pouvait en juger sous le polo qu'il portait, il était tout en os. Cette relative maigreur faisait d'autant plus ressortir le début d'embonpoint qui l'alourdissait sur le ventre et le haut des cuisses.

Son expression surtout frappa Aurel. Il affectait l'air accablé et contrarié, comme s'il avait été distrait d'une tâche autrement importante.

— Quand est-ce que va cesser cette mise en scène, lâcha-t-il d'un air las en apercevant Aurel qui venait à sa rencontre. Pourquoi la princesse me fait-elle traiter par son personnel ? Où est-elle ?

— Vous la verrez, dit poliment Aurel.

Il ne quittait pas l'homme des yeux. Quelque chose le fascinait dans ce personnage, maintenant qu'il en connaissait l'histoire. En l'observant, il était traversé de pensées et d'émotions confuses. S'il avait dû les résumer, il aurait dit qu'elles tournaient toutes autour de la question de la séduction.

Aurel s'était toujours imaginé que le talent des séducteurs tenait à leurs qualités propres, en particulier physiques. Il s'était assez vite rendu compte qu'il ne pourrait jamais concourir dans cette catégorie. C'était un des aspects de l'injustice du monde et il en avait connu de plus graves. Or, il avait devant lui à cet instant quelqu'un que la nature n'avait gratifié d'aucune des armes qu'Aurel supposait nécessaires à la séduction. Pourtant, toute la vie de cet homme était bâtie sur une exceptionnelle capacité à susciter l'amour de femmes riches et puissantes.

En le dévisageant, Aurel crut entrevoir son secret. Philippe opérait à l'autre extrême de la séduction. Non pas celle qui procède de la force mais, au contraire, de la faiblesse. Non pas celle qui donne aux femmes l'envie d'être protégées mais, au contraire, celle qui les pousse à se faire elles-mêmes protectrices. Il agissait non pas sur leur fragilité mais sur leur culpabilité. Il savait déceler en elles les failles secrètes qui lui permettaient d'atteindre leur cœur blessé, leur désir de sacrifice et leur besoin d'amour. Comme un pillard qui arrive jusqu'à la chambre secrète d'une pyramide, il parvenait à abattre l'ultime cloison qui lui permettrait de s'emparer de ces richesses.

Et tout cela en utilisant quelle arme ? Avec ce ton d'impatience et ce sourire douloureux qui le rendaient aussi antipathique à Aurel qu'ils avaient pu le faire paraître séduisant à celles qui y étaient autrement sensibles.

— Voulez-vous me suivre à l'intérieur ? dit Aurel avec douceur.

Philippe lui emboîta le pas. Il se baissa pour éviter le linteau vermoulu de la porte et se retrouva dans l'obscurité d'une entrée. Aurel poussa une porte. Un escalier raide descendait dans une cave fortement éclairée. Ils s'y engagèrent et se retrouvèrent dans une pièce basse, aux parois de ciment. Elle était meublée d'une table, deux chaises et un lit de fer.

Philippe regarda autour de lui. Son œil était agité d'un tic nerveux mais il restait sans expression.

— C'est une plaisanterie, j'espère ?

À cet instant, Shayna, qui était descendue derrière eux et se tenait debout au bas de l'escalier les bras croisés, dit d'une voix forte :

— Plaisanterie ? Jamais plaisanterie avec moi.

Aurel la regarda, raide dans son treillis, son beau visage effrayant de sévérité, pleine d'une indignation qui venait de tous les malheurs subis et de toutes les souffrances endurées. Et, vraiment, il la trouvait admirable.

XX

— Qu'est-ce qu'elle me veut, celle-là ?

Il y avait toujours de la morgue et du mépris dans la voix de Philippe, mais il s'y mêlait beaucoup de peur. Il avait adressé sa question à Aurel et celui-ci se hâta de lui manifester sa bienveillance.

— Ne craignez rien, souffla-t-il, Shayna aime beaucoup la princesse. Alors, forcément, elle est un peu en colère.

Rassuré d'avoir reçu ce soutien, Philippe reprit son assurance.

— Je ne comprends pas ce que signifie cette comédie. C'est la princesse, justement, qui m'a fait venir. Je n'ai pas pour habitude d'être traité par ses gens. Conduisez-moi à elle et finissons-en.

— C'est elle aussi qui nous a demandé de vous accueillir. Prenez une chaise, je vous en prie.

Pour se donner une contenance, et aussi pour s'éloigner un peu de Shayna qui tenait toujours la sortie de l'escalier, Philippe s'assit et Aurel prit place en face de lui.

— Tout peut aller très vite, commença-t-il, si vous acceptez de nous aider.

— Vous aider ?

Le jeune homme avait pris une pose élégante, le menton appuyé sur la paume de sa main. On sentait qu'il avait dû, pour habiter son personnage de psychologue, travailler ces répliques lapidaires et le demi-sourire ironique qui les accompagnait.

— Allons au fait, dit Aurel sur le ton d'un notaire qui va lire un testament. Vous savez ce qu'il en est : d'ici trois jours va se tenir au Starkenbach une commission d'enquête parlementaire qui place la princesse dans une position très délicate.

— Et alors ?

— Alors, il vous suffit d'intervenir auprès d'un de vos amis pour que tout danger soit écarté et que nous vous laissions partir.

— Un de mes amis ?

— Vous savez fort bien de qui je parle.

Philippe éclata d'un rire forcé qui sonnait faux.

— Un chantage, en somme…

— N'inversez pas les rôles. C'est vous qui soumettez Sa Majesté à un chantage. Et comme nous l'aimons beaucoup, nous ne voulons pas la laisser dans cette situation.

Après un long silence pendant lequel Philippe devait chercher la meilleure conduite à adopter, il se leva bruyamment, en repoussant la chaise.

— Vous n'avez aucun droit ! s'écria-t-il d'une voix menaçante. Laissez-moi sortir. Tout cela est ridicule.

Shayna n'attendait que cela pour bondir. Elle se planta devant lui.

— Vous ! Asseoir. Vous se taire. Donner à moi portable.

Son regard était si noir que Philippe avait eu le réflexe de se protéger le visage comme si elle allait le gifler. Lentement, il se rassit.

— Portable ! cria-t-elle de nouveau.

À sa grande surprise, Aurel vit le jeune homme mettre la main dans la poche de son pantalon et tendre l'appareil à Shayna.

S'il avait été seul avec cet individu, Aurel aurait agi de la même manière mais en étant obligé de jouer tous les rôles. Tandis que le duo qu'il formait avec Shayna leur permettait de séparer la menace et la persuasion. Avec l'instinct très sûr qui lui avait permis de se tirer des situations les plus difficiles, Shayna avait insisté pour remplir en tant que femme la fonction d'autorité. En effet, Philippe devant elle se comportait comme un enfant soumis.

Le calme revenu, Aurel reprit la parole d'une voix douce.

— Tout cela est un peu nouveau pour vous.

Nous le comprenons. C'est pourquoi nous allons vous laisser réfléchir et vous installer.

— M'installer ! Ici ?

En parcourant la pièce du regard, Philippe parut seulement prendre conscience qu'elle comportait un lit et aussi, dans un angle, un lavabo et des toilettes. L'endroit avait servi de planque et même de cellule à la grande époque du mouvement autonomiste armé.

— Nous allons conserver votre valise. Si vous avez besoin de quoi que ce soit, nous vous l'apporterons.

Aurel s'était levé rapidement et se tenait à côté de Shayna, se protégeant ainsi de toute réaction violente de la part du prisonnier.

Ils le laissèrent sidéré, les yeux vagues, tassé sur sa chaise, et refermèrent la porte à clef après avoir remonté l'escalier.

La cellule était surveillée par une caméra. Aurel et Shayna, sitôt en haut, se placèrent devant l'écran de contrôle. C'était une installation assez ancienne, en noir et blanc. La définition était médiocre et on distinguait mal les traits du captif. Seule certitude : il ne bougeait pas, toujours prostré sur sa chaise. Ils se relayèrent devant le moniteur. Les deux premières heures, Philippe resta immobile, puis il commença à faire les cent pas dans la pièce. Il ne s'énervait pas, ne cherchait pas le moyen de fuir, n'appelait pas. Il semblait absorbé dans ses pensées, comme un homme habitué à affronter des situations difficiles et à s'en sortir par la réflexion et l'astuce. Enfin, ils le virent ôter son pantalon et ses chaussures puis s'étendre sur le lit de fer, les bras levés derrière la tête.

— Il étudie sa défense, dit Aurel. Et lui aussi alla se coucher tôt afin de se préparer à l'interrogatoire du lendemain.

Ange, avec un visage fermé qui décourageait les questions, descendit un plateau pour le dîner.

Le lendemain matin, il porta au prisonnier un bol de café, du pain et de la confiture, avec une cuiller pour seul couvert.

Sitôt que Philippe eut terminé son petit-déjeuner, Aurel et Shayna le rejoignirent.

— Alors, cher monsieur, avez-vous réfléchi à notre proposition ?

— Oui, s'empressa le captif, manifestement heureux de pouvoir dérouler son argumentation. Je suis plus que jamais convaincu que tout cela est une grave méprise. Voici les faits tels qu'ils se sont déroulés. J'ai tout simplement informé la princesse qu'un de ses donateurs était mécontent en raison de promesses qu'elle lui avait faites et qu'elle ne comptait pas tenir. Cette information m'était revenue par hasard. Je n'ai rien à voir avec cet homme. Ma remarque était une simple mise en garde mais je n'ai exercé aucun chantage. Maintenant que je vous ai éclairés sur cette affaire, je vous serais reconnaissant de bien vouloir me libérer.

— Ainsi, d'après vous, la princesse aurait fait des promesses à un contributeur. Il s'agit bien d'un certain Hadjiçi ?

— En effet. Elle lui a adressé une lettre lui promettant qu'elle lui attribuerait la nationalité starkenbachoise.

— Lui promettant ? Vraiment ?

— Disons que c'est ainsi qu'il l'a compris. Et c'est dans cet espoir qu'il a contribué largement au financement de la conférence organisée par la princesse.

— Vous n'avez pas sollicité ce M. Hadjiçi pour vous avancer de l'argent afin d'acheter un terrain au Brésil ? Une somme bien plus considérable que celle qu'il a versée pour la conférence ?

— Absolument pas. J'ai, certes, demandé à la princesse d'avancer les fonds pour une maison à Recife. Mais ce n'est pas un chantage non plus. C'est un projet que nous avions ensemble et dont elle vous a sans doute informés. Il est lié aux relations que nous entretenons, Hilda et moi, et je n'ai pas de comptes à vous rendre sur ce sujet, à moins qu'elle ne l'ait fait elle-même.

— Si je résume, vous connaissez M. Hadjiçi et vous ne lui devez rien…

— C'est exact.

Le ton courtois d'Aurel et son air d'approbation quand Philippe avait parlé donnaient l'impression à celui-ci qu'il avait su convaincre son geôlier. Il forma sur son visage un sourire suffisant.

Fut-ce cette mimique ou le propos même qu'elle venait d'entendre, Shayna bondit en avant et se pencha au-dessus du prisonnier.

— Vous mentir ! cria-t-elle en pointant l'index vers le visage de Philippe. Vous arrêter foutre gueule de nous. Maintenant vous dire vérité. Nous savoir vérité.

Elle avait parlé avec une telle violence que Philippe avait failli tomber en arrière.

— Moi, Syrienne, braillait-elle. Beaucoup torture là-bas.

En disant ces mots, elle ouvrit la main gauche qu'elle tenait toujours serrée et dissimulée. D'horribles cicatrices creusaient ses doigts dont les ongles avaient été arrachés.

— Moi appris là-bas bonnes techniques pour faire parler.

Aurel, comme ils l'avaient prévu, se leva et s'interposa. Il repoussa doucement Shayna vers l'escalier puis revint vers le prisonnier.

— Ma camarade est impulsive, confia Aurel à voix presque basse. Je ne vais pas pouvoir la calmer longtemps si vous ne nous en dites pas un peu plus. Je vous laisse encore réfléchir.

Ils remontèrent l'escalier et refermèrent la cellule.

— Il ment, c'est évident, confia Aurel à une Shayna qui avait d'autant plus vite repris contenance que sa colère avait été jouée. Je suis sûr qu'il connaît Hadjiçi. Le problème est que nous ne savons pas comment, et il doit s'en être rendu compte. Si nous avions un indice sur l'origine de ce lien, nous le lui aurions déjà fait savoir.

— Je pas pouvoir voir lui, lâcha Shayna en secouant la tête. M'énerver tellement. Bientôt pas pouvoir retenir de le frapper.

— Pour l'instant, c'est inutile. Je crois qu'il a bien compris ce que tu penses de lui. Ta colère était parfaite : maintenant, il va me tomber dans les bras. Espérons qu'il se trahira lui-même.

Quand Aurel rentra dans la cellule, Philippe bondit vers lui.

— Vous êtes seul ? s'exclama-t-il en regardant anxieusement vers l'escalier.

— Oui, oui. Calmez-vous.

— Oh ! quelle horreur, cette femme. C'est un monstre.

— Mais non, il faut la connaître…

— Dieu m'en garde.

Aurel alla jusqu'à la table et saisit une chaise. Philippe se rassit sur le bord du lit, les genoux serrés comme un enfant puni.

— Je me rends compte que nous ne nous sommes même pas présentés. Mon nom est Aurel Timescu.

— Vous êtes roumain ?

— Bravo, vous reconnaissez les accents.

— Ma mère était polonaise.
— Ça par exemple ! Vous êtes né en Pologne ?
— Non. Elle était arrivée en France à vingt ans pour fuir le communisme.
— Tout à fait comme moi. Et que faisait-elle ?
— Elle voulait étudier les mathématiques. Mais pour vivre, elle a dû faire des ménages. Ensuite, elle a été enceinte de moi. Alors, plus question d'études. Elle a travaillé comme employée dans des boîtes de travaux publics pour m'élever. Puis elle a ouvert une petite boutique de couture, pour faire des retouches, des ourlets, ce genre de choses...
— Et votre père ?
— C'est un Français mais je ne l'ai pas connu et ma mère ne m'en a jamais rien dit.
— Où avez-vous passé votre enfance ?
— À Auxerre. Vous connaissez ?
— Je crois n'y être jamais allé.
— Une jolie ville mais nous n'en profitions pas. Nous vivions dans une cité HLM sur la route de Lyon.
— Vous avez eu une enfance difficile ?

Aurel sentait que sur ce thème de l'apitoiement, Philippe pouvait s'exprimer pendant des heures. Il avait certainement une grande habitude de se peindre en victime et de susciter une forme de sympathie navrée.

Aurel écouta avec une expression de bienveillance compatissante le récit d'une enfance marquée par le face-à-face avec une mère étouffante. D'une ambition démesurée pour son fils, cette pauvre femme, à son insu, privait son enfant des moyens de réussir. En le comblant de cadeaux, en prévenant ses désirs, en le dissuadant de tout effort, en le plaignant pour la moindre fatigue ou la plus petite contrariété, elle créait les conditions d'échecs permanents que, par ailleurs, elle lui reprochait. Il avait ainsi passé son enfance à tout attendre de cette femme en même temps qu'il souhaitait échapper à son emprise. Coincé entre la culpabilité et la dépendance, la reconnaissance et le désir de fuite, voire de meurtre, il était entré dans l'âge adulte sans diplôme ni amis, toujours entretenu par sa mère. Il se reprochait de l'exploiter mais, secrètement, espérait sa disparition, sans savoir cependant comment il survivrait sans elle.

Il fallait reconnaître qu'il était assez convaincant car Aurel, pourtant peu enclin à compatir avec lui, était captivé par ce récit et se surprenait à en attendre impatiemment la suite.

— Et comment vous en êtes-vous sorti ?

— Grâce à une femme, bien sûr. La veuve d'un gros viticulteur de la région. Ma mère m'avait envoyé lui porter des rideaux qu'elle lui avait fait raccourcir. C'était une dame d'une soixantaine d'années, assez forte, qui cultivait dans sa propriété en pleine campagne une élégance inutile.

— Vous l'avez… séduite ?

Philippe ricana. Par son attitude et cette remarque naïve, Aurel avait laissé paraître son inexpérience. D'un seul coup, le causeur avait repris le pouvoir et, au lieu d'un interrogatoire qu'il aurait dû subir, l'entretien avait pris la forme d'un récit dont il était le maître.

— Il ne s'agit pas de séduire dans de telles circonstances. J'étais jeune, vigoureux, attendrissant. Elle était a priori attirée par moi. La question, c'était : comment transformer cette relation en pouvoir ? Je vous parle entre hommes et je suppose que vous connaissez cela. La séduction, l'amour, le mariage, tout cela, c'est une des possibilités de l'attirance des sexes. Mais il y en a une autre : c'est la soumission, la dépendance, l'emprise.

— Je ne comprends pas bien ce que vous voulez dire, bredouilla Aurel.

— C'est pourtant évident. Imaginez cette femme vieillissante, sans attraits, qui s'accrochait à des restes de jeunesse et de beauté. Que pouvais-je attendre d'une relation avec elle ? Certainement ni le plaisir, ni le désir, ni l'amour. Mais en échange de ce que je consentirais à lui donner, je pouvais, si j'étais habile, obtenir tout. Sa fortune, son appui social, sa vie même, peut-être…

— Et… c'est ce que vous avez fait ?

— Pas cette première fois. Je manquais

d'expérience. J'ai appris beaucoup de choses avec cette femme et elle m'a énormément aidé. Grâce aux moyens que je lui ai soutirés, j'ai pu quitter ma mère, prendre un appartement en ville, m'habiller. Hélas…

— Hélas ?

— Je me suis montré maladroit. Elle a fini par perdre tout à fait la raison. Elle a fait des scandales en ville, a alerté sa famille à cause de ses excès. Il a fallu que je quitte Auxerre. Grand bien m'en a valu puisque je me suis installé à Paris.

Aurel sentait qu'il aurait dû revenir à la question du jour et abréger ces confidences. Il se doutait que Shayna, là-haut, devant son écran, devait s'impatienter. Cependant, la curiosité était plus forte.

— Qu'est-ce qui n'aurait pas marché ?

— Vous savez, tout est une question de dosage. J'avais été trop loin dans la domination. Par la suite, j'ai appris qu'il ne faut pas être aussi rapide ni brutal.

— « Par la suite. » Il y a donc eu une suite ?

Il semblait préférable à Aurel de ne pas faire savoir à Philippe qu'il disposait déjà de beaucoup d'informations sur son compte.

— Bien sûr. C'est assez confortable, vous savez. La plupart des gens passent leur vie à chercher quel talent la nature leur a donné. Moi, j'ai eu la chance de le découvrir assez tôt.

Aurel était fasciné. À l'âge où il s'était, lui, rendu compte qu'il devait faire d'énormes efforts, et souvent en vain, pour être regardé par les femmes, cet homme avait reçu le signal inverse de la Providence.

— À Paris, j'ai rapidement pu vérifier que je pourrais rencontrer de nombreuses occasions de plaire.

Malgré le peu de sympathie qu'il éprouvait pour ce garçon sûr de lui et prétentieux, Aurel était forcé de reconnaître qu'il possédait une sorte de magnétisme qui forçait à l'écouter.

— Plaire, oui, poursuivit pensivement Philippe, mais à qui ? Les femmes jeunes désirant trouver un mari ou un père pour fonder une famille ne m'intéressaient pas. J'étais surtout attiré par des femmes plus âgées, chez lesquelles mon histoire d'enfant pauvre et malheureux suscitait la compassion et éveillait leur grand désir de protection.

Était-ce le fait d'avoir pris l'ascendant sur Aurel par son récit ou l'influence apaisante de cette réclusion inattendue, Philippe avait visiblement envie de se raconter.

— Encore fallait-il trouver des femmes susceptibles de m'apporter ce que je recherchais. Vous savez, quand on a beaucoup souffert, on est un peu comme un convalescent. On cherche la douceur, le confort, le luxe. Je me suis dit qu'il n'était pas suffisant d'attendre de croiser la route de femmes qui voudraient de moi. Il me fallait les choisir, les rechercher et exercer auprès d'elles une séduction active. C'est intéressant, la séduction, vous savez, quand on en fait…

— Un métier.

— Un art.

Parlait-il spontanément ou avait-il choisi d'exercer sur Aurel cet art poussé à la perfection ? Le fait est que Timescu était totalement subjugué.

— Et comment vous y prenez-vous ? Vous vous attaquez comme cela à des femmes que vous ne connaissez pas ?

— Bien sûr. Et c'est ce qui me passionne. Plus elles sont dignes, distantes, résignées à ne plus jamais rencontrer l'amour, et plus je sens d'excitation à relever ce défi.

— Mais comment ? s'écria Aurel avec la passion qu'il aurait mise à tenter d'extirper son secret à un alchimiste.

Philippe eut un petit sourire et se garda de répondre. Il se leva, fit tranquillement le tour de la pièce puis revint s'asseoir en face d'Aurel en enjambant la deuxième chaise pour se placer à califourchon dessus. On aurait tout à fait dit que c'était lui l'interrogateur.

— La faille, monsieur Aurel. Trouver la faille…

— Que voulez-vous dire ?

— Chez ces femmes qui se sont résignées…

— Résignées ?

— … au mariage pour certaines, à la solitude pour d'autres, peu importe. Qu'elles se soient construit des carapaces d'*executive women*, de veuve, de grand-mère, que sais-je, eh bien, il y a toujours une faille. Un défaut de la cuirasse, une erreur dans le logiciel, qui permet de contourner leurs défenses et de les toucher au cœur.

Aurel le regardait la bouche ouverte, comme un enfant qui attend la suite d'un conte. Dans son esprit se pressaient mille souvenirs de moments douloureux pendant lesquels il avait cherché en vain les failles dont parlait Philippe et aurait désiré par-dessus tout le connaître pour qu'il lui fournisse la clef du mystère.

— Alors, reprit Philippe le doigt levé comme un prophète, quand vous avez ouvert la carapace, vous découvrez un abîme de désirs inassouvis, de regrets, de nostalgie. Et vous sentez, d'un coup, que vous avez un pouvoir total. D'un regard, vous rendez à ces malheureuses leur beauté, leur jeunesse, leur sexe. Vous faites d'elles des femmes. Vous vous rendez indispensable, vital même, et aucun prix n'est trop élevé pour rétribuer ce service.

Aurel déglutit avec difficulté. Philippe le fixait en souriant. Un long silence s'installa.

— D'accord, bredouilla Aurel. Mais ce n'est pas aussi facile que vous le dites. Les femmes ont besoin d'admirer. Comment pouvez-vous briser leur carapace et leur donner tout ce que vous dites si vous n'avez... rien. J'ai un ami, tenez, il est petit, pas sportif du tout, chauve, avec un visage quelconque, il a raté sa carrière, n'a pas d'argent, pas de talent, même s'il joue un peu du piano... Comment voulez-vous qu'une femme admire un homme comme cet ami et accepte de se mettre à nu devant lui... ?

Philippe sourit toujours, en reprenant cette fois sa pose de psychothérapeute.

— Pensez-vous que seuls la force, le pouvoir ou la beauté soient les conditions pour être admiré ?

— Non, murmura Aurel quand tout en lui hurlait le contraire.

— Tout le monde a quelque chose d'admirable. Il suffit de chercher. Votre ami n'a-t-il aucun idéal, rien qui le passionne, qui l'habite ?

— Si ! s'écria Aurel, en regardant la caméra bien en face et en espérant que Shayna, là-haut, fût toujours devant l'écran. L'injustice le révolte ! Faire condamner un coupable ne l'intéresse pas mais il donnerait sa vie pour défendre un innocent. Il est capable d'affronter les puissants, de se mettre en danger, de prendre tous les risques lorsqu'un combat lui paraît juste.

Il se tut, hors d'haleine, car il avait prononcé toutes ces phrases dans un seul souffle.

— Eh bien, vous voyez... commenta Philippe avec un sourire.

XXI

En remontant l'escalier, Aurel était un peu anxieux de savoir dans quelles dispositions il trouverait Shayna.

Elle était au téléphone, debout près de la porte d'entrée du cabanon.

Aurel se demandait si elle s'y trouvait depuis longtemps et si elle avait suivi sa conversation avec Philippe. Il était partagé entre le soulagement qu'elle n'eût peut-être pas été témoin de leur connivence et la déception de penser qu'elle avait manqué ses dernières paroles.

— Tenir ! s'exclama-t-elle en le voyant apparaître. Pour toi, téléphone.

— Pour moi ?

— Commissaire.

Aurel eut un instant la crainte que la police eût été informée de la séquestration de Philippe.

— Allô ? fit-il en s'efforçant de prendre un ton enjoué. Commissaire ! Quelle surprise. Agréable, bien sûr.

— Dites donc, Aurel, je suis content de vous entendre. Ce n'est vraiment pas de la tarte de s'expliquer avec votre copine. Jamais entendu un accent comme ça.

— Elle fait des progrès.

— Alors, tous les espoirs sont permis. Ha ! Ha ! Dans deux ans, le prix Goncourt…

Aurel émit trois notes qui, compte tenu de la mauvaise qualité de la ligne, pouvaient passer pour un rire sincère.

— Bon. Allons au fait. Vous me connaissez : je n'aime pas faire chou blanc. Vous avez certainement entendu cette expression ? Vous avez beau garder votre accent, je sais que vous avez du vocabulaire.

— Oui, oui. Chou blanc. Mais à quel propos ?

— Pour ce que vous m'avez demandé. Le pédophile, je l'ai logé. Mais l'autre, le Kosovar, vous vous souvenez ? Chou blanc.

— Hadjiçi ?

— À vos souhaits ! Bon, trêve de plaisanterie. Ça m'a turlupiné. La première fois, j'avais fait la recherche rapidement. Il faut dire qu'avec le boulot qu'on a en ce moment… vous m'aviez donné nom, prénom, date et lieu de naissance. Rien dans les fichiers. Alors, j'ai eu la curiosité de retourner y voir. Et là, j'ai élargi la recherche à d'autres prénoms… Bingo !

— Bingo ?

— Rien à Mehmet mais j'ai trouvé un

homonyme prénommé Murat. Né deux ans après ledit Mehmet dans le même village. J'ai vérifié l'orthographe du nom. C'est la même.

— Le petit frère…

— Certainement.

— Et qu'avez-vous sur lui ?

— Alors, là, je vous résume parce que sinon on en a pour la soirée. Cambriolages, proxénétisme, trafic de drogue. Il y en a pour tous les goûts. Rien de très grave à chaque fois. La petite frappe, en somme.

— Condamné ?

— Plusieurs fois. Jamais beaucoup, malheureusement. Vous connaissez les juges. Mais pas mal de préventive et un peu de ferme de temps en temps. Vous ne me posez pas une question, là ? Ah ! Vous me décevez, Aurel, je vous ai connu plus percutant…

— Est-ce qu'il a été détenu en même temps que Philippe, enfin je veux dire Goutard ?

— À la bonne heure, vous y arrivez ! Figurez-vous que j'ai contrôlé les dates : ça colle. Et comme je vous aime beaucoup, vous le noterez et j'espère que vous me le revaudrez un jour, j'ai appelé un ami à moi de l'administration pénitentiaire. Allez, susucre… Posez-moi la question. Je ne vais tout de même pas vous mâcher tout le travail.

— Ils ont partagé la même cellule ?

— Trois semaines. Du 15 février au 8 mars. À Fleury-Mérogis.

— Je… je ne sais comment vous remercier…

— Quand j'irai en vacances en Roumanie, vous m'indiquerez un bon site pour la pêche à la mouche.

Aurel mobilisa tout son stock de platitudes obséquieuses et les déversa sur le commissaire jusqu'à ce qu'il dépose les armes et raccroche.

Shayna était plantée devant Aurel, les bras croisés.

— Alors ?

— Hadjiçi a un frère.

Elle secouait le menton pour qu'il en dise plus.

— J'y retourne, s'écria Aurel en se dirigeant vers l'escalier.

Philippe, allongé sur le lit, s'était assoupi.

Aurel s'assit sans faire de bruit et réfléchit à la manière dont il allait reprendre l'interrogatoire. Son premier mouvement avait été de confronter immédiatement le prisonnier à ce qu'il venait d'apprendre. Mais il se calma et quand Philippe rouvrit les yeux, il lui parla sur le même ton de sympathie qu'il avait utilisé pour recueillir ses premières confidences.

— Reprenons votre histoire au moment où vous êtes arrivé à Paris.

Philippe se redressa sur le lit, en se frottant les paupières.

— Je souhaiterais mieux connaître le détail de votre parcours… pour en arriver à ce qui nous occupe, c'est-à-dire vos relations avec la princesse.

— Comme vous voudrez. Mais autant faire descendre une bouteille et des verres. On en a pour un moment si vous voulez tout savoir…

— Dans les grandes lignes.

— Disons que je me suis progressivement amélioré. J'ai d'abord fréquenté des milieux bourgeois mais somme toute assez modestes. La veuve d'un notaire, une vieille fille qui vivait dans un grand appartement avenue Georges-Mandel mais qui n'avait finalement pas tant de moyens que cela. Je vous fais grâce de quelques autres.

— Et la propriétaire d'un groupe de casinos ?

— J'y venais. Elle, ce fut ma première grosse affaire. J'en étais arrivé à la conclusion que, pour toucher vraiment les cibles qui m'intéressaient, il me fallait un peu investir. Je n'avais pas de gros moyens mais je mettais tout ce que j'avais pour me payer des séjours dans de très grands hôtels à des moments stratégiques du point de vue mondain. J'ai essayé le Carlton au moment du festival de Cannes. Le résultat fut médiocre. Le gros coup, je l'ai fait en Normandie, à Deauville, pendant la semaine de vente des yearlings. C'est là que j'ai rencontré Gisèle Walter. Une femme remarquable et très généreuse.

— Là encore, vous vous êtes montré trop gourmand et la famille est intervenue.

— Oui, mais beaucoup plus tard que la première fois. J'avais eu le temps de m'assurer une situation… assez prospère.

— En passant par la case prison.

— Que voulez-vous, la voie que j'avais choisie comporte quelques risques.

— Et, pour vous, il y a des opportunités de rencontre partout.

— Que voulez-vous dire ?

Il était temps pour Aurel d'abattre sa carte.

— En prison aussi, il arrive que l'on fasse des rencontres utiles. Murat Hadjiçi, par exemple.

Philippe ne broncha pas. Mais il jeta à Aurel un regard intense qui trahissait sa surprise. Il attendit un instant, calculant sans doute ce que cette révélation changeait dans cet échange.

— Vous savez cela, dit-il d'un ton neutre, comme s'il concédait un point à un adversaire. Et alors ?

— Alors, vous ne pouvez pas continuer à soutenir que vous ne connaissez pas son frère, celui-là même qui s'apprête à témoigner contre la princesse.

Levant la main comme s'il trinquait avec un verre imaginaire, Philippe hocha la tête.

— Un point pour vous. Je connais Murat Hadjiçi. Mais ça ne fait pas de moi un intime de son frère, si c'est ce que vous supposez. Ils sont bien différents tous les deux.

— Racontez-moi ça.

— Murat, c'est le *loser*, le malfrat qui foire tout ce qu'il entreprend. L'autre, c'est un grand monsieur. Il est respecté et redouté. Si vous croyez que je peux le faire changer d'avis à propos de la princesse parce que je connais son frère, vous vous trompez lourdement.

Aurel sentit qu'il fallait contourner ce blocage. Il reprit l'entretien par un autre côté, sur un ton plus apaisé et presque détaché.

— Parlez-moi un peu de l'autre, ce Murat.

— C'est un bavard. Un hâbleur. Il m'a saoulé pendant tout le temps que nous avons passé dans cette cellule.

— C'est lui qui vous a dit que son frère était prêt à payer cher pour acquérir une nationalité Schengen ?

— De tout ce qu'il m'a raconté, c'était en effet à peu près la seule chose intéressante.

— Vous ne connaissiez pas encore la princesse, à l'époque.

— Non. J'ai juste mis ça dans un coin de ma tête, au cas où...

— Ensuite, vous avez rencontré Élodie.

— Plusieurs mois après...

— Elle n'était pas si riche. Pourquoi l'avez-vous épousée ?

— Vous savez... Comment le dire ? J'ai traversé une période assez difficile à ce moment-là. Il y avait eu la prison. J'étais assez surveillé. J'ai peut-être fait une espèce de dépression. Je restais chez moi toute la journée à surfer sur des sites Internet.

— Ce qui vous a valu de nouveaux ennuis.

— Élodie m'a beaucoup aidé.

— Et pourtant vous l'avez tuée.

— Non !

Pour la première fois, Philippe avait perdu son calme. Le cri qu'il avait poussé avait l'accent de la sincérité. Puis, tout aussitôt, il reprit l'air finaud qui le rendait si antipathique. Et comme s'il devait, par égard pour l'image qu'il se faisait de lui-même, se défendre d'être tout à fait innocent, il ajouta :

— Je ne l'ai pas tuée de mes mains, si c'est ce que vous suggérez. D'ailleurs, croyez-moi, la police a tout vérifié et il a été prouvé que je me trouvais bien loin d'elle au moment du drame. Elle était partie seule à la montagne, soi-disant pour faire une randonnée.

Cette précision apportée, il ne put toutefois s'empêcher de s'attribuer un rôle dans les événements.

— Je ne dis pas que je n'ai pas contribué à ce qu'elle se résolve à ce geste désespéré.

— De quelle manière ?

Philippe prit un air modeste, comme un artiste qui avoue avec une secrète fierté de quel prix il paie son génie.

— Lorsque l'on suscite la passion chez une femme, et Dieu sait qu'Élodie était passionnée, il n'est pas toujours possible de contrôler toutes les extrémités auxquelles elle peut conduire.

— Vous voulez dire que vous avez poussé Élodie au suicide ?

— Pas volontairement. Mais il est sûr qu'au moment où j'ai décidé de la quitter sa passion est devenue destructrice. Notre relation était… très déséquilibrée. Je n'ai jamais éprouvé grand-chose pour elle. Je suis ainsi, que voulez-vous, je reste en retrait.

— Comme un professionnel…

— Exactement. Les médecins, par exemple, doivent se garder de partager les souffrances de leurs patients, sinon ils ne vivraient plus.

L'entretien avait commencé pour Philippe comme un fastidieux interrogatoire. Cependant, à mesure qu'il étalait sa vie devant un Aurel qu'il croyait admiratif, il y prenait goût, comme un sportif qui revient complaisamment sur les beaux moments de sa carrière.

— C'est quand vous avez su qu'Élodie soignait le mari de la princesse que vous avez eu l'idée de monter ce piège avec Hadjiçi ?

— Quel piège ? s'indigna Philippe. Mais vous êtes fou ! Vous imaginez que les choses se passent ainsi, que je peux calculer dix coups en avance, que mes actes sont contrôlés d'aussi loin par des arrière-pensées…

— C'est vous qui me l'avez suggéré.

— Alors, vous n'avez rien compris.

Philippe tentait de reprendre la main, cependant il était en train de se rendre compte qu'il n'avait plus en face de lui l'Aurel fasciné qu'il avait tenu en haleine mais un adversaire qui, de nouveau, conduisait l'interrogatoire.

— Élodie, à la faveur de nos séances, a été la première à reconnaître mes qualités de psychologue autodidacte. Elle m'a incité à en faire un véritable métier.

Le ton était celui d'un homme désormais sur la défensive.

— Vous voulez dire que c'est elle qui vous a jeté dans les bras de la princesse ?

— Personne ne m'a jeté dans les bras de personne. Elle m'a parlé de sa clientèle, du prince et, un jour, a émis l'idée que je pourrais être utile à sa femme.

Le mensonge est une faiblesse. En y recourant, Philippe se mettait en quelque sorte en état d'infériorité face à Aurel. Ils le savaient l'un et l'autre.

— Il se trouve qu'ensuite, peu à peu, j'ai noué avec Hilda une relation amoureuse sincère.

— Et vous vous êtes souvenu des confidences de votre ancien compagnon de cellule quand il s'est agi de financer sa conférence sur les enfants-soldats.

— Exactement. Vous voyez. Il n'y a pas de quoi fouetter un chat.

— Sauf que vous ne vous êtes pas contenté

de demander à Hadjiçi de contribuer à la conférence. Vous lui avez fait avancer cinq millions d'euros pour votre maison au Brésil.

— C'est autre chose. Avec Hilda, nous avons le projet de commencer ensemble une nouvelle vie. Cet argent est une simple avance, en attendant qu'elle puisse réunir les fonds.

— Vous savez qu'elle ne les a pas.

— Elle peut les réunir.

L'échange était intense. On aurait dit un match de tennis du Grand Chelem. Chacun renvoyait les balles du tac au tac. Mais l'avantage était à Aurel et il décida de marquer le point décisif.

— Cessez de raconter des histoires. Vous savez qu'elle ne peut ni payer ni donner à Hadjiçi ce qu'il souhaite. Il ne tient qu'à vous de sortir de cette impasse.

— Comment ?

— En remboursant Hadjiçi des fonds qu'il vous a avancés pour le Brésil.

— Je ne les ai plus.

— Où sont-ils ?

— Là-bas. Je les ai transférés au notaire de Recife et le terrain est acheté.

— À votre nom.

— Les choses ont toujours été prévues ainsi.

Aurel se releva, fit un tour dans la pièce et revint se placer en face de Philippe.

— Tant pis. Appelez Hadjiçi. Dites-lui que

vous allez revendre le terrain, que vous allez le rembourser. Désamorcez cette bombe.

Philippe sourit en regardant ses ongles.

— Hadjiçi n'est pas un homme à se payer de mots. C'est un type redoutable, vous savez. Il s'est fait une place dans les affaires en ne laissant jamais personne lui marcher sur les pieds. Il en veut à la princesse. Et je pense aussi qu'il a compris qu'en faisant une déposition contre elle il gagnera la reconnaissance de la Première ministre…

Il avait repris son fin sourire de thérapeute et s'amusait à observer l'effet de ses paroles sur Aurel.

— Voyez-vous, reprit-il sur le ton d'un causeur mélancolique, vous vous croyez malin. Vous avez usé de brutalité contre moi. C'est totalement inutile. Demain matin, la commission se réunira. Hadjiçi dira ce qu'il a prévu de dire et vous serez bien obligés de me relâcher. Si les choses s'en tiennent là, j'oublierai ces fâcheux moments et je ne me souviendrai que de nos agréables conversations sur les femmes.

Aurel voyait s'effondrer tous ses espoirs. La méthode douce qu'il avait cru pouvoir employer se révélait un complet échec. Le petit personnage suffisant qu'il avait en face de lui l'avait mené en bateau et ridiculisé. Il pensa à Shayna qui avait assisté à cette humiliation devant son écran.

À cet instant, un vacarme se fit entendre en

haut de l'escalier. Shayna apparut dans la pièce. Elle était suivie par Ange qui portait un sac à bout de bras. Il le laissa tomber à terre, avec un bruit de ferraille.

— Toi ! Monter, dit-elle à Aurel. Moi occuper lui, maintenant. Plus rigoler.

Il hésita mais le ton de Shayna ne souffrait pas de contradiction. Sitôt en haut, il se planta devant le moniteur.

Il y vit Ange qui ligotait le prisonnier à une chaise pendant que Shayna fouillait dans le sac de matériel. Elle commença ensuite soigneusement à étaler sur la table un horrible arsenal composé de marteaux rouillés et de pinces aux mâchoires effrayantes.

Pour ne pas entendre de cris, Aurel sortit du cabanon et s'engagea sur le sentier qui montait, odorant et vibrant d'insectes, vers les crêtes de roche blanche qui se découpaient dans le ciel.

*

La salle avait jadis servi d'hôtel des Échevins. Le plafond à croisée d'ogive était soutenu par de gigantesques piliers de pierre. Dans cet immense espace, des pupitres en bois blond avaient été disposés pour les travaux du Parlement. Ils formaient des arcs de cercle autour d'une tribune rectiligne. Chaque place était dotée d'un micro et d'un sous-main.

Au pourtour des sièges officiels, derrière de simples rampes, toute la place restante était ouverte au public.

Les travées des parlementaires étaient clairsemées car seuls les membres de la commission d'enquête avaient le droit d'y siéger. Mais en ce premier jour d'audition, les Starkenbachois ne s'y étaient pas trompés. Ils étaient venus en masse. Une foule attentive et silencieuse occupait jusqu'aux derniers recoins de la vaste salle. Des caméras de télévision étaient installées sur une estrade, face à la place réservée à la personne interrogée. Son siège était vide pour le moment.

Il était presque dix heures du matin. Chacun savait que le plus gros contributeur pour l'organisation de la conférence de la princesse, un étranger de surcroît, et sur le compte duquel personne n'avait beaucoup de renseignements, était attendu dès l'ouverture.

Pour souligner encore, s'il en était besoin, l'importance du moment, la Première ministre en personne, accompagnée de trois ministres, était assise au banc du gouvernement.

Le président de la commission, un vieux député qui en était à sa quatrième législature, vint s'asseoir péniblement à la tribune. Deux assesseurs plus jeunes se placèrent sur les côtés. Dix heures sonnèrent au beffroi voisin. Un mouvement d'huissiers indiquait qu'on allait chercher la première personne à comparaître. Le public retenait son souffle.

Cependant, au bout de plusieurs minutes, personne n'était encore apparu. Des murmures traversaient l'assistance. Une certaine nervosité gagnait les parlementaires. Le président de séance tapota sur son micro et enjoignit au public de faire silence, ce qui eut pour effet immédiat d'augmenter le brouhaha. Comme il n'avait pas refermé son micro, on l'entendit interpeller les huissiers.

— Mais, enfin ! Qu'est-ce qu'il fait ?... Il est au téléphone ! Comment cela ? Dites-lui que ce n'est pas le moment de traiter ses affaires.

La nouvelle se répandit dans le public et donna lieu à des exclamations.

— Au téléphone ! Se gêne pas, celui-là. Faire attendre tout le monde comme ça.

Un homme en uniforme, assis au pied de la tribune, se leva et marcha jusqu'à la porte par où devait entrer le témoin. C'était le colonel Frühling, l'aide de camp de la princesse. Il assistait à l'audience pour le compte des souverains et les tenait informés par SMS.

À l'arrière de la tribune, plusieurs pièces ouvraient sur une sorte de vestibule central. Le colonel, en y entrant, avisa un militaire du rang en faction.

— Où est le témoin ? lui demanda-t-il.

Le soldat fit un signe du menton pour désigner

une des pièces. Elle était fermée. Deux huissiers frappaient à la porte mais personne n'ouvrait et ils s'efforçaient d'entendre ce qu'il se passait à l'intérieur.

Le colonel saisit le soldat par la manche et ils s'éloignèrent.

— Que savez-vous ? Pourquoi le témoin ne sort-il pas ?

— Il est sorti. À l'heure, même. Mais il était au milieu de ce vestibule quand il a reçu un coup de fil. Il a répondu et là, je ne sais pas ce qu'on lui a dit : il s'est arrêté net. Ça n'a pas été long. La communication a duré trente secondes à peine, et il a remis le téléphone dans sa poche.

Les huissiers tambourinaient maintenant carrément à la porte mais elle ne s'ouvrait toujours pas.

— Il est devenu tout blanc. Comme s'il avait reçu un gros coup sur la tête, vous comprenez, mon colonel ?

— Et ensuite ?

— Ensuite, il est revenu à toute vitesse dans sa loge et il s'est enfermé. Il paraît qu'il n'arrête pas de téléphoner et qu'il parle fort dans une langue que personne ne comprend.

À cet instant, la porte s'ouvrit, les huissiers reculèrent et un homme apparut. De petite taille, les épaules larges, il se tenait très droit, avec un air d'autorité. Il avait un visage grêlé de petites cicatrices, le cheveu dru poivre et sel coupé court et de gros sourcils noirs qui dissimulaient ses yeux dans leur ombre. Il était vêtu d'un costume gris d'une coupe recherchée. Sa cravate rouge était nouée en triangle, comme le font souvent les anciens militaires.

Il avança jusqu'au milieu du vestibule puis, suivant les indications empressées des huissiers, entra dans la salle d'audience.

Le colonel se faufila derrière lui et reprit sa place.

En voyant apparaître l'homme, la Première ministre lui adressa un petit signe qui resta sans réponse.

Le témoin ne semblait rien voir. Il tenait les yeux dans le vague. La salle retenait son souffle. Le président de séance demanda à l'un de ses assesseurs de lire une brève présentation.

— M. Mehmet Hadjiçi, né le 22 juillet 1965 à Mitrovica, Yougoslavie, domicilié 27, rue Henri-Martin à Paris XVIe. A versé la somme de deux cent mille euros pour financer la conférence organisée par Son Altesse Sérénissime la princesse Hilda de Starkenbach.

— Ces renseignements sont-ils exacts ?

— Oui, dit l'homme d'une voix de baryton mais sans expression et comme mécanique.

— Alors, pouvez-vous nous préciser, monsieur, les conditions dans lesquelles s'est effectuée votre contribution ?

La Première ministre se tenait les bras croisés et souriait en attendant la déclaration du témoin.

— Je n'ai rien à dire de plus, lâcha enfin celui-ci.

Un murmure parcourut l'assistance. La Première ministre se redressa.

— Comment cela ? s'indigna le président de séance.

— J'ai payé, c'est tout.

Hadjiçi parlait français avec un accent slave.

— Nous aimerions en savoir un peu plus, insista le président, que l'assurance presque brutale du témoin intimidait. Comment avez-vous eu connaissance de cette conférence ?

— Par les journaux.

— Et pourquoi l'avoir soutenue ?

— J'ai connu la guerre, dit l'homme, et à son ton, on comprenait qu'il avait fait plus que la connaître. Il y avait pris part et nul ne doutait en voyant son regard dur et son visage impénétrable qu'il avait dû s'y montrer sans pitié.

Après un temps, il ajouta, en rafale, comme pour achever ses victimes.

— Les enfants-soldats, ça me touche.

Peu soucieux de s'exposer davantage, le président passa la parole à ses collègues. L'un d'eux, un jeune élu de la capitale, connu pour être proche de la Primature, alluma son micro.

— Avez-vous demandé une contrepartie à ce don ?

— Non.

— Tout de même, deux cent mille euros, c'est une somme importante.

— Pas pour moi.

Un autre député, chauve et barbu, la cravate de travers, intervint.

— Êtes-vous accoutumé à verser de telles sommes pour des œuvres ?

— Ça m'arrive.

Le premier intervenant reprit la parole.

— Quelle est votre nationalité actuelle ?

— Macédonienne.

Le colonel pianotait sur son téléphone et transmettait ces réponses en temps réel au palais.

— Où payez-vous vos impôts ?

— Là où sont mes affaires, en France, en Allemagne, aux États-Unis.

— Disposez-vous d'un compte en banque au Starkenbach ?

Le témoin parut hésiter.

— Ma holding, oui.

— Souhaitez-vous acquérir une autre nationalité ? Starkenbachoise, par exemple.

— Non.

La salle ne bronchait pas et les réponses d'Hadjiçi tombaient dans un silence complet, au point que l'on pouvait entendre résonner ses paroles sous les hautes voûtes de pierre. La Première ministre s'agitait. Elle se retourna et échangea un regard avec le jeune député qui la soutenait. Celui-ci y vit un encouragement à se montrer plus direct.

— Avez-vous reçu des assurances de la part de Son Altesse Sérénissime de bénéficier d'un décret de naturalisation en échange de votre soutien financier ?

Le public devait compter un nombre important de monarchistes car cette question souleva des exclamations indignées dans la foule.

— Silence ! dit le président. M. le député vous a posé une question. Voulez-vous y répondre, je vous prie.

— Je n'ai rien demandé. On ne m'a rien promis.

Le ton d'Hadjiçi était devenu plus ferme, presque menaçant.

— Je ne connais pas votre princesse.

Ces derniers mots étaient prononcés d'une voix forte, comme une proclamation définitive qui n'appelait aucune autre question.

— C'est tout ce que j'ai à dire. Merci.

Avec une assurance souveraine, le témoin se leva et marcha vers la porte. Quand il eut disparu, un chahut complet s'empara de la salle. Les députés s'invectivaient entre eux. Le public jetait des quolibets. La Première ministre et les autres membres du gouvernement se levèrent et remontèrent l'allée vers la sortie.

Le colonel Frühling tapa un dernier SMS. « Victoire complète », écrivit-il.

XXII

— Pouvez-vous me nouer ce ruban ?

Aurel, sur la pointe des pieds, saisit les deux brins de soie rouge.

— Comme ceci ?

— Un peu moins haut. Il faut que la médaille apparaisse juste dans l'échancrure du col. Mon Dieu, quelle corvée !

En regardant par-dessus l'épaule du prince, Aurel apercevait son image dans le miroir. Il régla la hauteur du cordon et le noua soigneusement.

— C'est la croix de quoi, exactement ?

— Le grade de Commandeur dans l'Ordre de Saint-Elme. Une des décorations du Starkenbach, précisa le prince d'une voix lasse. Si vous saviez comme j'en ai assez de ces cérémonies.

Il enfila la jaquette à brandebourgs soutachée d'or qu'Aurel était allé chercher sur son cintre.

— Dans ce métier, il faut sans arrêt se changer. Cinq ou six fois dans une journée parfois.

Pendant les voyages officiels, tenue d'intérieur, tenue de ville, tenue de chasse, tenue militaire, tenue de soirée. Habits d'apparat comme celui-ci. Je crois que je pourrais faire un numéro de transformiste au théâtre.

Le prince alla jusqu'à une table placée devant la croisée et tira de son écrin une énorme rosace de vermeil qu'il entreprit d'attacher à son côté.

— Mais je vous ai interrompu. Continuez votre histoire, c'est trop extraordinaire. Vous en étiez à la torture. Ainsi, vraiment, vous l'avez torturé ?

— Shayna a d'abord gesticulé sous son nez avec ses tenailles pour qu'il la prenne au sérieux.

— Il faut dire que Shayna avec des tenailles… Je n'aurais pas aimé être à la place de ce pauvre type.

Aurel prit assez mal l'ironie contenue dans cette remarque.

— Elle est très douce, vous savez. Et elle déteste la violence. Il fallait vraiment qu'elle soit obligée…

— Je n'en doute pas, dit le prince en jetant à Aurel un regard malicieux. Mais, au fond, qu'attendiez-vous de ce Philippe ?

— Nous ne le savions pas mais nous étions persuadés qu'il connaissait le moyen d'empêcher Hadjiçi de témoigner contre la princesse. Je ne peux pas vous dire exactement ce que Shayna lui a fait car j'ai suivi ça de loin. En tout cas, il a beaucoup crié mais c'est seulement au petit matin qu'il a craché le morceau. On dit bien comme ça, en français ?

— Oui. C'est correct.

— Il avait d'abord essayé de gagner du temps en nous lançant sur de fausses pistes, des renseignements sans intérêt. Apparemment, le frère de Hadjiçi était très bavard et lui avait fait beaucoup de confidences. Mais beaucoup de confidences sans intérêt et un seul secret, qu'il ne voulait pas nous livrer. Finalement, au petit matin, en voyant que l'heure de la commission approchait, Ange et Shayna ont fait bouillir de l'huile de vidange. Et là, il a craqué.

Le prince, debout devant son miroir, vérifiait la tenue des décorations et ôtait les petits fils et les cheveux qui s'étaient accrochés à son habit.

— C'est vous-même, Aurel, qui avez appelé Hadjiçi au moment où il arrivait à la commission ?

— Oui. Je ne voulais pas prendre le risque de laisser Philippe nous trahir.

— Que lui avez-vous dit ? Il paraît que ça n'a duré que quelques secondes.

À travers le double vitrage de la fenêtre monta le roulement des tambours d'une musique militaire. Un détachement de la garde parut, pour aller prendre place devant la salle du trône.

Aurel ne put s'empêcher d'approcher pour regarder dans la rue.

— Ils sont magnifiques.

En se montrant à la lumière, il avait donné l'occasion au prince de détailler son costume.

— Dites donc, vous n'allez pas y aller comme ça ? Vous n'avez rien d'autre à vous mettre ?

Aurel écarta les bras et baissa la tête pour regarder ses vêtements. Il avait pourtant l'impression d'avoir sorti ce qu'il avait de mieux.

— Faites voir, dit le prince. Ça pourrait passer pour un smoking si vous n'aviez pas dormi dedans. Tournez-vous.

Le prince passa la main sur les coutures de la veste.

— J'ai bien peur que votre habit vous lâche en pleine cérémonie. Ce ne serait pas le moment ! Vous n'avez rien d'autre ?

— Dans ce genre-là, rien, je le crains.

Le prince traversa la pièce et sonna. Le majordome fit son entrée.

— Voyez chez mon dernier fils s'il n'a pas laissé un costume noir ou un smoking et apportez-le-moi. Il a à peu près la taille de monsieur, qu'en pensez-vous ?

Le domestique jeta à Aurel un regard consterné. En arrivant, il lui avait appris à s'adresser aux princes, c'était de bonne guerre. Mais maintenant, voilà qu'il fallait aussi habiller ce clochard.

— Je vais voir, Votre Altesse. Le temps d'aller jusqu'à la chambre de Monseigneur.

Le prince se retourna vers Aurel.

— En attendant, continuez votre histoire. Que lui avez-vous dit, à Hadjiçi ?

— Deux noms et une date. Prizren, *Shqiponja*, 12 avril 98.

— Et ça a suffi.

— Radical ! Nous savons qu'il avait préparé un PowerPoint avec divers documents et notamment la lettre de la princesse qui évoquait sa naturalisation. Il a tout laissé tomber en un instant.

— C'est extraordinaire.

Le prince avait enfilé une chaussure, il brandissait le long chausse-pied comme une canne de golf et restait stupéfait.

— Comment expliquez-vous cela ? Que signifient ces mots et cette date ?

— C'est une assez longue histoire.

— Alors commencez à vous déshabiller. Martial ne va pas tarder à revenir avec les costumes de mon fils.

— Tout cela remonte à la guerre du Kosovo, démarra Aurel en ôtant sa veste. Vous vous en rappelez ?

— Cette province peuplée d'Albanais qui ont demandé leur indépendance à la Serbie ?

— « Demander » est un terme faible. Ils ont mené une guerre sans merci et la répression a été terrible.

Il était maintenant si familier du palais qu'il

avait retiré son pantalon, comme s'il était chez lui.

— Cette chemise ! s'exclama le prince. Ce n'est vraiment pas possible. Elle est toute jaune. Enlevez-la aussi, je vais vous donner une des miennes. Elle sera peut-être un peu grande, il faudra retrousser les manches. Mais continuez votre histoire pendant ce temps-là, je vous écoute.

— Au début de la guerre, l'UÇK, c'est-à-dire le mouvement armé pour l'indépendance du Kosovo, attendait tout de l'Albanie voisine. Quand le dictateur est tombé à Tirana, les arsenaux ont été pillés. Les armes ont pris la direction du Kosovo.

En caleçon, Aurel s'était accoudé tranquillement à l'énorme cheminée de marbre blanc avec l'attitude dégagée du causeur et il caressait sa barbe.

— Mais il n'y a pas que les stocks d'armes à avoir été pillés. La banque centrale aussi, avec ses réserves de dollars. En avril 98, alors que l'insurrection venait de commencer, un convoi de deux camions, escortés par une Jeep chargée d'hommes armés, est entré au Kosovo. Il contenait plusieurs dizaines de millions de dollars en coupures de cent.

Le majordome, revenu discrètement, se tenait immobile, un costume dans chaque main, et regardait Aurel presque entièrement dévêtu qui caressait doctement sa barbe et parlait géopolitique au prince en grande tenue.

— L'un des gardes de l'escorte s'appelait... Mehmet Hadjiçi. C'était un jeune étudiant kosovar qui avait rejoint les rangs de l'Armée de Libération l'année précédente. Il avait été chassé de l'université par les Serbes au moment où Milosevic tentait de reprendre le contrôle de la région.

Tout à coup, Aurel s'anima et, exalté par l'écoute attentive du prince et du majordome, se mit à parler d'une voix de conspirateur.

— Le 12 avril, le convoi s'engage dans une gorge à la tombée de la nuit non loin de la ville de Prizren. La route est mauvaise, les camions sont lourds. Ils avancent au pas. Soudain, un homme surgit et fait signe à la Jeep de tête de s'arrêter.

Le bras levé, Aurel, toujours en caleçon, était bien peu crédible en gardien de check-point. Cependant, il faisait une telle grimace d'autorité que ses interlocuteurs n'eurent pas l'idée de rire.

— « Le mot de passe ? » cria la sentinelle Jusque-là, rien n'avait été demandé aux convoyeurs le long de la route. Le conducteur de la Jeep regarda son voisin, un gradé de l'Armée de Libération, avec un complet étonnement. À cet instant, Hadjiçi, qui était assis derrière eux, se leva et répondit d'une voix forte : « *Shqiponja.* » Ce qui veut dire « l'aigle » en albanais.

Aurel bondit sur un cabriolet et le jeta à terre.

— Pan ! Aussitôt Hadjiçi abat le conducteur et son voisin, cependant que la sentinelle, rejointe par un autre homme sorti du maquis, se charge de neutraliser les chauffeurs des camions. En tout, on pense que le commando comptait quatre hommes, Hadjiçi compris. L'un d'eux était son jeune frère Murat.

Aurel s'était relevé tout pantelant de son assaut : trois fauteuils et deux chaises gisaient, renversées sur le tapis, une balle dans la tête. Il posa les mains sur son petit ventre blanc qu'ornait un nombril poilu et soupira.

— On n'a jamais retrouvé les coupables de ce hold-up en pleine guerre. Dans la confusion de l'époque, nul n'a pris le temps d'identifier les cadavres et Hadjiçi est passé pour mort. Le chargement précieux a été transféré dans des paniers aux flancs de plusieurs mulets. Les voleurs ont emporté tous les billets.

— Extraordinaire ! s'exclama enfin le prince.

Comme il revenait un peu à lui, il s'inquiéta de la tenue d'Aurel et demanda au majordome de lui faire essayer les costumes.

— Apportez-moi aussi une de mes chemises.

Aurel continua son récit en s'habillant :

— L'UÇK a gagné la guerre. Le Kosovo est indépendant aujourd'hui. Mais l'affaire du convoi de Prizren a bien failli lui coûter la victoire. Les dirigeants kosovars ne sont pas des tendres. Le président là-bas vient d'ailleurs d'être inculpé pour crimes contre l'humanité. Quiconque apprendrait quelque chose à propos de cette vieille affaire serait autorisé à faire justice, même vingt ans plus tard. Les coupables le savent. Ils ont d'ailleurs changé de nom et pris celui de Hadjiçi. Avec l'argent volé, ils ont acheté des passeports macédoniens. Ce costume-ci me va bien, qu'est-ce que vous en pensez ?

La veste avait des manches un peu longues et le pantalon tire-bouchonnait mais, à part ces défauts, il était en effet presque à la taille d'Aurel.

— En bas, ça va à peu près. On va vous mettre des épingles aux poignets pour le temps de la cérémonie. Mais vous êtes tout de même mieux là-dedans. Donc, vous disiez, personne ne connaît cette histoire…

— Personne. Sauf Murat, qui a mal supporté la richesse et qui est tombé dans la drogue et l'alcool. Son frère a fini par lui couper les vivres. Les deux autres membres du commando ont été abattus par les Hadjiçi peu après l'attaque.

— Murat n'a jamais parlé ?

— Il est alcoolique mais il n'est pas fou. Il sait ce qui l'attend si les Kosovars apprennent la vérité.

— Comment avez-vous su tout cela, alors ?

— Parce qu'il s'est confié à Philippe.

— Dans quel but ?

Aurel, revêtu de la nouvelle dignité que lui conférait son costume neuf, prit un air d'importance.

— Difficile à dire. Pour cette histoire de nationalité, apparemment. Philippe avait sans doute fait valoir ses relations mais il ne connaissait pas encore le Starkenbach, à l'époque. J'ai une autre hypothèse.

— Laquelle ? demanda le prince en tendant à Aurel un nœud papillon noir.

— Je pense que ce Philippe est vraiment très doué pour la manipulation. Il sait séduire les femmes comme les hommes. Où est la différence, d'ailleurs ? Il a dû percevoir qu'existait un secret derrière la fortune d'Hadjiçi et n'a pas résisté à la tentation de le percer. Pour le plaisir. Pour l'amour de l'art en quelque sorte. Et aussi pour détenir une arme, au cas où il aurait besoin de demander quelque chose au frère un jour.

Aurel fixa le nœud papillon et se regarda dans la glace avec satisfaction.

— Et en effet, c'était une arme atomique puisque ces trois mots au téléphone ont suffi à plonger Hadjiçi dans la panique. Après mon coup de fil, il a probablement appelé son frère et, quand celui-ci a confirmé qu'il avait parlé, notre bienfaiteur a préféré tout abandonner…

— Aurel, nous ne pourrons jamais vous

remercier pour ce que vous avez fait, dit le prince en serrant ses deux mains.

Mû par un soudain élan d'affection, il le pressa contre sa poitrine galonnée. Aurel sortit de cette embrassade le nez écorché par l'Ordre de Saint-Elme et les yeux rougis par l'émotion.

— Vite, s'exclama le prince en consultant sa montre, allons rejoindre Hilda. Nous allons être en retard.

Ils traversèrent les salons dorés, dévalèrent le grand escalier au pied duquel deux soldats se tenaient au garde-à-vous.

La princesse, couronne sur la tête, les attendait dans le hall avec Shayna. Elle portait par-dessus sa robe de soie bleue une étole de fourrure. Aurel reconnut immédiatement du vison car cet animal provoquait chez lui des éternuements incontrôlables.

— Allons-y, dit la princesse. J'entends les cloches à la cathédrale. Nous devons partir.

Elle prit le bras du prince et ils sortirent sous le porche où les attendait une Rolls noire.

Aurel resta avec Shayna. Elle était vêtue d'une robe fourreau noire. On sentait le tissu tendu à l'extrême pour résister à la poussée presque incontrôlable de ses formes généreuses. D'aucuns, plus sensibles aux décrets de la mode, auraient pu juger que le mariage de cette coupe ajustée et de ces chairs débordantes n'était pas heureux. Les plus malveillants auraient peut-être même utilisé le terrible verbe « boudiner ». Mais Aurel était tremblant d'admiration devant le tableau de cette femme puissante qui affirmait sa domination sur les étoffes comme sur les humains et faisait triompher une beauté singulière qui ne devait rien à l'époque et tout à elle-même.

— Enfants déjà partis. Nous prendre prochaine voiture ensemble.

Ils attendirent sur le perron. La Mercedes noire à intérieur crème qui les avait emmenés à Himmelberg vint les chercher. Ils s'installèrent à l'arrière. Shayna avait dû emprunter le parfum de la princesse car Aurel reconnut les mêmes fragrances. Ces notes épicées, sur la peau fine de la souveraine, prenaient des tonalités printanières et suggéraient une mélodie chantée par une voix de soprano. Dévalant les gorges profondes du corps de Shayna, ces effluves envahissaient l'espace avec la puissance d'une charge de cavalerie et semblaient plutôt produits par le souffle rauque d'un saxophone.

Aurel appuya sur le bouton pour abaisser la vitre. Il respira le filet d'air venu du dehors comme un malade qui, pour survivre, tète un tuyau d'oxygène.

Par cette ouverture leur parvinrent les clameurs de la foule massée sur le parcours du cortège. La princesse était sortie victorieuse de l'épreuve de la commission d'enquête. Le peuple aime les vainqueurs et les faveurs de l'opinion publique s'étaient d'un coup dirigées vers la souveraine. La presse internationale avait suivi l'affaire et commenté très favorablement ses efforts dans le domaine humanitaire. Des enfants victimes de la guerre commençaient à arriver du monde entier dans la Principauté, en vue de la conférence qui devait se tenir la semaine suivante. Le public était sensible à la visible reconnaissance que ces jeunes êtres éprouvés par la vie témoignaient à leur bienfaitrice.

De surcroît, pour donner à cette fête nationale une importance particulière, il se disait dans les journaux que la princesse allait saisir cette occasion pour délivrer un discours de portée historique. Les monarchistes espéraient qu'elle y prendrait une revanche violente sur la Première ministre qu'ils détestaient. Les ennemis de la Couronne, eux, formaient des vœux pour que, emportée par l'esprit de vengeance, elle outrepasse ses droits constitutionnels et donne des arguments décisifs aux républicains.

Pour toutes ces raisons, le peuple était plus nombreux que jamais à se presser dans les rues et sur les places, là où devaient se tenir les cérémonies.

Elles se déroulèrent comme d'habitude selon un cérémonial réglé. La messe à la cathédrale, le passage en revue des troupes, l'hommage des corps constitués furent suivis par Shayna et Aurel depuis les tribunes officielles.

La princesse montra dans toutes ces étapes une dignité parfaite et une complète maîtrise des règles protocolaires. Aurel observait avec émotion sa frêle silhouette, brillante d'or, de pierres et de satin, circuler au milieu des uniformes et accorder l'amân aux bourgeois chenus qui avaient rêvé de la déposer. Il revoyait la recluse de Bonifacio qui allait pieds nus, cueillait des cèpes et versait du vin bleu tiré d'une bonbonne en osier. Il pensait à son enfance en Tunisie, sauvage, libre et brisée, et à cet amour qu'elle avait redécouvert en elle. Il reniflait et se tamponnait le nez avec le dos de la main

— Toi pas pleurer, Aurel, chuchota Shayna, en lui mettant son coude dans les côtes.

— Je sais. Tu as raison.

Elle sortit un mouchoir de son sac et le lui tendit. Il était si imprégné de son parfum qu'Aurel crut s'évanouir en se le collant sur le visage.

Un peu plus tard, la princesse, qui avait disparu dans la masse des prélats en chasuble blanche, des gardes chamarrés et des ministres en redingote, réapparut au balcon du palais. Une immense clameur s'éleva de la foule.

Autour d'elle, à côté du prince, étaient alignés leurs trois enfants, dont l'aîné, Helmut, en tenue d'officier, casquette galonnée sur la tête.

La princesse s'avança vers les micros disposés devant elle. Le colonel Frühling s'empressa pour ouvrir sur le pupitre le dossier contenant son discours.

— Chers Starkenbachoises et Starkenbachois, commença-t-elle d'une voix rendue métallique par les hauts-parleurs, ce fut un grand honneur pour moi d'être votre souveraine pendant ces trente et une années. Il est temps pour moi aujourd'hui de remettre cette charge immense entre les mains de mon fils Helmut. Dans une semaine, au terme de la grande conférence par laquelle notre pays apportera sa contribution à la paix du monde, je me retirerai et vous pourrez l'acclamer comme votre prince…

XXIII

Une sorte de sidération figeait le public tandis que Shayna et Aurel prenaient dans leur voiture le chemin du retour.

Les gens, par milliers, étaient toujours massés dans les rues et sur les places, mais personne ne criait plus. Ceux qui avaient eu la chance d'entendre le discours de la princesse transmettaient, incrédules, la nouvelle aux autres. Ainsi parcourait-elle la foule sous la forme d'une vague comme une fourrure qu'un frisson hérisse. Ceux qui la recevaient se redressaient puis, la stupeur passée, retombaient dans un accablement physique.

C'était, au fond, une bonne nouvelle. La princesse s'effaçait au moment même où, en redoublant d'efforts, elle avait conquis sinon l'affection de son peuple, du moins sa reconnaissance.

Le prince Helmut était apprécié. Contrairement à sa mère, sa naissance n'avait plus rien de scandaleux. Il était sérieux et manquait totalement d'ambition. On savait qu'il portait bien les uniformes et qu'il s'en contenterait.

Cependant, la brutalité de cette annonce lui donnait un goût amer. C'était comme si, en ne mettant pas ses sujets dans la confidence, la princesse les eût traités en étrangers.

— Tu savais, toi, qu'elle allait abdiquer ? demanda Aurel.

Shayna regardait défiler les visages hébétés derrière les barrières de sécurité.

— Oui. Pendant toi avec prince, elle raconter moi beaucoup choses.

— Le prince était d'accord, tu crois, pour cette abdication ?

— Père ou fils ?

— Le père.

Shayna partit d'un grand rire. Aurel sentait les secousses de sa poitrine contre la banquette.

— Eux maintenant... comme ça.

Elle frottait ses deux index l'un contre l'autre avec une mimique égrillarde.

— Amour maintenant comme petits chevals avec printemps.

— Je sais qu'elle a tout raconté au prince. Dès que je suis arrivé il m'a informé qu'il était au courant. Mais l'amour... Tu veux dire l'amour physique ?

— Physique... chimique... atomique... Tout !

Aurel détourna les yeux vers la fenêtre. Tous

ces gens devaient les prendre pour des membres de la famille princière ou des ambassadeurs. S'ils savaient de quoi ils parlaient…

Cependant, ils étaient arrivés devant l'entrée du palais. Un garde en uniforme leur ouvrit la portière. Le majordome les attendait dans la salle des gardes.

— Leurs Altesses vont rentrer au palais par le grand portail. Elles iront se changer et vous les rejoindrez dans le salon privé.

Aurel se sentait vaguement inquiet à l'idée de revoir la princesse. Il se demandait quelle attitude il devrait avoir face à cette femme qu'il avait vue dans des circonstances si différentes et qui s'était livrée à lui en évoquant les moments les plus intimes de sa vie. Heureusement, il n'était pas encore l'heure du déjeuner.

— Moi aller changer, déclara Shayna.

En effet, les élastiques de sa robe lui entraient profondément dans les chairs et elle ne cessait de passer son doigt entre les deux, comme pour décoller un pneu de sa jante.

Aurel monta directement jusqu'au salon et attendit en se faisant servir coup sur coup trois verres de blanc. Il était en train de s'assoupir quand la porte s'ouvrit. La princesse entra seule. Elle avait retiré sa robe d'apparat et portait un tailleur rose qu'égayaient une broche et un collier en émeraudes à monture d'or blanc.

— Cher Aurel, dit-elle en se précipitant vers

lui et en s'asseyant sur le canapé à son côté. Je suis tellement heureuse de vous voir. Je vous dois tout, vous savez. Je ne vais pas jouer à la princesse devant vous. Vous m'avez vue au naturel et c'est ainsi que je veux continuer à vous parler. Vous m'avez délivrée et vous m'avez sauvée. Si vous restez un peu parmi nous – et vous êtes le bienvenu autant qu'il vous plaira –, je vous en dirai plus. Mais sachez seulement ceci… vous ne m'avez pas seulement tirée d'un grand péril, vous m'avez rendue à l'homme que j'aime.

Aurel se trémoussait au fond des coussins moelleux. Pour se donner une contenance, il tirait sur ses manches et se piquait aux épingles qui les retenaient.

— J'ai tout raconté à mon mari et j'ai trouvé chez lui plus que de la bienveillance, un amour sincère que je ne voyais plus. Il souffrait autant que moi de notre esclavage protocolaire. Nous allons partir ensemble très loin et commencer une nouvelle vie.

Étranglé par l'émotion, Aurel ne parvenait à sortir que des sons inarticulés. La princesse s'en rendit compte et quitta le sujet sentimental qui le mettait au supplice.

— Ange m'a appelée pour me dire que la maison avait été vidée. Si votre ancien détenu s'avise de prévenir les gendarmes, ils ne trouveront plus rien.

— Il ne s'y risquera pas. Nous l'avons déposé à l'aéroport de Bastia et, à l'heure qu'il est, il doit déjà avoir mis un océan entre lui et l'Europe. Hadjiçi ne lui pardonnera jamais sa trahison. Il va le rechercher jusqu'au bout de la terre !

— Tant mieux, dit la princesse.

Elle regarda sa montre.

— Je dois y aller. Il y a un déjeuner officiel. Maintenant que je sais que c'est le dernier, je vais manger de bon appétit. Ce soir, nous aurons une soirée privée, entre nous. Shayna a proposé que vous nous donniez un petit spectacle tous les deux. Il paraît qu'elle adore chanter et que vous l'accompagnez magnifiquement au piano.

Elle se leva d'un bond, tira sur la veste de son tailleur pour en ôter les plis et disparut en lançant à Aurel un baiser de loin.

Il resta un long moment stupéfait, immobile, avant de pouvoir, en tendant une main tremblante, attraper la bouteille sur le guéridon et en boire la moitié au goulot.

*

Les domestiques du palais ne voulurent pas le réveiller et Aurel resta ainsi tout l'après-midi, dormant profondément sur le sofa du salon privé.

Vers dix-sept heures cependant, le majordome,

avec son éternelle mimique de dégoût, secoua le dormeur en tirant un pan de sa veste.

— Un appel de France pour monsieur.

Aurel saisit le combiné sans fil que le majordome lui présentait sur un plateau rectangulaire en argent guilloché.

— Timescu ?

— Lui-même.

— Ici Prache, de la DRH du Quai d'Orsay. Eh bien, vous avez l'air de vous la couler douce, au Starkenbach. Ça n'a pas l'air trop dur, cette « mission d'étude ».

— Qu'est-ce que vous voulez ?

— Mais que vous rentriez, mon bel ami. Pas de chance pour vous, l'ambassadeur de Neuville a quitté ses fonctions de secrétaire général la semaine dernière. C'est sa protection qui vous a permis de rester si longtemps. Le temps des palais et des princes est terminé pour vous. J'espère que vous en avez bien profité.

— Où voulez-vous m'envoyer ?

— Que du bonheur, Timescu. Réjouissez-vous. Nous avons un poste sur mesure pour vos compétences.

Aurel se redressa. Il avait un mal de tête terrible car il avait dormi le cou de travers.

— Agent consulaire à Obock. Ça en jette, qu'est-ce que vous en dites ?

— Où est-ce ?

— Comment ? Vous ne connaissez pas ce

charmant port de mer ? C'est juste en face de Djibouti, de l'autre côté d'un golfe charmant. Ciel bleu garanti toute l'année. Quarante degrés à l'ombre, ça vous changera des brumes du Starkenbach.

— Dois-je accepter ?

— Nous avons deux autres affectations mais, confidentiellement, je vous dirais que celle-ci est de loin la meilleure.

— Quand devrai-je partir ?

— Vous acceptez ! Bravo. C'est un excellent choix.

— Je…

Pour le départ en poste, je ne peux pas encore vous donner une date. On doit pouvoir tout régler assez vite. Mais surtout, je veux vous voir dans mon bureau après-demain.

— Après-demain ?

— À sept heures. Je compte sur vous. Allez, embrassez les duchesses une dernière fois et gavez-vous de petits-fours. Bientôt, ce sera la grande fournaise. Ha ! Ha !

Aurel raccrocha et se rendormit. Quand il s'éveilla pour de bon une heure plus tard, il se demanda si cette conversation n'avait pas été un cauchemar.

— Obock, répéta-t-il en se passant la main sur les yeux.

Il se leva et, en titubant un peu, sortit dans le couloir. L'enfilade des salons lui était maintenant familière. Il marcha droit devant lui, lentement, en s'imprégnant de la volupté paisible et désuète de ce palais. La noble figure des ancêtres, partout sur les murs dans leurs lourds cadres dorés, chargeait l'espace de leurs regards nostalgiques de la vie. Dans les uniformes et les robes, dans les bijoux et dans les armes vibraient les couleurs intenses du courage et de la passion, de la jeunesse et de la gloire. Aurel prit une ample respiration, comme un plongeur qui va devoir compter sur le peu d'air qu'il emporte dans les profondeurs pour y survivre.

— Obock, murmura-t-il en fermant les yeux pour chasser de sa vue l'image du désert brûlé de soleil que ce mot avait fait surgir devant lui. Il resta ainsi un long instant, flottant dans ce temps suspendu, enivré d'une odeur de cretonne et de vernis, d'encaustique et de plantes vertes. Il s'y était si complètement abîmé qu'il n'entendit pas le prince qui l'appelait en marchant vers lui.

— Vous êtes ici, Aurel ! Je vous ai cherché partout dans le palais.

Rupert s'était changé après le déjeuner. Il portait un jean et un polo rose qui le rajeunissaient.

— Suivez-moi. Il faut que je vous parle deux minutes seul à seul.

Il emmena Aurel jusqu'à la petite bibliothèque où il l'avait reçu à son arrivée. Un sac en cuir était posé sur la table.

— Quand je vous ai chargé de cette mission,

je vous ai promis que vous seriez bien rétribué. Je n'imaginais pas alors que vous nous rendriez d'aussi inestimables services. À vrai dire, rien ne peut vous exprimer pleinement notre gratitude. Cependant, acceptez ceci et sachez que dans nos cœurs la dette reste éternelle.

Du menton, il désigna le sac. Aurel s'en approcha

— Faites attention, dit le prince. C'est lourd.

Le sac cependant paraissait presque vide et Aurel crut que le prince plaisantait. Il saisit les poignées mais le poids en effet le surprit et il ne parvint pas à soulever la charge d'une seule main.

— Mon Dieu, s'écria-t-il. Qu'est-ce qu'il y a là-dedans ?

— Regardez.

Aurel ouvrit précautionneusement la fermeture Éclair. Il écarta les bords puis recula de surprise. Le prince souriait.

— Regardez bien. Ce n'est pas dangereux, quoique, selon l'usage qu'on en fait…

Aurel se pencha sur l'ouverture. Au fond du sac brillaient trois lingots d'or.

— Il faudra faire attention à la douane quand vous rentrerez en France. Nous sommes un paradis fiscal, paraît-il.

Il sembla à Aurel que tout l'or diffus dans ce palais et qui brillait sur les cadres et sur les meubles, sur les bijoux et sur les moulures s'était concentré au fond de ce sac et lui était remis en présent.

— Ma parole, Aurel, mais vous pleurez ?

— Ce n'est rien, excusez-moi.

Mais il avait beau s'excuser et se passer les mains sur la figure, il sanglotait sans parvenir à s'arrêter. Le prince comprit qu'il devait le laisser seul avec son émotion. Il s'éloigna, alla jusqu'à la fenêtre et remplit un verre avec ce qu'il trouva dans une carafe. Puis il revint à Aurel et lui tendit le verre de whisky. Tout en continuant de pleurer, celui-ci le but comme un cordial, en le tenant à deux mains.

— Venez, je vais vous aider à porter cela dans votre chambre.

Tenant chacun une anse, ils traversèrent un long couloir, entrèrent dans l'appartement d'Aurel et posèrent le sac sur le lit.

— À tout à l'heure, dit le prince en ressortant.

Aurel tomba dans un fauteuil et resta jusqu'au soir à pleurer en pensant à sa pauvre mère et au village noir de suie où il était né.

Il était près de dix-neuf heures quand Shayna vint le chercher pour la soirée. Elle avait revêtu une ample robe noire qui, cette fois, lui permettait de respirer.

En entrant, elle regarda le sac et fit un clin d'œil à Aurel pour lui montrer qu'elle était dans la confidence.

— Alors, toi riche maintenant, dit-elle avec un grand sourire.

Il la dévisagea tristement, les joues encore raidies par les larmes séchées. Puis, soudain, une idée le traversa et il se leva d'un bond.

— Oui, Shayna. Nous sommes riches. Nous allons pouvoir nous acheter une maison magnifique et…

Elle partit d'un grand rire mais Aurel continuait.

— …avec un grand bureau pour toi, un jardin. Ce sera merveilleux, tu ne trouves pas ? Un beau jardin plein de roses et d'arbres de ton pays.

Shayna riait toujours. Elle le prit par la main et l'entraîna dans le couloir.

— Tu aimes les chiens, continuait-il pendant qu'ils remontaient vers les salles de réception. Je verrais bien deux labradors. Un beige et un chocolat. À moins que tu préfères des bêtes de ton pays.

À mesure qu'ils avançaient, des bruits de voix nombreuses leur parvenaient du bout du couloir.

— Il y aurait des fleurs partout et des pianos dans toutes les pièces. Comme ça, on pourrait changer d'endroit tous les jours pour faire de la musique. Il y aurait aussi…

Ils avaient atteint la porte du salon où ils étaient attendus. Elle était fermée et Shayna, riant toujours, saisit la poignée. Aurel, au comble de l'excitation posa sa main sur le bras nu de la jeune femme.

— Dis-moi. Tu es d'accord ?

Shayna lâcha la poignée et regarda Aurel. Avec sa large main, elle lui caressa le visage comme elle aurait consolé un enfant.

— Moi t'aimer beaucoup, Aurel. Toujours toujours t'aimer. Mais… Il eut un pâle sourire.

— Mais ?

— Mais pour sexe, poursuivit-elle dans un grand rire, jamais barbus…

Elle tendait la main vers sa joue quand, d'un coup, les deux battants de la porte s'écartèrent en grand. Le majordome les avait entendus approcher. Il s'inclina pour leur laisser le passage.

Dans le salon brillamment éclairé par des appliques dorées était assemblée une dizaine de personnes. Outre la princesse et son mari se tenaient leurs enfants, dont Helmut, le futur prince. Quelques amis s'y ajoutaient, tous en tenue de ville, sauf le colonel Frühling qui ne quittait jamais son uniforme.

L'apparition de Shayna et d'Aurel fut saluée par des vivats et des applaudissements. La princesse se détacha du groupe pour les accueillir d'un cri.

— Mes sauveurs !

Un serveur approcha avec un plateau de boissons.

— Et maintenant, nous allons écouter les artistes.

Aurel avança jusqu'au grand piano qui avait été placé au milieu du salon. Les convives allèrent s'asseoir tout autour de la pièce sur des canapés ou des fauteuils. Sur un ordre de la princesse, les domestiques allumèrent des bougies un peu partout et éteignirent les appliques.

Aurel se dégourdit les mains puis joua *Return to Sender*. Shayna lui envoya un clin d'œil et, en claquant des doigts en rythme, se mit à chanter avec la voix d'Elvis lui-même. Le début du récital fut à peu près ordonné, puis, à mesure que la nuit avançait, que les verres de blanc s'enchaînaient, tout devint plus confus et très gai.

Les bougies consumées, la pénombre se fit et Aurel, déchaîné sur le clavier, put pleurer sans que personne ne lui demandât si c'était d'épuisement ou de bonheur.

DU MÊME AUTEUR

Romans et récits

Aux Éditions Gallimard

L'ABYSSIN, 1997. Prix Méditerranée et Goncourt du premier roman (Folio n° 3137)

SAUVER ISPAHAN, 1998 (Folio n° 3394)

LES CAUSES PERDUES, 1999. Prix Interallié (Folio n° 3492 *sous le titre* ASMARA ET LES CAUSES PERDUES)

ROUGE BRÉSIL, 2001. Prix Goncourt (Folio n° 3906)

GLOBALIA, 2004 (Folio n° 4230)

LA SALAMANDRE, 2005 (Folio n° 4379)

UN LÉOPARD SUR LE GARROT : CHRONIQUES D'UN MÉDECIN NOMADE, 2008 (Folio n° 4905)

SEPT HISTOIRES QUI REVIENNENT DE LOIN, 2011 (Folio n° 5449 *et repris sous le titre* LES NAUFRAGÉS ET AUTRES HISTOIRES QUI REVIENNENT DE LOIN, coll. « Étonnants Classiques », Éditions Flammarion, 2016)

LE GRAND CŒUR, 2012. Prix du Roman historique et prix littéraire Jacques Audiberti (Folio n° 5696)

IMMORTELLE RANDONNÉE : COMPOSTELLE MALGRÉ MOI, édition illustrée, 2013 (première parution : Éditions Guérin). Prix Pierre Loti (Folio n° 5833)

LE COLLIER ROUGE, 2014. Prix Littré et prix Maurice Genevoix (Folio n° 5918)

CHECK-POINT, 2015. Prix Grand Témoin de la France Mutualiste 2015 (Folio n° 6195)

LE TOUR DU MONDE DU ROI ZIBELINE, 2017 (Folio n° 6526)

LES SEPT MARIAGES D'EDGAR ET LUDMILLA, 2019 (Folio n° 6791)

LES FLAMMES DE PIERRE, 2021

Dans la collection « Folio XL »

LES ENQUÊTES DE PROVIDENCE (Folio XL nº 6019 *qui contient* LE PARFUM D'ADAM *suivi de* KATIBA)

Dans la collection « Quarto »

AVENTURES HEUREUSES : ROMANS HISTORIQUES, 2022

Dans la collection « Écoutez lire »

L'ABYSSIN (5 CD)

LE GRAND CŒUR (2 CD)

LE COLLIER ROUGE (1 CD)

CHECK-POINT (2 CD)

LE TOUR DU MONDE DU ROI ZIBELINE (1 CD)

LES ÉNIGMES D'AUREL LE CONSUL, tome I : LE SUSPENDU DE CONAKRY (1 CD)

LES SEPT MARIAGES D'EDGAR ET LUDMILLA (1 CD)

Aux Éditions Flammarion

LE PARFUM D'ADAM, 2007 (Folio nº 4736)

KATIBA, 2010 (Folio nº 5289)

LES ÉNIGMES D'AUREL LE CONSUL :

LE SUSPENDU DE CONAKRY, 2018. Prix Arsène Lupin de la littérature policière (Folio nº 6676)

LES TROIS FEMMES DU CONSUL, 2019 (Folio nº 6929)

LE FLAMBEUR DE LA CASPIENNE, 2020 (Folio nº 7071)

LA PRINCESSE AU PETIT MOI, 2021 (Folio nº 7212)

NOTRE OTAGE À ACAPULCO, 2022

Essais

Aux Éditions Gallimard Jeunesse

L'AVENTURE HUMANITAIRE, 1994 (Découvertes n° 226)

Chez d'autres éditeurs

LE PIÈGE HUMANITAIRE : QUAND L'AIDE HUMANITAIRE REMPLACE LA GUERRE, *J.-Cl. Lattès*, 1986 (Poche Pluriel)

L'EMPIRE ET LES NOUVEAUX BARBARES, *J.-Cl. Lattès*, 1991 (Poche Pluriel)

LA DICTATURE LIBÉRALE, *J.-Cl. Lattès*, 1994. Prix Jean-Jacques Rousseau

LA MONTAGNE À HAUTEUR D'HOMME, *Arthaud*, 2021

MONTAGNES HUMAINES : ENTRETIENS AVEC FABRICE LARDREAU, *Arthaud*, 2021

*Tous les papiers utilisés pour les ouvrages
des collections Folio sont certifiés
et proviennent de forêts gérées durablement.*

*Composition Nord compo
Impression Maury Imprimeur
45330 Malesherbes
le 27 février 2023
Dépôt légal : février 2023
Numéro d'imprimeur : 268839*

ISBN 978-2-07-300331-7 / Imprimé en France.

550532